Foto: Becky Cohen

Die Autorin:
Bevor Martha C. Lawrence sich ganz dem Schreiben widmete, arbeitete sie als Lektorin und professionelle Astrologin. Die Autorin lebt in Escondido, Kalifornien.

Martha C. Lawrence

Mord im Zeichen des Skorpions

Kriminalroman

Deutsch von
Edith Beleites

rororo

Rowohlt

Die Originalausgabe erschien 1995 unter dem Titel
«Murder in Scorpio» bei St. Martin's Press, USA.
In Großbritannien erschien «Murder in Scorpio»
1996 bei Hodder and Stoughton.

Umschlaggestaltung Walter Hellmann
Hintergrundfoto G+J Photonica / Edward Holub
Illustration Cathrin Günther

Deutsche Erstausgabe
Veröffentlicht im Rowohlt Taschenbuch Verlag GmbH,
Reinbek bei Hamburg, Oktober 1997

Satz Sabon (Linotronic 500)
Gesamtherstellung Clausen & Bosse, Leck
Printed in Germany
1490-ISBN 3 499 22111 X

Für Mary

Danksagung

Eine ganze Reihe Wohlgesonnener hatte Anteil an der Entstehung dieses Buches. Vielen Dank:

meiner Agentin, Gina Maccoby, und meinen Herausgebern, Hope Dellon und Kelley Ragland, die an Elizabeth geglaubt und sich für sie eingesetzt haben;

den Schriftstellertalenten Janice Steinberg, Abigail Padgett, Janet Kunert, Mary Lou Locke, Ann Elwood, Michael Peak und Linda Page, die mit ihren Röntgenblicken halfen, diese Geschichte rund zu machen;

meinen Kumpels von der Gesetzeshüterfront, George Brennan Hayes und Howard LaBore, die mir das Einmaleins der Polizeigesetze beibrachten;

meiner engeren und weiteren Familie, Clark Lawrence, Carroll Driggs, Chrissy Driggs sowie auch der unvergleichlichen Donnerstagabendrunde für ihre liebevolle Unterstützung;

und ganz besonderen Dank dem Stellvertretenden Distrikts-Staatsanwalt Dan Goldstein, der Detektivin Dianna Pitcher und der Ehrenwerten Lisa Guy-Schall, die für meine Sicherheit sorgten, während ich diese Seiten schrieb.

Prolog

Die folgende Geschichte ist wahr, auch wenn sie manchem wie ein Phantasieprodukt erscheinen mag.

Ich heiße Elizabeth Chase, und die erste Geisterscheinung meines Lebens hatte ich während des Medizinstudiums in Stanford. Mit dem flotten blonden Kurzhaarschnitt und den schwingenden Hüften hielt ich sie zuerst für eine Kommilitonin, die ein paar Schritte vor mir den asphaltierten Weg auf das Hoover-Gebäude zuging. Dann drehte sie sich plötzlich zu mir um und starrte mich mit großen schwarzen Augen an. Eine Katze, dachte ich, eine Katze im Dunkeln. Und im nächsten Moment löste sie sich auf und verschwand.

Damals war ich zwanzig und alt genug, um mir ernsthaft Sorgen über meinen Geisteszustand zu machen. Ich setzte alles daran, meine übersinnlichen Fähigkeiten verstehen und einordnen zu können. So verlagerte sich mein wissenschaftliches Interesse auf das Gebiet der Psychologie. Ich wurde Mitglied des Stanforder Forschungsinstitutes, und in den folgenden zehn Jahren vertiefte ich mich in Experimente zu verschiedenen paranormalen Phänomenen, wie etwa Voraussagungen, Todeserlebnisse, Erscheinungen und Telepathie. Nebenbei erwarb ich zwei Doktortitel und machte zwei Entdeckungen: 1. Es ist wahnsinnig schwer, paranormale Phänomene zu quantifizieren, zu qualifizieren und zu erklären. 2. Meine eigenen Visionen wurden immer präziser, kollidierten jedoch ständig mit den Arbeitsabläufen der alltäglichen Institutsarbeit.

Als Mitte der achtziger Jahre die Forschungsmittel knapper wurden, zog ich nach Escondido, einem küstenfernen Vorort nördlich von San Diego, und eröffnete eine Praxis als Psychotherapeutin. Eine Zeitlang machte es mir Spaß, anderen dabei zu helfen, die Geheimnisse ihrer Psyche zu ergründen. Aber schon bald begann mich das zu langweilen, und ich spürte eine innere Unruhe. Ich bekam das Gefühl, daß mein Therapeutensessel sich in ein Floß verwandelte, das mich Tag für Tag weiter von dem wegtrieb, was meine eigentliche Lebensaufgabe war.

Das alles wurde schlagartig anders, als ich eines Morgens bei einer Tasse Kaffee die Zeitung las. Mein Blick fiel auf das Foto eines sommersprossigen Achtjährigen. Die Überschrift dazu lautete: «Suche nach verschwundenem Jungen wird fortgesetzt». Im selben Moment erschien ein Schriftzug vor meinen Augen, wie ein Hologramm legte er sich über die Zeitungsseite: 929 IDLEWILD STREET. Zehn Jahre Forschungsarbeit hatten mich gelehrt, daß spontane Visionen wie diese – ohne jeglichen Bezug zum bewußten Denken und Wissen – auf unerklärliche Weise meist der Wirklichkeit entsprechen. Ich setzte mich mit dem Police Department von Escondido in Verbindung und berichtete dem für diesen Fall zuständigen Ermittler von meiner Vision. Er war alles andere als begeistert, also setzte ich mich an meinen Computer und formulierte das Ganze noch einmal schriftlich.

Zu meinem größten Erstaunen standen keine Stunde später zwei Polizeibeamte vor meiner Haustür. Mit ausdruckslosen Gesichtern teilten sie mir mit, daß ein Junge namens Kevin Woods in einem leerstehenden Gebäude in 929 Idlewild Street aufgefunden worden war. Er hatte einen Bauchschuß, war aber am Leben. Verständlicherweise verlangten sie eine Erklärung.

Danach wechselte ich noch ein zweites Mal den Beruf. Seither setze ich meine besonderen Fähigkeiten für die Aufklärung von Verbrechen ein.

1

Sergeant Thomas McGowan sah nicht gerade wie jemand aus, der sich gewohnheitsmäßig von Hellsehern beraten ließ. Polizisten kann man generell in zwei Kategorien einteilen: solche, die im Rahmen ihrer Pflichterfüllung auch intuitive Methoden zulassen (unwahrscheinlich wenige), und solche, die Intuitionen für Quatsch halten (die allermeisten). Seinem Aussehen und Ruf nach zu urteilen, mußte man McGowan zweifelsohne der letzteren Kategorie zuordnen. Dennoch war er zu unserer Verabredung gekommen, Punkt zwei Uhr, auf die Minute genau. Mit seinen fast zwei Metern und einem Gewicht von ungefähr dem Doppelten meiner eigenen 120 Pfund füllte er den Türrahmen zu meinem Büro praktisch ganz aus. Er strahlte eine enorme Stärke aus – und Skepsis.

«Dr. Chase?»

«Bitte nennen Sie mich Elizabeth!»

Als ob seine gigantische Statur nicht schon genug gewesen wäre, trug er auch noch all die einschüchternden Accessoires, die den typischen Polizisten ausmachen: eine korrekte marineblaue Uniform, auf Hochglanz polierte schwarze Stiefel und eine undurchdringlich verspiegelte Sonnenbrille. Das goldene Abzeichen auf seiner Brust funkelte in der südkalifornischen Sonne. Trotz der Sonnenbrille spürte ich, wie seine Augen mich zweifelnd anstarrten.

«Oh», sagte er und zögerte einen Moment, «ich dachte, Sie wären älter …»

«… und kleiner und dicker, in ein buntes Tuch gehüllt und mit baumelndem Ohrgehänge. Vielleicht sogar mit Turban?»

«Ja, irgendwas in der Art.»

Wenigstens gab er es zu. Leute mit Visionen haben es in puncto Vorurteile genauso schwer wie alle anderen Minderheiten. Man wird in eine Schublade gesteckt, Aussehen und Persönlichkeit werden auf ein Stereotyp reduziert, und alle Welt erwartet von einem, daß man sie reinlegen will.

Für einen Sonntag glaubte ich geradezu respektabel auszusehen. Meine khakifarbenen Shorts waren nagelneu, und ich hatte sogar, extra zu diesem Anlaß, mein Hemd gebügelt. Okay, ich war barfuß, aber nur weil mir diese hawaiianische Sitte so gut gefällt, derzufolge man das Haus durch Schuheausziehen ehrt. Ich trage nie Schuhe im Haus, und ich ermuntere auch alle meine Gäste, ihre Schuhe vor der Tür stehen zu lassen. Angesichts von McGowans versteinerter Miene beschloß ich aber, die Sache mit den Schuhen nicht weiter zu erwähnen.

Ich winkte ihn durch die Tür. «Kommen Sie rein, und machen Sie sich's bequem. Kann ich Ihnen etwas zu trinken anbieten – Kaffee oder Cappuccino?»

Er nahm die Sonnenbrille ab und ließ sich auf einem der beiden dick gepolsterten weißen Sofas nieder. «Raten Sie mal!» versuchte er, mich zu ködern.

«Okay, Cappuccino.»

Ich hatte schon zwei Tassen vorbereitet, noch bevor er kam. Ich stellte sie jetzt auf den Couchtisch, lächelte ihn unschuldig an und setzte mich auf das Sofa zu seiner Rechten.

Er starrte auf die dampfenden Kaffeetassen vor uns, dann auf mich. Seine ehrlichen braunen Augen schienen mein Gesicht nach etwas Verdächtigem abzusuchen. «Woher wußten Sie das?»

Ich nippte an meiner Tasse und zuckte mit den Schultern. «Ich dachte es mir. Eine einfache Schlußfolgerung, schließlich bevorzugen die meisten Menschen heutzutage Cappuccino.»

Er nickte und zog die Stirn in Falten. Bis jetzt hatte er keinen Spaß an dieser Begegnung. Er machte ein Gesicht, als wäre ich drauf und dran, ihm eine Ferienwohnung auf Time-sharing-Basis anzudrehen. «Können Sie meine Gedanken lesen?» fragte er argwöhnisch.

«Überhaupt nicht», versicherte ich ihm.

«Okay.»

Er kicherte leise. Ich hatte keine Ahnung, worum es ging, aber er schien etwas witzig zu finden. Er griff in die Innentasche seines Jacketts und reichte mir ein Bild, das aussah, als sei es aus dem Jahrbuch einer Abschlußklasse herausgerissen worden. Eine sehr schöne junge Frau mit vollem blondem Haar und einem offenen Lächeln sah mich von einem Schwarz-Weiß-Foto an. Mein Magen krampfte sich zusammen, und ich wußte sofort, daß sie tot war. In ihren Augen strahlte mehr als nur reflektierendes Licht, diese Frau strahlte von innen heraus, sie war nicht nur oberflächlich schön. Das Wort «tragisch» schoß mir durch den Kopf, und eine Welle von Trauer schlug über mir zusammen. Ich mußte schlucken und atmete tief durch. Sergeant McGowan beobachtete mich mit ausdruckslosem Gesicht.

«Sie ist verschwunden», sagte ich so schlicht wie möglich.

Er kniff die Augen zusammen. «Wird seit letztem Freitag vermißt.»

«Nein, Sergeant. *Verschwunden.* Aus ihrem Körper.»

Das brachte die Mauer, die McGowan um sich gezogen hatte, zum Einstürzen. Seine tiefbraunen Augen wurden weicher, und der massige, muskulöse Körper entspannte sich. Jetzt wurde sichtbar, was er wirklich war – ein menschliches Wesen, das sich als Macho-Polizist verkleidet hatte. Nachdenklich kniff er die Augen zusammen. «Ich wollte Sie in die Irre führen», sagte er.

«Ist schon in Ordnung, ich bin so was gewohnt. Möchten Sie mir jetzt vielleicht erzählen, worum es geht?»

Er fixierte den zimtfarbenen Schaum in seiner Tasse. «Lieutenant Gresham – das ist mein Chef – glaubt, daß ich mich mit diesem Fall verrückt mache», fing er an. «Es herrscht allgemeiner Konsens in unserer Abteilung, daß es sich hier um einen ganz gewöhnlichen Unfall mit Todesfolge handelt.»

«Und Sie glauben das nicht.»

«Na ja … nein.» Er stellte seine Tasse auf den Tisch zurück.

«Oberflächlich betrachtet sieht alles ganz koscher aus. Sie heißt Janice Freeman. Starb letzten Freitag bei einem Autounfall, draußen auf dem Del Dios Drive.»

Eine Straße, die für ihre engen Seitenstreifen und mörderisch abfallenden Klippen berühmt und berüchtigt ist, dachte ich für mich.

«Wie gesagt, oberflächlich betrachtet sieht es wie ein ganz gewöhnlicher Del Dios-Abgang aus.» Er sah mich entschuldigend an. «So nennen die Gerichtsmediziner das immer», erklärte er. «Jedenfalls hat wohl ein entgegenkommendes Fahrzeug den mittleren Fahrstreifen überquert. Sie muß dann das Steuer herumgerissen haben und die Klippen runtergestürzt sein.»

«Beifahrer?»

«Keine.»

«Was ist mit dem anderen Fahrer?»

«Sein Wagen rollte aus und dann auch den Abhang runter. Wurde tot am Unfallort aufgefunden. Nach seinem Blutalkoholspiegel zu urteilen, hat er davon aber nichts mitgekriegt.»

Sonnenflecken tanzten über das Kaffeetablett. Ich drehte mich um und sah, wie der Wind durch die Platane vor meinem Fenster fuhr. Etwas Schweres hatte sich in dem Moment auf meine Brust gesetzt, als ich das Bild des Mädchens in die Hand nahm. Jetzt wünschte ich, der Wind würde es fortwehen.

«Hört sich wirklich wie ein ganz klarer Fall an, Akte auf – Akte zu», sagte ich und wandte mich wieder McGowan zu. «Deutet Ihrer Meinung nach irgend etwas darauf hin, daß sie ermordet wurde?»

«Indizien, meinen Sie? Nein. Noch nicht.» McGowan sah mich jetzt direkt an, ganz der korrekte Polizist.

«Aber Sie denken doch nicht ohne Grund, daß es Mord war!» Ein unübersehbarer Schmerz durchzuckte sein ansonsten teilnahmsloses Gesicht.

«Ah, verstehe», sagte ich leise.

«Was verstehen Sie?»

«Sie kannten sie.»

Er sah weg, sein Blick blieb am Fenster hängen, und einen

Moment lang schien auch er sich zu wünschen, mit dem Wind auf Reisen gehen zu können. «Wir sind eine Zeitlang zusammen zur Highschool gegangen», begann er. Seine großen Augen flakkerten, als ob sie einen Film verfolgten. «Ich war in der Abschlußklasse und sie in der Klasse darunter. Am Ende des Schuljahres waren wir richtig gute Freunde. In meinen Träumen waren wir mehr als das, aber ...» Er ließ den Satz in der Luft hängen.

«Aber was?»

«Ach, die alte Geschichte. Ihre Familie war reich, meine gehörte nur zur einfachen Arbeiterschicht. An den Wochenenden ging sie auf Pferdegalas und in Yacht Clubs, während ich bei einem Pizzaservice jobbte. Na und? Das heißt doch noch lange nicht, daß man nicht zusammenpaßt! Aber als ich das endlich begriffen hatte, ging ich längst aufs College, und da ...»

Ich sah noch einmal in die strahlenden Augen auf dem Foto. Ich hätte ihm gerne gesagt, daß Janice Freeman nicht nur äußerlich schön, sondern auch geistig und seelisch ein wundervoller Mensch gewesen war, aber das hätte zu sehr nach dem allgemeinen Blabla einer Turbanträgerin geklungen. Also übersetzte ich: «Sie war eine wunderschöne junge Frau.»

«Ihr Aussehen war nur die halbe Miete», sagte er. «Sie war ein guter Mensch, ein durch und durch guter Mensch, verstehen Sie? Einer, wie man ihn im Leben nur ganz selten trifft. Sie war eine von diesen wenigen.» Es kostete ihn einige Mühe, seine Augen vom Fenster abzuwenden und mich wieder anzusehen.

«Sind Sie mit ihr in Kontakt geblieben?»

«Nein.» Eine einsilbige Antwort, aber voller Bedauern.

Ich versuchte es noch einmal mit meiner Frage: «Jedenfalls glauben Sie aus irgend einem Grund, daß sie ermordet wurde?»

Er antwortete nicht. Statt dessen unterzog er die Sonnenbrille in seinen Händen einer genauen Inspektion, dann begann er, an ihr herumzuspielen, indem er ihre Bügel öffnete und schloß, öffnete und schloß.

«Sie haben doch irgend etwas Ungewöhnliches bemerkt, irgend etwas beunruhigt Sie doch!» drängte ich.

Er nickte.

«Was denn?»

Er ließ einen langen, schweren Seufzer los. «Bitte glauben Sie mir, daß ich keinesfalls Ihre Gefühle verletzen möchte, aber ich halte nun mal nicht viel von Hellseherei. Ich finde es schon unnormal, daß ich mit Ihnen überhaupt rede.»

«Versteh ich gut. Eine ganz normale Reaktion.»

«Sie wollen wissen, was mich beunruhigt?»

«Genau.»

«Wenn ich Ihnen verrate, warum ich hier bin, werden Sie mich für verrückt halten. Und wie stehe ich dann da, wenn eine ausgewiesene Spinnerin mich für verrückt hält?»

2

Ich habe längst aufgehört, mich darüber aufzuregen, daß Leute wie ich als Spinner, Verrückte, Scharlatane, Schlitzohren, Astrodeppen und Himmelskadetten bezeichnet werden. Leider sind ja genügend skrupellose Möchtegern-Seher am Werke, die immer wieder den gerechten Zorn der Öffentlichkeit auf sich ziehen.

«Ich glaube nicht, daß Sie sich um Ihren Geisteszustand Sorgen zu machen brauchen, Sergeant», sagte ich. «Einen wirklichen Spinner kann man daran erkennen, daß er sich selbst für vollkommen normal und den Rest der Welt für verrückt hält. Ihre Selbstzweifel deuten ganz massiv auf geistige Gesundheit hin.»

McGowan beugte sich vor und legte sein Kinn auf die Hand, als hätte er für Rodins *Denker* Modell gesessen. Seine Gesichtszüge waren unverkennbar irisch: hochgewölbte Nase, ausgeprägte Kinnpartie, ein undurchdringliches Dickicht schwarzbrauner Haare. Sein massiger Körper, so schüchtern auf mein Sofa gequetscht, erinnerte mich an den freundlichen Riesen aus einem Märchenbuch meiner Kindheit – obwohl sich das mit der Freundlichkeit erst noch erweisen mußte. Jetzt, da er sich entspannt hatte, wirkte er überarbeitet und frustriert, wenn auch jung, Anfang Dreißig, höchstens. Er atmete tief durch und sagte dann: «Ähm, alles, was ich hier sage, bleibt doch unter uns, oder?»

«Selbstverständlich. Außer es handelt sich um konkretes Beweismaterial. Das darf ich natürlich nicht zurückhalten, wenn ich meine Lizenz behalten will. Aber Sie haben ja schon gesagt, daß es keine Indizien gibt. Also, nun erzählen Sie schon!»

Er zögerte, bevor er zu sprechen begann. «Wissen Sie, vor

einem Jahr noch hätte ich lieber Babysöckchen gestrickt als mit einer verdammten Seherin zu sprechen. Aber vor ein paar Monaten ist mir da so etwas passiert, das ...»

Wieder so ein Satz, den er nicht beendete. Nach einer kurzen Pause sprach er weiter, diesmal entschlossener.

«Okay, ich bin nun seit über fünf Jahren bei der Polizei. Ich habe einen Mann gesehen, der einen Schuß aus praktisch null Entfernung mitten ins Gesicht überlebt hat und sogar noch darüber reden konnte. Ich habe einen Mann gesehen, dem ein Bogenschütze einen Pfeil quer durch den Kopf geschossen hatte, auch der war hinterher noch klar bei Bewußtsein und konnte mit uns reden. Aber das, was vor zwei Monaten passiert ist ... so etwas habe ich nicht für möglich gehalten.

Ich hatte ein paar Tage dienstfrei gehabt und fuhr gerade von einer Campingtour durch die Wüste nach Hause zurück. Es war Nacht, ungefähr halb zwei. Ich fahre gerne nachts, wenn die Wüste sich abgekühlt hat. Jedenfalls kam ich an einem Wagen vorbei, der sich überschlagen hatte, das war auf dem Interstate Highway 8. Ich war der Erste am Unfallort, also forderte ich über Funk Verstärkung an. Als ich mich dem Wagen näherte, passierte etwas völlig Verrücktes ...»

Er schüttelte den Kopf, als ob er das damalige Geschehen immer noch nicht fassen konnte.

«Der Fahrer war aus dem Wagen geschleudert worden und ganz offensichtlich tot – schwere Genickverletzung. Im ersten Moment dachte ich, daß es der Beifahrer war, der sich über die Leiche beugte. Aber als ich noch näher kam, sah ich ...»

Er unterbrach sich mitten im Satz und schien nicht weitersprechen zu wollen. Ich wartete. Dann sah McGowan mir direkt in die Augen. «Es war *derselbe* Typ, Dr. Chase! Er stand da und betrachtete seinen eigenen toten Körper! Ich konnte es einfach nicht glauben. Ich ging immer weiter auf ihn zu und rieb mir die Augen. Als ich ungefähr drei Meter von ihm entfernt war, drehte er sich zu mir um und zuckte mit den Schultern. Dann ging er weg – und löste sich auf!»

Er warf mir einen kampfeslustigen Blick zu und war offenbar

entschlossen, es mit mir und jedem anderen aufzunehmen. Ich lächelte und nickte. «So was gibt's.»

«Wie ist das möglich?»

«Keine Ahnung.»

«Warum?»

«Auch das weiß ich nicht. Ich weiß nur, daß es so etwas gibt. Und um es noch mal zu sagen: Sie können mich Elizabeth nennen.»

«Ja, gut, Elizabeth. Sie haben also schon von so etwas gehört?» Er flehte mich regelrecht an.

«Ziemlich oft sogar, Sergeant. Körperlose Erscheinungen sind ein recht häufiges Phänomen. Und es erstaunt mich immer wieder, daß etwas so Universelles und Gewöhnliches so tabuisiert wird. Wie Sex im viktorianischen Zeitalter. Man straft es mit Verachtung und erklärt es zum Unding – in der Hoffnung, daß es dadurch einfach verschwindet.»

Er nickte stumm.

«Worin besteht nun der Zusammenhang zum sogenannten Del Dios-Abgang? Hat Janice Freemans Geist Ihnen den Tip gegeben, daß es Mord war?» Ich hatte mich um einen sachlichen Ton bemüht, aber es klang so, als wollte ich mich über ihn lustig machen.

McGowan war peinlich berührt. «Nicht direkt», murmelte er.

«Sehen Sie trotzdem einen Zusammenhang?»

«Keinen logischen, nein.»

Ein faktenverliebter Polizist, der sich mit dem Unerklärbaren abfinden mußte. Ich gebe zu, daß mich dieses Schauspiel durchaus amüsierte. Aber McGowan entspannte sich wieder. Er lehnte sich zurück, streckte seine Riesenbeine aus und bat um einen weiteren Cappuccino. Aus dem Augenwinkel sah ich, daß seine Beine fast einen halben Meter unter der anderen Seite des Couchtisches herausragten. Ich mußte mich zwingen, sie nicht ungläubig anzustarren, als ich aufstand, um seine Tasse nachzufüllen.

«Nicht die blasseste Spur eines logischen Zusammenhangs in Sicht», wiederholte er, jetzt lauter als vorhin. «Es ist nur ... Ich habe in letzter Zeit öfter solche Erlebnisse im Zusammenhang mit

Autounfällen gehabt ... Von der Sache mit Janice erfuhr ich, als ein junger Kollege mir den Unfallbericht überreichte. Die Angebetete meiner Highschoolzeit – tot! Es traf mich wie ein Schlag. Außerdem hatte der Kollege ziemlich schlampig gearbeitet, also fuhr ich selbst zu der Unfallstelle raus.» Ich reichte ihm seine Tasse. Er nickte dankend und sagte leise: «Ich weiß nicht, warum, aber als ich auf der Klippe stand, über die ihr Wagen gerollt ist, da wußte ich einfach, daß es Mord war.»

Ihr Bild war von einer geradezu greifbaren Dunkelheit umgeben, und ich war mir ziemlich sicher, daß er recht hatte. «Haben Sie schon eigene Ermittlungen angestellt?» fragte ich und setzte mich wieder.

«Ich hab mal in den Computer geguckt und festgestellt, daß Janice vor sieben Monaten einen früheren Freund wegen Belästigung verklagt hat. Das ist aber auch schon so ziemlich alles.»

«Na, das ist doch schon mal was!»

«Nur daß ich offenbar der einzige bin, der sich dafür interessiert. Die Scheiß-Finanzkrise dieser Stadt hat zur Folge, daß wir schon seit drei Jahren unterbesetzt sind. Hinzu kommt noch die wachsende Bandenkriminalität. Gresham hat mir in aller Deutlichkeit zu verstehen gegeben, daß ich keinen eingebildeten Verbrechen nachzujagen habe, wenn es genügend reale aufzuklären gibt. Ich brauche Hilfe.»

«Heißt das, daß ich meine Ermittlungen im Auftrag des Police Departments von Escondido anstellen würde?» fragte ich.

«Nein. Sie würden für mich persönlich arbeiten. Ich kann Ihnen erst mal einen Vorschuß von fünfzehnhundert Dollar geben.»

Die Einkommenstarife der Polizei von Escondido waren mir bekannt, und ich hatte – plus/minus 50 Dollar – eine ziemlich klare Vorstellung davon, was McGowan monatlich nach Hause trug. «Aber hallo!» sagte ich. «Das ist ein ziemlich hoher Einsatz für ein Mädchen, das Sie während Ihrer Schulzeit nur kurz kannten.»

«Es, äh ... es ist nicht mein Geld», murmelte McGowan. «Nicht wirklich.»

«Ach ja? Wessen Geld ist es denn?»

Herausfordernd sah er mich an. «Sie werden mir nicht glauben.»

«Geben Sie mir 'ne Chance!»

«Dieses Autowrack draußen in der Wüste, wo ich den Mann über seiner eigenen Leiche stehen sah ... Ich folgte einem plötzlichen Impuls und notierte mir die Ziffern des Nummernschildes, um sie im Lotto zu spielen. Jackpot, fünf Riesen. Das stimmt wirklich! Sie glauben, ich denk mir das alles aus, nicht wahr?»

Ich schaute jetzt wieder aus dem Fenster. Je dunkler es wurde, desto stärker frischte der Wind auf. Es hatte ganz den Anschein, als braute sich ein Junigewitter zusammen, eine Seltenheit im südlichen Kalifornien. «Im Gegenteil, Sergeant McGowan», sagte ich. «Ich glaube, es ist höchste Zeit, den Tod von Janice Freeman einmal genau unter die Lupe zu nehmen.»

3

Kurz nachdem Tom McGowan mein Büro verlassen hatte, begann es heftig zu regnen, und es regnete bis zum nächsten Morgen. Wir hatten ausgemacht, daß ich mir um zehn eine Kopie der Akte Janice Freeman abholen könnte. Der Parkplatz des Escondido Police Department war heillos mit blau-weißen Polizeiwagen überfüllt, so daß ich auf der anderen Straßenseite parken mußte. Ziemlich durchnäßt erreichte ich den Eingangsbereich des Gebäudes, aber nach dem Bächlein zu urteilen, das über das ausgetretene graue Linoleum floß, war es anderen nicht besser ergangen.

Zwei Beamte bedienten die ununterbrochen klingelnden Telefone hinter dem Tresen. Beide sprachen gerade, aber einer von ihnen sah mich hereinkommen und bot mir einen Platz an, indem er vage mit dem Finger auf eine Stuhlreihe zeigte. Es handelte sich um jene Sorte von Hartplastiksitzen, die man eigentlich nur von Fast Food-Restaurants und Bushaltestellen her kennt. Ich hoffte, nicht allzu lange warten zu müssen, und vertiefte mich in eine Broschüre mit guten Ratschlägen für Eltern von drogenabhängigen Kindern, als McGowan zur Tür hereinspaziert kam.

Ich sah auf, und als unsere Augen sich trafen, spürte ich ein Kribbeln im Bauch. Bingo! Ich glaube, ihm ging es genauso, denn er blieb einen Moment lang stehen und sah mich einfach nur an, während der Regen von seiner gigantischen gelben Öljacke tropfte.

«Tut mir leid, daß ich mich verspätet habe», sagte er schließlich und streifte das gelbe Monstrum ab. «Irgendwie stimmt das Klischee wohl: Bei Regen können die Leute in Kalifornien nicht

Auto fahren. Janice' Akte hab ich oben. Warten Sie doch im Mitarbeiterzimmer hier drüben! Da sind die Stühle besser.»

Ich folgte ihm durch einen Korridor in einen Raum, der mit Tischen, Sofas und Getränkeautomaten vollgestellt war. Während McGowan die Akte holte, überflog ich das Sammelsurium auf einer Pinnwand. Sie war über und über mit Anzeigen und Annoncen von Wohltätigkeitsveranstaltungen und Jobangeboten der Polizei beklebt. Männer und Frauen in Uniform saßen in kleinen Grüppchen zusammen, lachten und unterhielten sich. Einige von ihnen sahen aus, als seien sie noch nicht einmal aus dem Schulalter heraus, mit Sicherheit aber zu jung, um das Gesetz mit Schußwaffen und Schlagstöcken zu hüten.

Plötzlich hingen alle Augen an der Tür, in der McGowan zusammen mit einem vornehm wirkenden Mann in anthrazitfarbenem Anzug erschien. McGowan stellte uns vor. «Dr. Chase, das ist Lieutenant Gresham. Lieutenant, Dr. Chase.»

Ich schüttelte dem Mann die Hand und wünschte, McGowan würde endlich mit dem «Dr.»-Mist aufhören. «Wie geht's, Lieutenant?»

Mit seinem Silberhaar und den lebendigen Augen konnte Lieutenant Gresham ebensogut ein Mittvierziger wie ein gut erhaltener Sechziger sein. «Bestens, danke ...»

«Elizabeth», sagte ich schnell.

«Elizabeth. Ich bin auf Ihre Arbeit im Zusammenhang mit der Woods-Affäre aufmerksam geworden. Ungewöhnlich. Die Medien haben sich ja regelrecht darauf gestürzt.»

Der erste Fall in meiner Karriere als hellseherische Detektivin hatte tatsächlich einen nervtötenden Medienrummel ausgelöst. Journalisten hatten mich wochenlang verfolgt, bis ich endlich begriff, wie effektvoll langweilige, einsilbige Antworten sein können.

Ich versuchte, in Lieutenant Greshams Gesicht zu lesen, ob er mich für einen Scharlatan oder ein Genie hielt. Es verriet nichts. «So sind die Medien nun mal», sagte ich lächelnd. «Jedenfalls fand der Fall ein glückliches Ende. Die Mutter des Jungen schreibt mir heute noch.»

Ich mochte Theresa Woods, Kevins Mutter. «Sie sind ein Guter Engel», schrieb sie mir, kurz nachdem der Junge gerettet worden war, «und so lange ich lebe, werde ich Gott dafür danken, daß Sie mir mein Kind wiedergegeben haben. Ich kann das gar nicht wiedergutmachen, aber ich werde jeden Tag zu Gott beten, daß er Ihnen seinen Segen gibt und gut für Sie sorgt.» Ich hatte mit Theresa im Wartesaal des Krankenhauses gesessen, während ihrem Sohn die Kugel aus dem Darm entfernt wurde. Als der Arzt kam und ihr sagte, daß es Kevin gutgehe, daß er bei Bewußtsein sei und nach ihr gefragt habe, sah ich in ihrem Gesicht den Wechsel von Angst und Anspannung zu Erleichterung und Freude. Sie nahm mich in den Arm und lachte und weinte gleichzeitig. Ich wiegte sie sanft hin und her und erkannte zum ersten Mal in meinem Leben, daß ich mit meiner besonderen Gabe doch etwas Nützliches anstellen konnte.

«Wie ich höre, hat McGowan Ihnen die Ermittlungen im Fall Freeman übertragen.» Der Lieutenant warf einen dezenten Blick auf seine ultraflache Armbanduhr und begann, den Rückzug anzutreten. Noch bevor ich ihm antworten konnte, warf er ein «Nett, Sie kennengelernt zu haben» über die Schulter und verschwand.

«Der Chef hat ziemlich viel zu tun», sagte McGowan mit einem entschuldigenden Grinsen. Er reichte mir einen großen braunen Umschlag. «Viel ist nicht drin, aber es ist ein Anfang.»

«Und wie geht's Ihnen heute?» fragte ich. Aber bevor er antworten konnte, gab das Motorola-Funkgerät an seinem Gürtel wilde Geräusche von sich. Er hörte aufmerksam zu und konnte offensichtlich sinnvolle Wörter aus dem herausfiltern, was in meinen Ohren nur ein elektronischer Klangbrei war.

«Für mich. Muß jetzt los. Rufen Sie mich nachher unter dieser Nummer an. Die Telefonbereitschaft kann mich überall finden.»

Die Uhr in meinem Armaturenbrett zeigte erst zehn Uhr dreißig, als ich wieder im Auto saß – eine gute Zeit, um bei einem späten Frühstück durch Janice Freemans Akte zu stöbern. Ich fädelte mich in den leichten Vormittagsverkehr des Escondido Boulevard ein und fuhr Richtung Heimat. Für mich sind Wohnen und Arbeiten dasselbe – fast jedenfalls. Ich wohne in einem umgebauten zweistöckigen Farmhaus, das 1888 mitten auf freiem Feld in den Außenbezirken von eigentlich gar nichts erbaut wurde. Hundert und ein paar Jahre später befindet sich dieses Haus nun inmitten einer ständig wachsenden Stadt, an der Kreuzung von Tenth Avenue und Juniper Street. Mit Hilfe zweier Freunde – Nina, einer begnadeten Architektin, und Connie, meiner Kontaktfrau im Rathaus – habe ich es so eingerichtet, daß mein Büro in der Tenth Avenue, Nr. 1426, liegt (und auch so ins Telefonbuch eingetragen ist), während meine Wohnung in der Juniper Street zu finden ist, Nr. 3132. Theoretisch schirmt dieses Arrangement mein Privatleben vor Gefahren und Unannehmlichkeiten ab, die sich aus meinem Berufsleben ergeben. Ich glaube zwar nicht, daß sich irgend jemand davon auch nur eine Minute lang täuschen läßt, am allerwenigsten die Steuerbehörde, aber ich fühle mich ganz wohl damit. Tatsache ist nämlich, daß ich es mir nicht leisten kann, ein separates Büro anzumieten. Ich hatte dieses Haus zu einem Zeitpunkt gekauft, als die Nachfrage nach Grundstücken in Südkalifornien boomte, und sein Wert hat sich nicht gerade in die Richtung entwickelt, die mir enthusiastische Makler seinerzeit in Aussicht gestellt haben. Ich betrachte es als ein historisches Gebäude, dessen wirklicher Wert sich nicht am banalen Auf und Ab des Immobilienmarktes ermessen läßt.

Ich benutzte den Eingang mit der schweren Eichentür in 3132 Juniper Street und versuchte, so zügig wie möglich zum Küchentisch zu kommen. Das war nicht so einfach, denn Whitman, mein gelber Siamkater, wickelte sich bei jedem Schritt um meine Waden. Aber schließlich konnte ich mich setzen und schüttete den großen Umschlag aus. Viel war es nicht, was da zum Vorschein kam.

Zwei Schwarzweißfotos im Format 10 × 13 von der toten Janice Freeman zeigten Details, die keine Zeitung abgedruckt hätte. Nun gehöre ich nicht zu denen, die kein Blut sehen können, auch bei den Anatomievorlesungen an der Uni bin ich nicht in Ohnmacht gefallen – vielleicht meine einzige Qualifikation für die Ärztin, die mein Vater so gerne aus mir gemacht hätte. Ich suchte die Fotos Millimeter für Millimeter danach ab, was von Janice noch übrig war. Ihr langer, schmaler Körper hing aus der geborstenen Windschutzscheibe heraus, halb im Wagen, halb auf der Motorhaube. Aber so viel ich auch suchte, mußte ich doch feststellen, daß Janice – die Frau, die ich auf McGowans Foto gesehen hatte – einfach nicht mehr da war. Dies hier war nur noch eine leere Hülle. Ich überflog die hastig hingekritzelten Daten des Unfallberichts:

Tag, Datum, Uhrzeit:	Freitag, 5. Juni 1992, 22.00 Uhr
Ort des Geschehens:	Del Dios Drive, Meile 5, Escondido, Kal.
Opfer:	1) Freeman, Janice, Geschlecht: W Haare: Blond Augen: Blau Rasse: Europ. 2) Unbekannt, MHE
Art der Verletzungen:	Tödlich
Hinweise für Krankenhaus-Einweisung:	Unfalltod

Weiter unten fand ich schließlich eine brauchbare Information:

Nächste Angehörige:	Mr/Mrs Paul Freeman 2005 Via del Cerro Rancho Santa Fe Kal. 92067

4

Die Via del Cerro windet sich in einem der feinsten Wohngebiete von Rancho Santa Fe durch Meilen und Meilen von Eukalyptusbäumen. Es handelt sich um den Teil Kaliforniens, den *Forbes* einst als die Gemeinde mit der US-weit größten Konzentration von Reichtum ermittelt hat. Ideal gelegen, mit dem Pazifik im Westen und der Wüste im Osten, genießt Rancho Santa Fe die ungetrübten Vorzüge von Meeresbrisen ohne Küstennebel und Wüstensonne ohne Wüstenhitze. Einige der berühmtesten Filmstars haben sich auf diesem exklusiven Territorium niedergelassen, ohne daß die Öffentlichkeit je davon erfahren hätte. Für die Bewohner von Rancho Santa Fe gilt Publicity, das ‹Sehen und Gesehenwerden›, als geschmacklos, eine Unart, an der man das gemeine Volk erkennt.

Die ganze Herrlichkeit dieses Viertels breitete sich vor mir aus, als ich die Via del Cerro entlangfuhr, und plötzlich wurde mir bewußt, daß ich immer noch keinen Frieden damit geschlossen hatte, hier aufgewachsen zu sein. Eine Reihe von Zitronen- und Orangenhainen und ein paar mustergültige Ranches lagen zwischen der Freeman-Adresse und meinem Elternhaus, so daß wir zumindest keine direkten Nachbarn gewesen waren. Außerdem war es ziemlich wahrscheinlich, daß ich schon auf dem College war, als Janice in Rancho Santa Fe zur Schule ging. Trotzdem fühlte ich mich ihr auf merkwürdige Art verbunden. Als ich diese Disney-Wohnwelt mit achtzehn verließ und das wirkliche Leben kennenlernte, herrschten in mir zu gleichen Anteilen Schuldgefühle und Angst. Ich fragte mich, ob Janice wohl auch so empfunden hatte.

Der Regen hatte aufgehört, das machte die Suche etwas leichter. Ich fuhr langsamer, als ich in die Nähe des Freeman-Anwesens kam. Hier gab es keine Bürgersteige, und nur wenige Häuser konnte man von der Straße aus sehen. Einer stillen Übereinkunft zufolge galten Briefkästen in Rancho Santa Fe als zu gewöhnlich. Die Einwohner (beziehungsweise ihr Hilfspersonal) holten die Post in der Stadt ab. Die meisten Grundstücke verzichteten auf jegliche Identifizierung. Glücklicherweise war die Einfahrt der Freemans von einem Findling markiert, größer als mein Wagen, in den eine dezente 2005 eingemeißelt war.

Ich bog in die steile, von turmhohem Eukalyptus überwucherte Auffahrt ein und parkte auf einem asphaltierten Platz auf dem Gipfel des Hügels. Das ausladende Haus im Stil der spanischen Sakralbauten war einfach zu groß, um es mit einem Blick erfassen zu können. Am meisten beeindruckten mich Ausmaße und Vielfalt des Parks, der das Haus umgab – einige Bäume waren so gigantisch, daß sie über hundert Jahre alt sein mußten. Ich ging über den gepflasterten Weg auf die vordere Eingangstür zu und stand plötzlich vor einem Mann, der in einem ausgedehnten Beet blaublühender Schwertlilien Unkraut jätete. Er nickte mir zu, und ich sagte: «Hi!» Ich drückte auf die Türklingel – und sogar die hatte einen bezaubernden, exquisiten Klang.

Die Frau, die mir öffnete, kontrastierte auf geradezu groteske Weise mit ihrem eleganten Ambiente. Sie war klein und fett. Ihre braunen Haarwurzeln setzten sich kraß gegen die brüllend orange gefärbte Frisur ab. Ihr mit viel zuviel und viel zu hellem Make-up verschmiertes Gesicht war so aufgedunsen, daß es wie Hefeteig aussah. Sie blinzelte angestrengt zu mir herauf, als ob sie Mühe hätte, durch ihre dick aufgetragene Maske überhaupt etwas zu sehen. Sie hörte nicht auf zu blinzeln, sagte aber nichts, also machte ich den Anfang.

«Hi. Ich bin Elizabeth Chase. Das Police Department von Escondido hat mich gebeten, Mr. und Mrs. Freeman aufzusuchen.» Das «hat mich gebeten» fiel wohl in die Kategorie der von meiner Mutter so genannten ‹Wahrheitsbeugungen›. Aber irgendwie stimmte es doch, sagte ich mir.

«Bin Mrs. Freeman. Wer war'n Sie noch mal?» Sie sprach mit

texanischem Akzent, und was sie meinte war: «Du bist doch bloß ein Stück Dreck.»

«Ich bin Privatdetektivin und arbeite mit der Polizei von Escondido zusammen. Es tut mir sehr leid, daß Sie vor wenigen Tagen Ihre Tochter verloren haben. Ich versuche, die Unfallursache zu klären.»

Sie wuchtete ihre aufgedunsenen Hände auf den überbordenden Rettungsring in ihrer Körpermitte, wo andere Menschen eine Taille haben. «Dieser Unfall geht Sie verdammt nichts an», schnappte sie und warf die Tür zu. Irgendwie verfing sich mein Fuß im Türrahmen, und die Tür schwang wieder auf. «Paul!» gellte sie in die Tiefe des Hauses hinein. «Paul, komm hier jetzt sofort her!»

Sie gab sich redlich Mühe, mich mit Blicken aus ihren braunen Knopfaugen zu töten, bis ein großer, schlanker, silberhaariger Mann im Eingang hinter ihr erschien. Er trug grüne Baumwollshorts, ein weißes Hemd und teure Seglerschuhe an den nackten Füßen. «Was geht hier vor?» fragte er.

«Behauptet, sie kommt von der Polizei», spuckte die aufgeschwemmte Frau mit so viel Verachtung aus, wie ihr Südstaatenakzent nur irgend hergab.

Ich fühlte mich nicht wohl in meiner Rolle. «Guten Tag, Mr. Freeman. Ich bin Elizabeth Chase, die Tochter von Dr. Albert Chase aus der Via de Fortuna.» Dabei zeigte ich grob in die Richtung der genannten Straße, eine der besten Adressen des Viertels.

«Oh, ja.» Eine angenehme Erinnerung hellte seine Miene kurz auf, er nickte und gab mir die Hand. «Ich glaube, ich habe Ihren Vater im letzten Frühjahr beim großen Golfturnier kennengelernt. Wie geht es Ihnen, Elizabeth?»

«Danke, gut. Es tut mir leid, wenn ich Sie störe, aber die Polizei hat mich gebeten, den Unfall Ihrer Tochter zu untersuchen.» Ich zuckte mit den Schultern und sagte in meiner schönsten ‹Ich kann ja nichts dafür›-Stimme: «Ich bin nämlich Privatdetektivin.»

Mrs. Freeman hatte ihre Knopfaugen inzwischen zu bösartigen Schlitzen zusammengezogen. Ich wandte mich ihr zu und lächelte sie warmherzig an.

«Kommen Sie doch mit nach hinten auf die Veranda, meine Liebe», sagte Mr. Freeman. «Wir trinken gerade Eistee.»

Wir gingen durch eine Menge Räume voller Antiquitäten, bis eine gläserne Schiebetür den Blick auf einen Garten mit Swimmingpool vor einer grandiosen Landschaftskulisse freigab. Ich setzte mich auf einen der schmiedeeisernen Gartenstühle und griff nach dem Drink, den Mr. Freeman mir reichte. Es war noch nicht einmal Mittag, und der Eistee stellte nur die ortsübliche Verfeinerung eines Cocktails dar, dessen Alkoholgestank mir fast den Atem nahm, als ich ihn an die Lippen führte.

«Oh, tut mir leid, ich trinke nicht», sagte ich und gab Mr. Freeman das Glas zurück.

«Macht nichts», sagte er freundlich und setzte sich auf einer Chaiselongue zurecht. «Eigentlich bewundernswert. Haben wir irgend etwas Alkoholfreies zu trinken im Haus, Annie?»

«Glaub ich nicht», schnarrte sie und watschelte schnaufend auf das Haus zu.

Paul Freeman beobachtete ihren Rückzug mit Besorgnis. «Bitte nehmen Sie das Benehmen meiner Frau nicht persönlich», sagte er. «Janice' Tod geht uns beiden sehr nahe.»

Ich nickte verständnisvoll. Das schlimmste, was einem im Leben passieren kann, ist der Tod des eigenen Kindes. Aber selbst unter Berücksichtigung der schwierigen Umstände benahm Annie Freeman sich mir gegenüber außerordentlich feindselig.

«Also, ich dachte, die Polizei hätte ihre Ermittlungen bereits abgeschlossen.» Zwei tiefe Linien erschienen zwischen Mr. Freemans Augenbrauen, und er zog den Mund tapfer zusammen. Schmerz strömte aus all seinen Poren.

«Es tut mir so leid, was mit Ihrer Tochter passiert ist», sagte ich und meinte es auch so. «Ich fühle mit Ihnen. Und es tut mir leid, daß ich jetzt alles noch einmal aufwühlen muß.»

Er winkte diese Bemerkung mit einer Handbewegung beiseite, aber sein Adamsapfel verriet, daß er schlucken mußte, und einen Moment lang vermied er es, mich anzusehen.

«Nach der offiziellen Version, mit der auch die Polizei sich zufrieden gibt, war Janice' Tod ein Unfall. Aber einer der Beamten – Tom McGowan, der übrigens an der Highschool mit Janice befreundet war – ist sich da nicht so sicher. McGowan hat mich privat angeheuert, um weitere Ermittlungen anzustellen.»

Meine Worte drangen nur langsam zu ihm durch, aber als er begriffen hatte, erwachte Paul Freeman schlagartig aus seiner lethargischen Trauer. «Was soll das heißen?» fragte er.

«Gab es in Janice' Leben irgend etwas, was für sie zur Gefahr werden konnte? Irgendwelche zwielichtigen Personen?»

Eine Tür schlug zu, und wir drehten uns beide um, als Annie Freeman zu uns zurückgewatschelt kam, ein Glas in der Hand. «Bitte sehr, meine Süße!» Sie triefte vor Sarkasmus und reichte mir ein Glas klaren Leitungswassers, ohne Eis. Wenn sie geahnt hätte, daß schlichtes Leitungswasser genau das war, was ich jetzt brauchte, wäre sie bestimmt sauer geworden, aber ich ließ sie darüber im unklaren und sagte nur «Danke».

«Elizabeth hat gerade gesagt, daß Janice' Unfall vielleicht gar kein Unfall war, Annie», sagte Paul Freeman zu seiner Frau. «Sie fragt, ob Janice Kontakt zu irgendwelchen zwielichtigen Figuren hatte.»

«Das kann man wohl sagen», plärrte Annie Freeman. «Diesem Alan würde ich alles zutrauen.» Sie ließ sich auf die Chaiselongue fallen, und ihr immenses Gewicht drückte geräuschvoll einen Luftstrom aus dem Plastikbezug – es klang haargenau wie eine peinliche Körperentleerung. Wir alle taten so, als hätten wir nichts gehört.

«Alan –?» fragte ich gedehnt.

«Katz», ergänzte Paul Freeman. «Ein Junge, den sie bei Pacific Properties kennengelernt hat.»

«Junge kannst du nicht sagen!» schnappte Annie Freeman.

«Gut, ja», lenkte Paul ein, «ein junger Mann, Jude. Ein heller Bursche, aber in irgendwelche unschönen Angelegenheiten verwickelt. Janice war eine Zeitlang mit ihm befreundet, und dann hatte sie Probleme, ihn wieder loszuwerden. Aber deswegen ist er doch noch lange kein Mörder, Annie!»

«Sie haben in derselben Firma gearbeitet?» fragte ich nach.

«Nur kurz», sagte Paul. «Soviel ich weiß, ist er bei Pacific Properties rausgeflogen.»

«Sitzt die Firma in San Diego?»

«Ja. Janice hat dort einen Vollzeitjob gehabt, neben ihrem Jurastudium.» Der Schmerz kehrte in sein Gesicht zurück. «Sie war sehr stolz. Hat sich nie von uns unter die Arme greifen lassen. Lieber arbeitete sie bis zur Erschöpfung. Sie hätte niemals um diese Uhrzeit über den Del Dios Drive fahren dürfen, aber das hat sie dreimal die Woche getan, immer wenn sie vom College nach Hause kam. Ich hatte immer Angst, daß etwas passieren würde.» Er nahm einen großen Schluck Eistee.

Annie blinzelte bösartig in meine Richtung. «Alan Katz ist ein Gauner, ein Verlierer, ein Niemand.» Ein Grinsen zog sich über ihren verkniffenen Mund. «Wenn Sie ihn hinter Gitter bringen, verzeihe ich Ihnen sogar, daß Sie mir den ganzen Tag verdorben haben.» Dieser Gedanke hob ihre Stimmung sichtlich. Sie grinste immer noch.

«Wissen Sie, wo ich Mr. Katz jetzt finden kann?» fragte ich.

Annie kicherte und öffnete den Mund, um etwas zu sagen, aber Paul ließ sie nicht zu Worte kommen. «Janice hat uns einmal gesagt, wo er wohnt, aber ich habe es vergessen. Vielleicht kann Ihnen sein früherer Arbeitgeber eine Adresse geben.»

Ich machte mir eine Notiz im Kopf. Meine nächste Frage würde Mrs. Freeman erneut die Stimmung verderben. Ich nippte von meinem Wasser und räusperte mich. «Ähm, könnten Sie mir wohl irgendwelche persönlichen Dinge aus Janice' Besitz für die Dauer der Ermittlungen leihen? Ich gebe sie Ihnen dann natürlich wieder zurück.»

«Persönlicher Besitz?» fragte Paul.

«Fotoalben, Briefe, jede Art von persönlichen Unterlagen wäre hilfreich. Es wäre sehr wichtig für mich, etwas zu haben, das Janice etwas bedeutet hat – ein Ring vielleicht oder ein anderes Schmuckstück.»

«Schmuck!» brüllte Annie.

Jetzt geht's los, dachte ich.

«Was für eine Drecks-Untersuchung soll das sein?» tobte sie. «Außerdem hat sie sich auch gar nicht ausgewiesen. Paul, nun sitz doch nicht so blöd herum! Wer ist diese Frau?»

Ich griff nach meiner Handtasche und überreichte ihr meine Brieftasche mit Berufslizenz, Führerschein, VISA- und American-Express-Karte, Bibliotheksausweis und all den anderen Zeugnissen einer bürgerlichen Existenz. Paul schüttelte unwillig den Kopf und sagte tonlos: «Tut mir leid», während seine Frau die Nachweise meiner Ehrbarkeit einer genauen Prüfung unterzog.

«Ich arbeite etwas anders als andere Ermittler», erklärte ich. «Manchmal gelingt es mir, etwas über Menschen in Erfahrung zu bringen, wenn ich ihre Fotos sehe oder etwas in den Händen halte, das ihnen vertraut war.»

Annie ließ meine Brieftasche wie eine heiße Kartoffel auf den Steinfußboden fallen und hievte ihre Masse aus der Chaiselongue, als sei sie von einer Wespe gestochen worden. «Sie ist eine Hexe, Paul! Ich will, daß diese Frau auf der Stelle mein Haus verläßt!» Ihre Augen waren jetzt zwei große Löcher im Hefeteig. Hysterisch flatterte sie mit den Armen.

«Beruhige dich, Annie, so beruhige dich doch!» Paul tat sein bestes, aber es war sinnlos.

«Ist schon gut, Mr. Freeman», sagte ich und bückte mich nach meiner Brieftasche. «Ich geh jetzt besser. Sie waren mir eine große Hilfe. Ich find schon allein hinaus. Danke noch mal.»

Ich ging denselben Weg zurück, den ich gekommen war. Der Mann in den Schwertlilien sah auf und sagte leise «Good-bye». Minutenlang suchte ich meine Autoschlüssel in meiner Handtasche, um sie dann in meiner Jackentasche zu finden. Als ich den Wagen anließ, kam Paul Freeman mit einem Pappkarton auf die Beifahrertür zu. Ich lehnte mich hinüber und drehte das Fenster auf.

«Tut mir leid, was eben passiert ist», sagte er.

«Ist schon gut.»

Er reichte den Karton durchs Fenster und legte ihn auf den Beifahrersitz. «Vielleicht hilft Ihnen das. Ich glaube, Janice hätte gewollt, daß Sie das bekommen.»

«Ich möchte nicht gegen die Wünsche ihrer Mutter verstoßen», sagte ich.

Seine ehrlichen blauen Augen sahen mich direkt an, als er sich zum Fenster hineinbeugte. «Annie ist ihre Stiefmutter. Ich bin Janice' Vater, und ich sage, Sie sollen das haben.»

«Gut.»

«Lassen Sie mich wissen, was Sie herausfinden. Aber es ist besser, wenn Sie mich in meinem Büro aufsuchen.» Er gab mir eine Visitenkarte. Das Firmenzeichen der berühmten Restaurantkette mußte jedem vertraut sein, der älter als drei Jahre war. Guck mal einer an, dachte ich: *Paul Freeman, Präsident.*

5

Ich war ein merkwürdiges Kind gewesen.

Zum Ergötzen von Freunden und Verwandten haben meine Eltern die Geschichten über mein ungewöhnliches Benehmen immer und immer wieder erzählt, bis ich mit den Jahren immun dagegen wurde. Ich empfand die Legenden aus meiner Kindheit als langweilig und peinlich. Erst als ich mich ernsthaft mit Psychologie zu befassen begann und meine eigene Kindheit mit anderen verglich, begriff ich, daß ich tatsächlich in einer anderen Liga kickte.

Die wohl dramatischste dieser Kindheitslegenden ist die von dem ‹Bösen Haus›. Diese Geschichte ist so oft erzählt worden, daß es mir heute schwerfällt, echte Erinnerungen von Phantasien zu unterscheiden, die sich aus den unzähligen Wiedergaben meiner Eltern speisen. Schließlich war ich erst drei Jahre alt, als alles anfing.

Unsere junge Familie war gerade in das neue Haus in Rancho Santa Fe eingezogen. Meine Mutter machte die Runde durch die Nachbarschaft, um mit den Leuten Freundschaft zu schließen, wie man das in den sechziger Jahren so tat. Stolz stemmte sie mich in ihre Hüfte und ging von Haus zu Haus, klingelte überall und sagte Hallo.

Der Erzählung meiner Mutter zufolge begann ich in dem Moment zu schreien, als sie den ersten Schritt auf der Einfahrt der Dunwodys machte. Zuerst dachte sie, ich sei einfach nur quengelig und brauche meinen Mittagsschlaf. Aber nichts und niemand konnte mich beruhigen, und als Mrs. Dunwody die Tür öffnete, boxte ich meine kleinen Fäuste in die Luft, und mein Geschrei grenzte an Hysterie. Jedesmal, wenn meine Mutter in der Folgezeit versuchte, die Dunwodys zu besuchen, wiederholte sich dieses Schauspiel. Die Erwachsenen versuchten, mich zur Räson zu bringen, aber es half nichts. Schon bei der bloßen Erwähnung des Hauses schrie ich los und brüllte «Neinneinneinnein!» – und die Warnung: «Es ist ein böses Haus!»

Ich habe keinerlei Erinnerung an diese Brüllerei, aber das mag daran liegen, daß ich mir meine ungeliebten Charaktereigenschaften ohnehin nicht gerne vor Augen führte. Bis heute jedoch habe ich ein klares Bild vom Haus der Dunwodys: imposante Backsteinmauern, und die Luft, die um diese Mauern zirkulierte, war unnatürlich still und stickig. Das Haus schien immer im Schatten zu liegen, egal wie sonnig der Tag war.

Mein irritierendes Verhalten versetzte der aufkeimenden Freundschaft zwischen den Dunwodys und meinen Eltern einen spürbaren Dämpfer. Das war besonders schade, weil Ralph und Bobbie Jean eine Tochter in meinem Alter hatten und alle gehofft hatten, daß wir Spielkameraden würden.

Bis zu diesem Punkt bin ich mir der ganzen Geschichte nicht sicher, und vielleicht gebe ich sie nicht ganz richtig wieder. Ganz klar sehe ich aber den Morgen vor mir, an dem das Rätsel sich lüftete. Ich kam zu meinen Eltern in die Küche gelaufen. Sprachlos und schockiert saßen sie über die Morgenzeitung gebeugt. Ralph Dunwody hatte die Titelseite erobert, indem er Frau und Tochter im Schlaf erschossen hatte, bevor er sich selber die Kugel gab. Ich weiß noch, als sei es erst gestern gewesen, wie ich an jenem Morgen barfuß in die Küche getapst kam und verkündete: «Etwas Schreckliches ist in dem bösen Haus passiert.» Auch an den nächsten Moment erinnere ich mich ganz genau: meine Eltern starrten erstaunt erst auf mich, dann sich gegenseitig an, und dann wieder auf mich. Zu dem Zeitpunkt kam es mir nicht als etwas Besonderes vor, daß ich es *wußte*. Ich war schließlich gerade erst vier geworden.

6

Der wild wuchernde Oleander, der die schmale Einfahrt zu meinem Elternhaus säumte, stand in voller Blüte. Ein weißes Blütenmeer umschloß meinen Wagen, so daß ich mir vorkam wie in einem Flugzeug, das durch eine dichte Wolkendecke steigt. Das Grundstück war ganz kahl und nackt gewesen, als wir vor über dreißig Jahren hierherzogen. In der Zwischenzeit waren die mickrigen Setzlinge, die mein Vater angepflanzt hatte, zu voller Größe und Pracht herangewachsen. Es war wunderschön.

Die Haustür war, wie immer, unverschlossen. Ich rief laut Hallo und ging durch den ganzen Flur auf den Teil des Hauses zu, den meine Mutter zu ihrem Refugium gemacht hatte. Und dort war sie auch. Sie saß mitten im sogenannten ‹gemütlichen Zimmer› – natürlich am Computer.

«Mom?»

Mit dem Gesicht zum Monitor und dem Rücken zur Tür scrollte sie durch Datenbanken und antwortete, ohne die Augen vom Bildschirm zu nehmen: «Ich höre dich, Liebes. In einer Sekunde bin ich bei dir.» Sie markierte eine Zahlenreihe und haute mit Bravour auf die Enter-Taste. «Da haben wir's ja schon!» Sie wirbelte in ihrem Stuhl herum und streckte mir die Arme zur Begrüßung entgegen. «Wie schön, dich zu sehen, mein Schatz!»

Ich küßte das graue Haar, das sie sich lose auf den Kopf getürmt hatte. «Hi. Bist du wieder online unterwegs?»

«Nein, ich arbeite gerade am aktuellen Rundbrief. Warte, ich muß mal eben aus dem Programm rausgehen.»

Meine Mutter, Suzanne Sarah Chase, hat vor zwanzig Jahren den Finanzmarkt zu ihrem Hobby gemacht. Neuerdings gab sie einen Rundbrief für Investoren heraus, und sie hatte etwa fünftausend feste Abonnenten. Ihre Leidenschaft für Geldgeschäfte ist die Spätfolge ihrer Tätigkeit als Geschäftsführerin in der neurologischen Praxis meines Vaters, die als eine Zwei-Mann-Partnerschaft in den Sechzigern begonnen und sich bis zu den Achtzigern in einen Ärzteverbund mit zwanzig Mitgliedern ausgeweitet hatte, und zwar hauptsächlich durch die Fähigkeit meiner Mutter, Kapital zu vermehren. Sie besitzt staatliche Wertpapiere, nationale wie kalifornische, aber sie behauptet steif und fest, das sei nur eine Beschäftigungstherapie für sie, und sie tue das nicht des Geldes wegen, sondern nur, weil es ihr Spaß mache. Ihr eigentlicher Beruf sei es, Bridge zu spielen.

«Was führt dich nach Hause, Liebes?»

«Ob du's glaubst oder nicht: Ich war gerade beruflich in der Gegend. Ist Dad zu Hause?»

«Er ist noch in Boston und hält einen Vortrag auf dem Ärztekongreß. Hast du etwas Dringendes mit ihm zu besprechen?»

«Nein, ist nicht so wichtig. Sag mal, kennst du eigentlich die Freemans?»

«Die Freemans aus der Via del Cerro?»

«Genau. Paul und Annie. Sie hatten eine Tochter, ungefähr acht Jahre jünger als ich, Janice.»

Meine Mutter kniff die Augenbrauen zusammen und kräuselte die Nase. «Annie? Das stimmt nicht, ich glaube, Mrs. Freeman heißt Ruth. Ach, wart mal! Ruth Freeman ist ja vor einigen Jahren an Krebs gestorben. Ich weiß noch, daß damals in ihrem Namen Geld für einen Wohltätigkeitsfonds gesammelt wurde. Sie soll eine phantastische Bridgespielerin gewesen sein. Leider habe ich nie mit ihr gespielt.»

Plötzlich meldete sich der Computer. Es summte und klickte, und schließlich ertönte ein nervtötender Pfeifton. Meine Mutter drehte sich zu dem bernsteinfarbenen Bildschirm um. «Hör schon auf, du dummes Ding», murmelte sie und betätigte einen Schalter zu ihren Füßen. Der Bildschirm erlosch, und es wurde wieder still.

«Hast du mal von irgendwelchen schmutzigen Geschichten im Zusammenhang mit den Freemans gehört?» fragte ich.

«Schmutzige Geschichten? Nein, aber vielleicht liegt das daran, daß ich mich aus Klatsch und Tratsch heraushalte. Ich weiß nur, daß Paul Freeman ein hochangesehener Geschäftsmann ist. Warum fragst du das?»

«Ihre Tochter ist letzte Woche bei einem Autounfall ums Leben gekommen.»

«O nein!»

«Ja, furchtbar. Aber irgend etwas stimmt da nicht. Ein Beamter des Escondido Police Department hat sich am Unfallort umgesehen. Er hat einen bestimmten Verdacht und mich angeheuert, um die Sache aufzuklären.»

«Die Polizei hat dich angeheuert?» Sie konnte es kaum glauben. Der Einsatz von Hellsehern in der Verbrechensbekämpfung ist alles andere als Usus, eine Tatsache, die meiner Mutter nur zu gut bekannt war. Eine Zeitlang war bei der Polizei von Los Angeles sogar eine Verfügung in Kraft, die solchen Unfug regelrecht verbot.

«Na ja, könnte man so sagen.»

«Und was für einen Verdacht haben sie?»

«Ach, das ist eine lange Geschichte. Ich erzähl sie dir ein anderes Mal. Jetzt bin ich nur hier, um dich auszuhorchen. Hast du von den Freemans jemals etwas Ungewöhnliches gehört – egal in welchem Zusammenhang?»

«Nein, aber ich stecke, wie gesagt, ja nicht in der Gerüchteküche drin.»

«Na gut. Wenn du das nächste Mal mit Dad sprichst, kannst du ihn dann bitte fragen, was er über die Freemans weiß? Paul Freeman sagte, daß er im letzten Frühjahr mit Dad Golf gespielt habe.»

«Gut, mach ich. Sag mal, wie wär's denn mit einem späten Mittagessen?»

«Nein, danke, Mom. Es juckt mich in den Fingern, Janice Freemans persönliche Sachen durchzugehen. Ihr Vater hat mir einen ganzen Karton voll gegeben. Wahrscheinlich gibt es Fälle, bei denen die Spur um so heißer wird, je mehr Zeit nach der Tat vergeht, aber ich möchte wetten, daß die ganz selten sind.»

«Da hast du sicher recht.» Sie zog die Schultern hoch und schüttelte sich. «Bäh, Mord! Deine Arbeit ist so brutal, Elizabeth. Findest du das nicht deprimierend?»

«Deprimierend? Ich finde es deprimierend, wenn Mörder ungeschoren davonkommen.» Ich grinste. «Meine Arbeit ist ein Triumphzug.»

Anstelle einer Antwort zog meine Mutter die Augenbrauen hoch.

«War schön, dich zu sehen, Mom.»

«Dich auch, Liebes.»

Schon mitten im Flur hörte ich, wie sie ihren Comuper wieder hochlud, und dann die Stimme meiner Mutter in ihrem typischen Singsang: «Pflück dir im Garten ein paar Orangen!»

Mein Haus in Escondido liegt etwa zwanzig Minuten von Rancho Santa Fe entfernt, wenn ich die Interstate 78 nehme, aber ich entschied mich für einen Umweg über den Del Dios Drive. Diese kurvenreiche Straße an der Südspitze der kalifornischen Hügelküste war früher einmal die einzige Verbindung zwischen den im Landesinneren gelegenen Gemeinden von San Diego County und der Küste gewesen. Janice Freemans Vater hatte gesagt, daß sie abends auf dem Heimweg vom College immer diese Straße nahm. Ich fragte mich, warum, wo doch der neue Freeway so viel schneller war.

Steile, von Salbei überwucherte Hügel wuchsen zu meiner Linken in den Himmel und zu meiner Rechten öffnete sich der Blick immer wieder auf das tief abfallende Tal, wie eine Postkartenserie, Kurve um Kurve. Ich habe einmal einen spanischsprachigen Freund nach der wörtlichen Übersetzung von ‹Del Dios› gefragt. «Von Gott», hat er geantwortet. Del Dios, die Straße Gottes. Genau wie bei Gott kann man die Aussicht hier oben als inspirierend oder als einschüchternd empfinden, je nachdem, welches Verhältnis man zu diesen Dingen hat.

Die von schmalen Seitenstreifen gesäumte Straße war jetzt, am frühen Nachmittag, fast leer. Ich merkte, daß ich immer mehr Gas gegeben hatte und die Fahrt in vollen Zügen genoß. Dann unterschätzte ich eine scharfe, enge Rechtskurve, riß das Steuer herum, und der Pappkarton auf dem Beifahrersitz rutschte mir fast auf dem Schoß. «Verdammt», fluchte ich laut und reduzierte die Geschwindigkeit auf ein vernünftiges Maß.

Einen Moment lang versuchte ich mir vorzustellen, was ich wohl tun würde, sollte sich plötzlich ein entgegenkommender Wagen auf meine Fahrbahn verirren. Eins stand auf jeden Fall fest: eine Fehlreaktion konnte man sich hier nicht leisten.

7

Ich setzte mich im Schneidersitz auf den Fußboden im Wohnzimmer und starrte auf den Karton, den Paul Freeman mir gegeben hatte. Er war aus gewöhnlicher brauner Pappe und trug die in einer sehr femininen Handschrift verfaßte Inhaltsangabe: *Korrespondenz 1991–92; Tagebücher 1991–92; Zivilrecht I; Eigentumsrecht II*. Als erstes wollte ich mir einem Überblick verschaffen, aber Whitman war schneller. Er kam aus dem Nichts und landete mit einem Satz mitten im Karton. Dann rollte er seinen kleinen Körper zusammen und kuschelte sich auf die Papiere. Dankbar blinzelte er zu mir auf. Ich konnte es nicht über mich bringen, ihn sofort wieder hochzunehmen, und unterzog statt dessen die Handschrift einer näheren Betrachtung.

Ich habe keine Ahnung von Handschriftenanalyse. Ich weiß nichts über die Bedeutung von geschlossenen Os und Is ohne I-Punkte. Trotzdem kann ich, wenn ich eine handgeschriebene Notiz sehe, eine Menge über ihren Verfasser sagen. Die fließenden Schriftzüge auf dem Pappkarton hatten schwungvolle, fast künstlerische Auf- und Abstriche, dennoch waren sie zügig und schnörkellos. Sie verrieten Intelligenz und Großzügigkeit. Ich war mir ganz sicher, daß Janice diese Schachtel selbst beschriftet hatte. Ihre Stiefmutter kam dafür jedenfalls nicht in Frage.

«Okay, Whit, jetzt verschwinde!»

Der Kater miaute ein unmißverständliches: «Warum?»

Ich dachte über diese Frage nach und kam zu dem Schluß, daß ich mich fürs erste damit begnügen konnte, einzelne Blätter unter ihm herauszuziehen. Ich griff unter seinen pelzigen Bauch und brachte ein gelbes Notizbuch mit Spiralrücken und mehrere blaue Schreibhefte zum Vorschein.

Bei den blauen Heften handelte es sich offenbar um Prüfungsaufsätze aus Janice' Jurastudium. Ich schlug eines der Hefte auf, auf dem Etikett stand *Janice Freeman – Eigentumsrecht II – Goldberg, 22.3.92*. Es war mit der gleichen fließenden Bewegung geschrieben, und ich bewunderte die gefällige Schrift, zu der Janice sogar unter Prüfungsdruck fähig war. Sie erörterte hier den Fall *McMac gegen Mary Lou* und legte (jedenfalls für einen Laien wie mich) überzeugend dar, daß Mary Lou unwissend und guten Glaubens etwas aus zweiter Hand gekauft hatte und somit unter einen bestimmten Paragraphen einer sogenannten Datenschutzverordnung fiel. Das Thema war zwar langweilig, aber ich fand es erstaunlich, daß in dem gesamten, mit Tinte geschriebenen Essay bis hin zur Lösung des Falls keine einzige Korrektur oder Streichung zu finden war. Er enthielt keinen Grammatik- und keinen Orthographiefehler.

Offenbar war er inhaltlich ebenso beeindruckend wie der Stil, in dem er geschrieben war. «Außerordentlich gut» hatte ihr Seminarleiter, vermutlich Mr. oder Mrs. Goldberg, am Ende vermerkt. Und hinzugesetzt: «Ließe das Benotungssystem unseres Instituts es zu, so würde ich diesen Essay mit 1+ bewerten.» Die anderen Hefte enthielten ähnliche Bemerkungen von verschiedenen Professoren.

Selbstmord aus Verzweiflung über Studienprobleme kommt also nicht in Frage, dachte ich.

Das gelbe Spiralheft war dicker, hatte Eselsohren und trug Kritzeleien auf dem Umschlag. Ich hielt es eine Zeitlang ungeöffnet in der Hand. Im Gegensatz zu den Prüfungsessays sah dieses Notizbuch wie etwas sehr Persönliches aus. Während ich es festhielt, spürte ich, wie Janice wieder lebendig wurde.

Ich habe eine Theorie über das Aufschlagen von Büchern. Ich bin mir nicht sicher, ob sie stimmt oder purer Aberglaube ist, aber ich habe die Erfahrung gemacht, daß man bestimmte Bücher in bestimmten Situationen auf genau der Seite aufschlägt, die man lesen muß. Das gelbe Notizbuch gehörte wohl zu dieser Sorte. Ich legte den Daumen irgendwo zwischen die Seiten, und das Buch ging auf.

19. Juni
Er bringt mich noch um. Ich liebe Sex, aber mit diesen Marathons bis vier Uhr morgens muß endlich Schluß sein. Ich habe immer gedacht, Männer schlafen gleich nach dem Orgasmus ein! Was treibt ihn nur?

Ich dachte eine Zeitlang über diesen Passus nach, nicht ohne mir das eine oder andere bildlich vorzustellen, dann knickte ich die Seite ein und blätterte weiter. Janice hatte eifrig Tagebuch geschrieben, nicht täglich, aber regelmäßig. Ihr Ton war so selbstverständlich, so vertraut, daß ich mir sicher war, sie hatte schon lange Tagebuch geführt. Vielleicht gab es irgendwo sogar Notizen, die bis in ihre Kindheit zurückreichten. Ein weiterer Eintrag fiel mir ins Auge:

17. Juli
Stan hat mir heute einen Posten im gehobenen Management angeboten. Es war das erste Mal in meinem Leben, daß ich eine Beförderung abgelehnt habe. Bis nächsten Montag muß ich noch 600 Seiten für das Studium lesen. Das bedeutet (vorausgesetzt ich habe dafür vier Stunden pro Tag und melde mich in der Firma nicht krank), daß ich 25 Seiten pro Stunde schaffen müßte! Alan kam gestern abend vorbei, haute aber beleidigt wieder ab, als ich gleich nach dem Sex zu meinen Büchern griff. Wie soll ich bei alldem noch Zeit für «außergewöhnliche Aufgaben» im Büro haben?

Das Tagebuch zog mich in seinen Bann wie die tägliche Seifenoper einen Fernsehsüchtigen. Ich legte es beiseite und beschloß, später darauf zurückzukommen und es dann systematisch vom Anfang bis zum Ende zu lesen.

Ich kraulte Whit hinter den Ohren und holte etwas anderes hervor, diesmal waren es zwei Aktenmappen und ein Jahrbuch von Janice' Schule aus dem Jahre 1983. Ich blätterte darin herum und sah mir die Fotos der Abschlußklasse an, sie waren in alphabetischer Reihenfolge der Nachnamen angeordnet. Aus der Seite

E–F, wo ein Foto von Janice abgebildet gewesen wäre, hatte jemand etwas herausgerissen. Mir fiel das Bild ein, das Tom McGowan mir gestern gezeigt hatte. Jemand – vielleicht Janice' Vater – hatte es einfach aus dem Jahrbuch herausgerissen und es der Polizei übergeben. Ich wußte nicht recht, was ich davon halten sollte.

Die Aktenmappen waren sauber etikettiert, *Korrespondenz 1992* und *Verschiedenes*. Die Wahl fiel mir so schwer wie die zwischen Schoko/Mandel- und Zabaione/Tiramisu-Eis. Einerseits gibt es für mich nichts Schöneres, als anderer Leute Post zu lesen, aber andererseits lockte mich auch das geheimnisvolle *Verschiedene* – hinter so einem Sammelbegriff konnte sich alles mögliche verbergen.

Ich entschied mich für die Korrespondenzmappe. Das erste, was mir in die Hände fiel, war ein quadratischer, unbeschrifteter Umschlag. Er enthielt eine Briefkarte, auf der das unschmeichelhafte Hinterteil eines Flußpferdes abgebildet war – ein Tier, das, egal aus welchem Winkel man es fotografiert, nicht gerade zu den Schönheiten dieser Erde zählt. Auf dem Innenteil der Karte stand: *«Wieder ein Jahr um – na und?»* Und darunter: *«Herzlichen, Lou Ann»*. Paul Freeman hatte seine Frau ‹Annie› genannt. Ich fragte mich, ob ihr richtiger Name wohl Lou Ann war. Das wäre ein typisch texanischer Name, und diese Karte versprühte so viel Gift wie die Person, die ich kennengelernt hatte.

Es gab noch mehrere Postkarten, aus den verschiedensten Himmelsrichtungen, viele davon in einer selbstsicheren, geradlinigen Handschrift. Sie waren mit *«Alles Liebe, Dad»* unterschrieben. Jemand namens Joy hatte sich bei Janice *«für die Stunden, die Du freiwillig geopfert hast, um mir in Zivilrecht auf die Sprünge zu helfen»* bedankt. Eine Laura hatte einen dreiseitigen Brief geschrieben, der wie folgt begann: *«Liebe Janice, ich möchte Dir endlich einmal sagen, wieviel unsere Freundschaft mir bedeutet ...»* Und so ging es immer weiter, mit schmalzigen Bemerkungen wie *«Dein Mut und Deine Entschlossenheit sollen mir als Vorbild dienen»*, *«Du bist so schön – innerlich wie äußerlich»* und *«ich schätze mich glücklich, Dir begegnet zu sein»*. Darunter lag ein Umschlag, der am 21. Juli abgestempelt worden und an *«Venus, c/o Pacific Properties, 1220 Waterfront Street, San Diego, Kalifornien»* adressiert war. Er trug keinen Absender. Die Karte, die darin lag, zeigte Botticellis Version einer römischen Göttin. Dazu hatte jemand in ungelenken Druckbuchstaben geschrieben:

Du bist:
a) zu klassisch
b) eine Klasse für sich
c) zu oft in der Klasse.
Warum mischst Du Dich nicht gelegentlich unters gemeine Volk?

Auch die Unterschrift fehlte, aber ich konnte mir schon denken, wer das geschrieben hatte.

Ganz unten in der Mappe lag ein unbeschrifteter brauner Din-A-4-Umschlag. Das großformatige Foto, das nun zum Vorschein kam, entlockte mir ein spontanes «Wow!».

Janice strahlte. Den Kopf zurückgelegt, die langen blonden Haare lässig über die Schulter geworfen, preßte sie ein riesiges weißes Herrenhemd an ihren Körper und lachte in die Kamera. Der Hemdsaum fiel locker auf ihre langen, sonnengebräunten Schenkel, so daß ihre Hüften bedeckt waren – im Gegensatz zu ihren schönen Brüsten. Das alles sah schon verführerisch genug aus, aber das entscheidende Etwas, das Janice zu einer ganz außerordentlichen Schönheit machte, war ihr vollkommen freies, uneitles Lachen. Fotos dieser Art erregen oft Anstoß oder haben etwas Peinliches an sich, weil die meisten Models dabei ihr angelerntes Verführgesicht aufsetzen. Dieses Foto hingegen verströmte Wärme, Lebensfreude und Offenheit. Diese atemberaubende junge Frau war keine Konkurrenz – sie konnte einem die beste Freundin sein. Sogar der Botticelli verblaßte dagegen.

Plötzlich fiel mir das Polizeifoto ein, auf dem Janice' Körper ausgestreckt aus der zersplitterten Windschutzscheibe ragt. Ich schickte ihr meine ganze Liebe und schwor, mit aller Macht ihren Mörder zu suchen.

Whitman sprang aus dem Karton und maunzte mich an. Dann rieb er seine Wangen an der scharfen Kante der Mappe *Verschiedenes*, die auf meinem Schoß lag. «Gut, laß uns nachsehen, was hier drin ist», sagte ich. Er setzte sich geduldig auf den bunten Teppich zu meinen Füßen und wartete.

«Aha», sagte ich, als ich die Mappe aufschlug, «das ist nur was für Erwachsene.» Es war ein schwarz-weißes Formular mit geprägtem Rand und dem aufgestempeltem Vermerk «Zu den Akten/Protokolle Superior Court». Als erstes fiel mein Blick auf die Wörter *«Gewaltvermeidung unter Zivilpersonen»*. Ich überflog dieses und die angehängten Blätter und kam zu dem Schluß, daß es sich hier um eine Einstweilige Verfügung auf Unterlassung handelte. Die Klägerin war eine Janice Freeman, und es ging darum, einem Alan H. Katz, wohnhaft in Silver Branch Road 1037, Ramona, Kalifornien, zu untersagen, die Klägerin weiterhin zu belästigen oder sich ihr auch nur in irgendeiner Weise anzunähern. Der Beschluß sollte am 11. November des vergangenen Jahres, bei Aushändigung an den Beklagten, in Kraft treten.

Das sah mir alles zu einfach aus.

8

Bevor ich mich zu Mr. Katz' letzter bekannter Adresse auf den Weg machte, hielt ich es für klüger, ein paar Hintergrundinformationen über den jungen Mann bei der Polizei einzuholen. Leuten, gegen die diese Art von Einstweiligen Verfügungen erwirkt werden, ist zwar jeglicher Schußwaffenbesitz untersagt, aber aus irgendwelchen Gründen liegen gerade ihre Schubladen oft voll von Uzis.

Wie er vorausgesagt hatte, war Sergeant McGowan auf Streife, als ich die Wache anrief. Die Beamtin vom Telefondienst sagte aber, sie könne McGowan schnell und problemlos über seinen Pieper erreichen. Ich bedankte mich und legte auf. Kaum hatte ich mich wieder hingesetzt und Janice' Tagebuch zur Hand genommen, klingelte das Telefon.

«Dr. Chase?»

McGowans Stimme klang vertraut. Wieder überkam mich dieses unwillkürliche Kribbeln, und ich hoffte, daß er es mir nicht anmerkte. «Nein, Sergeant McGowan, ich heiße Elizabeth. Wann hören Sie endlich auf, mich mit meinem Titel anzureden?»

«Wenn Sie aufhören, mich Sergeant zu nennen.»

Das war ein Angebot. «Okay, Tom. Schön, daß Sie so schnell zurückrufen. Ich wollte Sie um einen Gefallen bitten.»

«Dann schießen Sie mal los.»

«Könnten Sie einen Alan H. Katz für mich durch den Polizeicomputer jagen? Zumindest eine Einstweilige Verfügung auf Unterlassung sollten Sie da finden.»

«Das hab ich längst abgecheckt. Janice hat uns letztes Jahr im Dezember zu sich nach Hause gerufen. Sie sagte, daß dieser Katz gerade dabei wäre, einen Gerichtsbeschluß zu ignorieren und sie zu belästigen. Der Beamte, der sich damals um die Sache kümmerte, mußte Katz aber laufenlassen, weil diese Einstweilige Verfügung offenbar überhaupt nicht existierte.»

«Was soll das heißen, nicht existierte? Ich halte gerade ein Exemplar davon in der Hand.»

«Dann werde ich das noch mal überprüfen, obwohl ich das natürlich gleich nach dem Unfall schon getan habe. Habe ich richtig verstanden, daß Sie im Besitz einer beglaubigten Kopie dieser Einstweiligen Verfügung sind? Sind Aktenzeichen und Ablaufdatum darauf vermerkt?»

«Ja. Aktenzeichen 25923, gültig bis 11. November 1994.»

«Zustellungsvermerk?»

«Auch das.»

«Hm. Ist ja komisch. Na ja, so komisch auch wieder nicht. Unsere Akten- und Archivverwaltung befindet sich, unter uns gesagt, in einem ziemlich desolaten Zustand. Da fällt dann leider 'ne ganze Menge in das große schwarze Loch, das sich zwischen Gerichten und Exekutivorganen auftut.»

Was die Öffentlichkeit alles nicht weiß, dachte ich. «Wie beruhigend. Ist dieser Katz denn nicht mal wegen irgendwelcher anderen Vergehen bei Ihnen aktenkundig geworden? Ich habe jetzt seine Adresse und würde ganz gerne vorher wissen, was mich da erwartet.»

«Elizabeth», sagte er langsam. Ich wußte nicht, ob er mich damit aufziehen wollte oder ob er sich nur Zeit ließ, um sich an den Namen zu gewöhnen. «Ich würde ja gerne helfen, aber momentan bin ich gerade mit anderen wichtigen Dingen beschäftigt.»

«Ach ja? Was gibt's denn?»

«Das übliche halt: Doughnuts futtern, nach dummen kleinen Gesetzesbrechern Ausschau halten, so was in der Art. Ich bin frühestens in einer Dreiviertelstunde zurück auf der Wache. Dann geht es sofort los mit Katz und dem Computer. Schneller geht's leider nicht, tut mir leid.»

Auf meiner Küchenuhr war es jetzt drei, Fastenzeit zwischen Mittagessen und Abendbrot für die meisten Leute. Aber meine Eß- und Schlafgewohnheiten waren schon immer von denen der restlichen Menschheit abgewichen. Jahrelang war das ein Problem für mich. Ich war immer hungrig, wenn alle anderen satt waren. Und wenn ich abends unter Freunden so richtig in Schwung kam, fielen den anderen bereits die Augen zu. Daß ich meinem unsozialen Biorhythmus jetzt freien Lauf lassen konnte, war ein angenehmer Nebeneffekt meines neuen Jobs.

Ein kurzer Blick in den Kühlschrank polarisierte meine Möglichkeiten: Pizza mit unleserlichem Haltbarkeitsdatum oder eine Schale voll Gemüse, das ich erst gestern gekauft hatte. Ich liebe Salat, aber nur wenn ich in einer meiner seltenen Zen-Stimmungen bin, ansonsten finde ich das Kleinschnippeln öde und langweilig. Momentan war mir nicht besonders besinnlich zumute, aber nachdem ich den Deckel der durchgeweichten Pizzaschachtel gelüftet und einen Blick auf ihr verschrumpeltes Innenleben geworfen hatte, überwand ich meine angeborene Faulheit und entschied mich für Salat.

Während ich Karotten in Scheiben schnitt, rief ich meinen Freund David an, der mittlerweile Staatsanwalt ist. Wir waren schon miteinander befreundet, bevor er die Seiten wechselte, und er ist einer der ganz wenigen Anwälte in meinem Bekanntenkreis, die nicht automatisch zu Arschlöchern wurden, seit sie den Titel «Esquire» hinter ihrem Namen tragen durften. Es war David, von dem ich mich während meiner dreijährigen Metamorphose zur Detektivin ausbilden ließ. Ohne seine Hilfe hätte ich nie meine Lizenz bekommen. Er weiß das natürlich, und er läßt keine Gelegenheit aus, mir das unter die Nase zu reiben.

Es klingelte siebenmal, bevor er ranging.

«Hi, David. Hier ist Elizabeth.»

«Mann, Liz, was willst du jetzt schon wieder?» Er atmete schwer. Wahrscheinlich hatte ich ihn wieder mal auf seinem Heimtrainer erwischt.

«Was kann ich schon wollen? Deine süße Stimme hören, mehr nicht.»

Ansatzlos begann er, aus voller Kehle den «Star-Spangled Banner» zu singen.

«David, David! Hör auf! Beamtworte mir lieber eine Frage! Wenn eine Frau sich bei der Polizei darüber beschwert, daß ein Typ sich nicht an eine Einstweilige Verfügung hält, derzufolge er sich von ihr fernzuhalten hat, dann muß er doch festgenommen werden, oder?»

«Da kann man mal sehen, daß du nur Müll im Kopf hast!» Er versuchte, enttäuscht zu klingen.

«Klar, weiß ich. Wenn du bitte die Frage beantworten würdest!»

«Nuuuuun», er zog das Wort schier endlos in die Länge. «Theoretisch stimmt das. Praktisch geschieht das heutzutage jedoch in den seltensten Fällen. Die Zuwiderhandlung gegen eine Einstweilige Verfügung dieser Art stellt ein minder schweres Delikt dar. Sofern es sich bei dem Zuwiderhandelnden nicht um Attila den Hunnen handelt, wirst du hier und heute keinen Polizisten finden, der bei so was den Arsch hochkriegt. Unsere Gefängnisse sind so überfüllt, daß sogar schon Schwerverbrecher mit Geldstrafen und gemeinnützigen Arbeitseinsätzen davonkommen. Hast du überhaupt eine Vorstellung davon, wie viele dieser Einstweiligen Verfügungen Woche für Woche in dieser Stadt erwirkt werden? Wenn jeder kleine Bösewicht, der sich daran nicht hält, gleich ins Gefängnis gesteckt werden sollte ...»

«Hab schon kapiert. Danke, David.»

«Wie? Das war's schon? Mehr wolltest du nicht von mir?»

«Laß es mich so sagen: was ich noch von dir will, heben wir uns für später auf, okay?»

«Au Mann, Baby!»

Wir konnten uns diese Scherze leisten, weil unsere Beziehung eine klar definierte und erprobte war, sehr angenehm und sehr platonisch.

«Du bist wunderbar, David. Paß auf dich auf!»

«Du auch, mein Schatz. Und mach keinen Scheiß!»

Ich legte auf und wandte mich wieder dem Gemüseschnippeln zu. Dabei versuchte ich, Sinn in die ganze Angelegenheit zu bekommen. Janice wurde von Alan Katz so massiv belästigt, daß sie die Einstweilige Verfügung angestrengt hat. Offenbar stellte Katz eine echte Bedrohung dar, sonst hätte kein Richter Janice' Klage stattgegeben. Aber als sie später Schutz brauchte, war es Janice nicht gelungen, die Einhaltung der Einstweiligen Verfügung durchzusetzen, so daß es sich also in der Praxis um ein vollkommen wertloses Stück Papier handelte. Meine Güte, was für ein großartiges System, dachte ich. Ebensogut hätte Rotkäppchen versuchen können, den bösen Wolf mit einem strengen Schreiben von der Großmutter fernzuhalten.

Ich hatte mich durch Karotten, Tomaten und Paprikas gearbeitet, als das Telefon wieder klingelte. In der Leitung knackste und rauschte es wie ein altes Grammophon.

«Bitte lauter sprechen, wer immer Sie sind!»

«Ich bin's, Elizabeth, dein Vater. Leg auf, ich versuch's noch mal, hoffentlich ist die Verbindung dann besser.»

Dads Bild tauchte vor mir auf – kluge braune Augen, die viel Humor versprühten –, als hätte sich plötzlich ein innerer Monitor eingeschaltet. Lächelnd wartete ich auf das nächste Klingeln. Diesmal war die Verbindung merkwürdigerweise ganz klar.

«Fasertechnik», war seine Erklärung.

«Wie sieht's aus in Boston, Dad?»

«Wie's auf Ärztekongressen halt so aussieht. Obwohl ich zugeben muß, daß das diesjährige PowWow recht anregend ist. Die Neurotechnologie entwickelt sich mit einer Geschwindigkeit – zum Verrücktwerden, wenn du meine Wortwahl entschuldigst. Ich glaube, wir sind nicht mehr weit entfernt von einer wissenschaftlichen Formel für das Denken selbst.»

Mein Vater und ich sind beide davon fasziniert, was man Geist nennt, aber wir nähern uns dem Gegenstand von entgegengesetzn Polen an. Sein Forscherleben stand immer unter der Devise «Materie bestimmt das Denken», während ich von der Hypothese ausgehe, daß das Denken das Materielle bestimmt. Ich glaube, wir wissen beide, daß unsere verschiedenen Sichtweisen zwei Seiten derselben Medaille darstellen. Trotzdem macht es uns immer wieder Spaß, über das Thema zu streiten.

«Ach, hör auf, Dad! Das Denken wird vom *menschlichen Willen* gesteuert. Habt ihr dafür auch schon eine Formel gefunden?»

Er lachte nur. «Noch nicht, aber wart's ab! Ich höre von Mom, daß du wieder in einem Mordfall ermittelst.»

«Stimmt. Das heißt, noch sind wir nicht sicher, ob es sich um Mord oder einen Unfall handelt. Das ist es, was ich herauszukriegen versuche.»

«Aber eins ist so traurig wie das andere. Paul Freeman ist ein sehr netter Mensch, und ich weiß, daß seine Tochter sein ganzer Stolz war. Der arme Mann!»

«Ich fand ihn auch nett. Was weißt du noch über ihn? Oder über seine Familie?»

Ich wußte, daß er mich verstanden hatte, aber mein Vater blieb eine Weile still. Als er schließlich etwas sagte, war es keine Antwort auf meine Fragen.

«Du denkst also, daß das Mädchen ermordet wurde?»

«Ich denke das nicht, ich spüre es. Irgendwas ganz Merkwürdiges geht hier vor. Aber erzähl mir doch bitte trotzdem was von den Freemans!»

Mein Vater räusperte sich, bevor er fortfuhr: «Ich weiß nur ganz wenig über sie. Was ich weiß, ist, daß diese Familie unvorstellbar reich ist. Ihr vereintes Vermögen durchzubringen, wäre eine Lebensaufgabe. Was immer da passiert ist, muß etwas mit Geld zu tun gehabt haben.»

«Vereintes Vermögen?»

«Das der Freemans und das der Hunters, als Paul Lou Ann Hunter heiratete, die selbst einige Millionen besitzt.»

«Aber Dad, die Frau ist eine Provinzschlampe!»

«Du überraschst mich, Elizabeth. Du solltest doch am allerbesten wissen, daß man Leute nicht nach ihrer äußeren Erscheinung beurteilen kann.»

Bingo! «Hast ja recht», sagte ich lahm. Genau in dem Moment piepte es in der Leitung. «O Dad, da ist ein Anruf für mich. Ruf mich wieder an, wenn dir noch was einfällt, okay? Bye, ich liebe dich.»

«Ich liebe dich auch. Sei vorsichtig, Elizabeth!»

Es stellte sich heraus, daß der Anruf von McGowan kam, der nichts, aber auch gar nichts über Alan Katz in Erfahrung gebracht hatte. Nach dem Erkenntnisstand der Polizei war der Typ so unschuldig wie ein neugeborenes Lamm.

Ich war beeindruckt.

9

Ich fuhr wieder den Del Dios Drive entlang. In gleichmäßigem Rhythmus wand sich der Wagen die steile Straße hinauf, links herum, rechts herum, rechts herum und wieder links herum. Es war jetzt dunkel, der salbeibedeckte Hügel von Nacht umhüllt. Zu meiner Rechten konnte ich nichts erkennen, aber ich spürte die enorme Tiefe des Tals, das da unten in der Dunkelheit lag.

Ich weiß nicht, wie lange ich schon so gefahren war, als mir plötzlich bewußt wurde, daß ich gar nicht vorankam. Ich nahm eine Kurve nach der anderen, ohne meinem Ziel näherzukommen. Ich verstärkte den Druck auf das Gaspedal, aber nichts veränderte sich. Die gewundene Straße verlangte volle Konzentration, aber ich wußte jetzt, daß ihre endlosen Kurven mich kein Stück weiter bringen würden.

Ganz plötzlich wachte ich auf. Ich riß die Augen auf und war hellwach. Allerdings lag ich nicht in meinem Bett. Es war so dunkel, daß ich kaum sehen konnte, aber nach und nach zeichneten sich die Konturen des steilen Hügels in etwa fünfzehn Meter Tiefe unter mir ab.

Ich schwebte schwerelos auf der Stelle.

Der Moment, in dem mir das klar wurde, barg die Gefahr des Abstürzens in sich, das wußte ich wohl. Eine Angstreaktion würde unwillkürlich einen Abwehrmechanismus auslösen, und augenblicklich wäre ich in meinen normalen Bewußtseinszustand zurückversetzt worden.

Ich hatte schon oft genug solche Trips unternommen, um genau einschätzen zu können, was da passierte. Mithilfe einer Technik, die ich schon einige Male erfolgreich angewandt hatte, gab ich mir das Kommando, nach rechts zu fliegen, um mich erst einmal zu vergewissern, daß ich die Situation unter Kontrolle hatte. Es klappte problemlos. Ich bewegte mich mit einer Leichtigkeit zur Seite weg, als hätte ich einen Turboantrieb. Es war ein tolles Gefühl, wie immer. Man kommt sich vor wie eins dieser kleinen ferngesteuerten Modellflugzeuge.

Wenn ich mich außerhalb meines Körpers befinde, gibt es dafür immer einen guten Grund, sowohl was den Ort des Geschehens angeht, als auch seinen Anlaß. Außerdem habe ich die Erfahrung gemacht, daß, wenn ich in diesem Zustand Fragen stelle, die Antworten meist von großer Bedeutung sind. Langsam und bewußt formulierte ich die Frage: *Was soll ich aus dieser Situation lernen?*

Die Antwort kam nicht sofort. Eine Zeitlang bekam ich nicht den kleinsten Hinweis. Der Mond war noch nicht aufgegangen, so daß fast vollkommene Dunkelheit herrschte. Ich schwebte, ganz wörtlich, im Unklaren. Mit größter Mühe konnte ich schließlich undeutlich eine Straße ausmachen, die sich tief unten durch die Hügel wand. Die nächste Frage (*Was soll ich von dieser Straße lernen?*) hatte sich in meinem Kopf noch nicht zu Ende geformt, als ich bemerkte, daß auf dem Abhang genau unter mir etwas vorging. In der Tiefe sah ich zwei Figuren, die sich bewegten. Sie waren so weit entfernt, daß sie mir wie winzige Spielzeuge vorkamen.

Mein nächstes Kommando war, tiefer zu steigen, damit ich besser sehen konnte, was die beiden da trieben. Mühelos sank ich hinab, als ob ich Flügel hätte. Der Hügel kam näher, bis ich aus der Vogelperspektive zwei Männer ausmachen konnte. Sie standen neben einem Auto und redeten heftig aufeinander ein.

Ich kam noch näher, damit ich verstehen konnte, was sie sagten. Einen Moment lang hatte ich unsinnigerweise Angst, daß sie mich bemerken könnten, und stieg abrupt wieder ein Stück auf. Und dann ging plötzlich und ohne Vorwarnung alles schief.

Ich verlor die Kontrolle und begann so schnell zu sinken, daß mir schlecht wurde. Hals über Kopf stürzte ich ab, und schmerzhaft wurde mir bewußt, daß ich nicht länger schwerelos war. Ich wurde durchgerüttelt und -geschüttelt, und der Fall schien kein

Ende zu nehmen. Ich hörte Zweige gegen Metall kratzen, fühlte die unnachgiebige, mitleidslose Härte dieses Metalls an meinen eigenen Knochen. Ich wollte schreien, konnte aber meine Stimmbänder nicht aktivieren. Ein gewaltiger, furchtbarer Druck zerquetschte mich ganz grauenvoll und in Zeitlupe.

Ich versuchte mich zu bewegen, aber es ging nicht.

Panik stieg in mir auf, und ich öffnete die Augen. Fest in die Decke gehüllt lag ich in meinem Bett. Rote und grüne Muster tanzten kaleidoskopisch vor meinen Augen, erst nach und nach zeichnete sich das gewohnte Bild meines Schlafzimmers ab.

Ich setzte mich auf, elend und verschwitzt.

Auf dem Nachttisch stand die Digitalanzeige meines Weckers auf 5.01. Viel zu früh, um aufzustehen, fand ich. Ich legte mich in die Kissen zurück und versuchte, wieder einzuschlafen, aber ich hatte einen Druck auf der Brust, als trüge ich eine dieser Bleischürzen, die einem beim Röntgen angelegt werden. Der Schrecken, den ich gerade durchlebt hatte, prägte die Atmosphäre, und der Begriff «drohende Gefahr» formte sich in meinem Kopf.

Ein paar Minuten lang starrte ich einfach nur zur Zimmerdecke hoch. Ich versuchte mich mit dem Gedanken zu beruhigen, daß bald die Sonne aufgehen und der Tag dann vermutlich so normal wie jeder andere verlaufen würde. Es hatte keinen Sinn. Ich starrte weiter die Decke an, und die Muster im Putz verdichteten sich zu geheimnisvollen Figuren. Schließlich wurde mir klar, daß ich Licht in die ganze Sache bringen mußte.

Ich ging ins Wohnzimmer hinüber und arrangierte drei weiße Kerzen und einen Räucherstäbchenhalter um das Usambaraveilchen auf meinem Couchtisch. Als ich ein Streichholz anzündete, zischte das Echo durch die Morgenstille. Die Flamme war von einer blendenden Helligkeit, die sich mit jeder neu angezündeten Kerze intensivierte. Dann entzündete ich über jeder Flamme ein Magnolien-Räucherstäbchen. Der Duft strömte mir in die Nase und ich wurde wunderbar ruhig.

Die Bäume vor meinem Fenster standen immer noch schwarz

gegen den rotgrauen Dämmerhimmel. Ich saß auf dem Sofa, das Gesicht nach Osten, Richtung Licht, und schloß die Augen. Ich atmete tief und konzentrierte mich auf den Punkt in der Mitte der Stirn, kurz über den Augenbrauen. Dort, in der Finsternis, unter geschlossenen Augenlidern, begann ein kreisrundes Licht zu leuchten, wie eine entfernte innere Sonne, die mich mit Wärme durchströmte, und ich fühlte, wie die Anspannung nachließ.

Wenn es irgend möglich ist, verlasse ich mein Alltagsbewußtsein wenigstens einmal pro Tag. Denn nur dann können meine Sinne sich frei entfalten – mindestens sechs davon. An diesem Morgen fiel mir das Meditieren jedoch nicht leicht. Angstbesetzte Bilder flackerten mir durch den Kopf, wie Killerfliegen, die das Grauen der Ungewißheit mit sich bringen. Ich versuchte, sie zu verscheuchen und meinen Geist leer werden zu lassen. Das war furchtbar anstrengend und ermüdend.

Dann sagte eine Stimme: *Laß sie kommen!* Die Erinnerung kam mit einem Lächeln: Alan Watts hat einmal geschrieben, der Versuch, beim Meditieren Gedanken und Gefühle zu verdrängen, sei genauso fruchtlos wie der Versuch, «die rauhe See mit einem Bügeleisen zu glätten». Der Trick besteht darin, die hochkommenden Gedanken zuzulassen und ihnen dieselbe Bedeutung zuzumessen wie allen anderen Störfaktoren, von denen man immer umgeben ist. Also ergab ich mich der internen wie externen Kakophonie. Und die ging ungefähr so:

Kühlschrankbrummen / das Gefühl des Abwärtstrudelns
Singvögel im Garten / metallisches Kratzen
Das weiche Sofakissen unter mir / der knochenzermalmende Aufprall.

Nach einer Weile stellte sich eine Kongruenz zwischen äußerer und innerer Welt her. Und eine sehr bewußte, sehr entspannte Elizabeth ging aus alldem hervor, ganz und gar in sich selbst ruhend.

Als ich aus der Meditation wieder auftauchte, war die Atmosphäre von Angst und Unsicherheit, die meinen Alptraum umgeben hatte, verflogen. Was blieb, waren starke Eindrücke – der dunkle Abhang, die beiden Männer, der furchtbar reale Absturz. Das war eindeutig eine Botschaft, vielleicht sogar eine Warnung. Ich brauchte sie jetzt nur noch zu interpretieren.

Mittlerweile war es fast sechs Uhr geworden, immer noch zu früh, um Alan Katz einen Besuch abzustatten. Aus Janice Freemans Tagebuch hatte ich in der vergangenen Nacht eine Menge über ihn gelernt. Die interessantesten Stellen hatte ich markiert. Jetzt beschloß ich, sie mir noch einmal anzusehen, und es sprach nichts dagegen, das gemütlich im Bett zu tun.

Janice hatte Alan bei Pacific Properties kennengelernt. Das war offenbar irgendwann im Februar gewesen:

14. Feb.
Heute mittag Lunch mit dem Ungehobelten, der vor kurzem in der Grundstückswartung angefangen hat, Alan Katz. Er kommt frisch aus Hawaii, ausgerechnet! Als er erzählte, wo er herkommt, sagte ich: «Ach ja?», und er: «Wieso? Nur weil ich Jude bin, muß ich ja nicht von der Ostküste stammen!» Mußte lachen, weil er mich ertappt hatte.

Die Romanze entwickelte sich wie ein Wirbelwind:

20. März
Alans Zynismus schmilzt dahin, wenn wir im Bett sind – und ich gleich mit. Eigentlich ist er nur ein rotgelockter, etwas zu groß geratener Posaunenengel. Das hab ich ihm auch gesagt.

Erste Sturmwolken erschienen am bis dahin ungetrübten Horizont der Liebenden bereits im Sommer:

7. Juli
Ich habe keine Lust mehr, immer wieder so enttäuscht zu werden. Alan ist heute abend wieder nicht gekommen. Das ist schon das zweite Mal in dieser Woche, und mir reicht's jetzt. Für so ein Hin und Her ist mir meine Zeit zu schade! Eine andere Frau

kann nicht dahinter stecken, denn er schickt mir dauernd Blumen und Gedichte, und der Sex ist immer noch leidenschaftlich – wenn er denn stattfindet.

22. August
Bin Alan letzten Mittwoch nach Hause gefolgt, weil er wieder eine Verabredung platzen lassen hat und ich sicher bin, daß er sich nicht mit einer anderen trifft. Er fuhr direkt nach Hause und fing an, in seiner Garage zu arbeiten. Als es dunkel wurde, versteckte ich mich im Gebüsch …

(Ein Mädchen ganz nach meinem Geschmack, dachte ich.)

… aber nichts passierte, die ganze Nacht nicht. Keine Besucher. Nur Alan, der in seiner Garage vor sich hin werkelte. Ich kapier's nicht.

3. November
Endlich ist mir klar geworden, daß Alan ein Drogenproblem hat. Als ich ihn gefragt habe, hat er natürlich geschworen, daß er grundsätzlich nichts anrührt. Gestern nacht ist er nach dem Sex eingeschlafen, da hab ich mir seine Wagenschlüssel geschnappt und den Wagen durchsucht. Ich wußte, daß ich auf der richtigen Spur war, als ich unter dem Sitz eine Papiertüte mit einer Rasierklinge fand. Ich suchte weiter und fand ein gelbliches Etwas in einem hohlen Filzstift, auch unter dem Sitz. Es muß sich um Kokain handeln.

Ich bewunderte ihre detektivische Ader. Und ich bewunderte die Art, wie sie mit ihrem Kummer umging. Wie hatte doch ihre Freundin Laura geschrieben? «*Deine Tatkraft und Entschlossenheit sollen mir als Vorbild dienen.*» Obwohl sie in den Kerl offenbar völlig vernarrt war, hat sie ihm den Laufpaß gegeben und ist auch danach nicht wieder weich geworden, obwohl ihr das sehr schwer gefallen sein muß:

31. Dezember
Er fehlt mir. Der Schmerz erinnert mich an den komplizierten Beinbruch (Knochen hatte sich durch die Haut gebohrt!), als ich damals mit 14 vom Pferd gefallen bin. Wie sagte der Arzt doch so treffend? Ist ein schlimmer Bruch, Janice, und es wird lange dauern, bis er geheilt ist.

Nach Janice' Schilderung tat Alan alles, um die Wunde frisch zu halten. Er schien zu der Sorte von Männern zu gehören, für die ein Nein keine Antwort ist.

21. Januar
Jetzt kann ich nicht mal mehr ans Telefon gehen! Jedesmal ist er dran, um mich anzuflehen oder zu beschimpfen. Allein auf meinen Anrufbeantworter im Büro hat er mir heute sieben Nachrichten gesprochen. Die ersten drei von der Sorte Ich-liebe-dich-und-will-dich-wiederhaben, die restlichen vier, was für ein Arschloch ich sei, alles sei nur meine Schuld, und ICH sei diejenige, die ein Problem habe. Wenn er noch ein einziges Mal mitten in der Nacht an meiner Haustür auftaucht, verklage ich ihn, das schwöre ich!

Diese und andere Bemerkungen machten deutlich, daß Alan sich zu einer wahren Pest entwickelt hatte, aber nirgendwo fanden sich Hinweise auf Gewalt oder auf Verhaltensweisen, die in irgendeiner Weise eine lebensbedrohliche Gefahr für Janice darstellten.

Wenn aber jemand Janice' Unfall vorsätzlich herbeigeführt hatte – wer war dann das andere Opfer, der Typ, der auf die Gegenfahrbahn geraten war? Laut Tom McGowan war er so betrunken gewesen, daß er von alldem wohl nichts mitbekommen hat. Die gerichtsmedizinische Analyse hatte ergeben, daß sein Blutalkoholgehalt bei 2,8 Promille lag – mehr als dreimal so hoch wie erlaubt. Als der entsprechende Bericht verfaßt wurde, waren Name und Anschrift des Opfers noch nicht ermittelt worden. Ich nahm mir vor, McGowan danach zu fragen.

Die Sonne war inzwischen ein gutes Stück über den Horizont gestiegen, und ich fühlte mich warm und sicher. Nicht mehr lange, und ich würde mich zu der Adresse aufmachen können, unter der Alan Katz die Einstweilige Verfügung zugestellt bekommen hatte. Es konnte aber nicht schaden, noch ein paar Minuten die Augen zuzumachen.

10

Ich wachte erst um zwanzig vor elf wieder auf. Wenn der Spruch von dem frühen Vogel stimmte, würde ich an diesem Morgen keinen Wurm mehr fangen. Glücklicherweise war bei diesem Besuch legere Kleidung angesagt. Ich duschte in Rekordzeit, warf mir einen Jeans Mini und ein Grateful Dead T-Shirt über, schlüpfte an der Haustür in meine Badelatschen und hoffte, daß mein Haar trocknen würde, bevor ich da war.

Ehe ich den Motor anließ, angelte ich eine Straßenkarte unter dem Autositz hervor, um nachzuschlagen, wo «da» überhaupt war. Ramona ist nämlich keine Stadt, durch die man auf der Fahrt von irgendwo nach anderswo einfach mal so kommt. Es ist eine dieser kalifornischen Kleinstädte, die zu weit von der Küste entfernt liegen, um je in Mode gekommen zu sein, und zu weit vom Interstate Highway, um es wenigstens als Abfahrt oder Autobahnkreuz zu einer gewissen Berühmtheit gebracht zu haben. Ich wußte zwar, daß eine allgegenwärtige Fast Food-Kette ihren Weg nach Ramona gefunden hatte, aber das war auch schon der einzige Außenposten moderner Zivilisation, den Ramona vorzuweisen hatte. Die Karte bestätigte meine Befürchtungen. Die Silver Branch Road, in der Alan Katz wohnte, lag Meilen außerhalb der Stadt in der Wüste. Ich schnallte mich an, kramte nach meinen Cassetten und fuhr los Richtung Stadtgrenze.

Siebenundfünfzig Minuten beziehungsweise eine ganze Jupitersymphonie und einen halben Jimi Hendrix später bog ich an einem verbeulten grauen Briefkasten in einen Schotterweg ein. Es war noch nicht ganz zwölf, aber die Hitze warf mich fast um, als ich die Wagentür öffnete. Ich blieb einen Moment lang stehen und sah mich um.

Das rosa verputzte Flachdachhaus lag wie ein überdimensionierter Schuhkarton auf einem Felsplateau in den Wüstenbergen. Staubfarbenes Hinterland erstreckte sich in alle Richtungen. Die Leute, die hier wohnten, hatten mit Landschaftsgestaltung nichts im Sinn. Kein Baum und kein Strauch war in Sicht, noch nicht einmal ein mickriges Fleckchen Eiskraut. Das einzig Grüne war ein stacheliger Kaktus am Fuße des Briefkastens.

Der Vorgarten beherbergte eine Ansammlung von Sachen, die man auf keinem Flohmarkt mehr loswerden konnte. Es gab keinen einzigen Quadratmeter, auf dem nicht irgendwelcher Schrott herumlag – Autoteile, verrottende Möbel, Teppiche, Spielsachen, unidentifizierbare Metallteile, Bastkörbe, Pappkartons und Blechdosen. Zwar gab es hier weit und breit keine Nachbarn, aber wenn die Bewohner dieses Hauses es in Ordnung fanden, ihr Anwesen nach vorne raus *so* zu präsentieren, dann wollte ich lieber nicht wissen, wie es hinterm Haus aussah.

Eine schwangere Katze bahnte sich vorsichtig einen Weg durch den Schrott. «Hi, Katzenmami!» rief ich ihr im Vorbeigehen zu. Sie sah auf und miaute, dann flüchtete sie sich in den Schatten eines schmalen Vordaches an der Längsseite des Hauses.

Ich stand auf der geländerlosen Betonterrasse vor dem Haus und blinzelte durch das Fliegengitter. Im Halbdunkel des Wohnzimmers schwirrten unzählige Fliegen herum – der Eindruck von Elend und Verwahrlosung, den der Vorgarten schon so nachhaltig verbreitet hatte, verdichtete sich nun zum Leitmotiv. Ich konnte nicht genau erkennen, was da alles auf Fußboden und Möbel getürmt war, fest stand aber, daß es in dem ganzen Raum nicht eine saubere oder aufgeräumte Ecke gab.

«Die Avonberaterin!» sang ich.

Eine spindeldürre Brünette kam durch die Dunkelheit an die Haustür gesprungen. Sie hatte sich heute mal leger angezogen: hautenge, abgeschnittene Jeans und ein Stretch-Top, das nur knapp ihre Brüste bedeckte. Keine Schuhe. Ich wartete geduldig, während sie auf ihrem Kaugummi herumschmatzte und mein T-Shirt studierte.

«Was soll das?» fragte sie aggressiv. Ihre Stimme klang nach Ostküste, New Jersey vielleicht.

«Das mit der Avonberaterin war nicht ernstgemeint», sagte ich.

Sie zog die Augenbrauen hoch und sah mich auf eine Weise an, die man grob übersetzen konnte mit: «Dann denk dir aber mal ganz schnell was Besseres aus!»

«Eigentlich hat Alan mich hierher geschickt», versuchte ich's. Auf gewisse Weise stimmte das ja auch.

Sie entspannte sich sofort. «Ach so, komm doch rein», sagte sie und öffnete die Tür.

Ich trat in die gute Stube.

«Du brauchst also Stoff?»

Ich zuckte mit den Schultern und versuchte, mich ganz locker zu geben. Sie drehte sich um und navigierte mich durch das Durcheinander. Ich folgte ihr, so gut ich konnte.

Plötzlich wußte ich, wo ich war. Dies mußte der sagenumwobene Ort sein, an dem sich alle verlorenen Sachen ansammelten. Er mußte es einfach sein! Allein auf einem winzigen Tischchen lagen Haarnadeln, eine Einzelsocke, Kugel- und Bleistifte, ein Handtuch, Schlüssel ohne Schlüsselring, eine Sonnenbrille, mehrere zerknüllte Papiere, eine Batterie, eine Glühbirne, ein Kamm ...

Ein gedämpftes Gurgeln unterbrach meine Träumerei. Ich sah auf und beobachtete, wie die Brünette an einem großen blauen Glasbong sog. Sie streckte einen langen, knochigen Arm aus und reichte mir das Gerät herüber. «Willst du auch?» krächzte sie mit angehaltenem Atem.

«Ach, lieber nicht», sagte ich, als sei ich mir nicht ganz sicher.

Meine Augen hatten sich inzwischen an die Dunkelheit gewöhnt, und ich sah mich nach etwas um, worauf ich mich setzen konnte. Bei der Gelegenheit merkte ich, daß wir nicht allein waren. Ein Mann lag schlafend oder bewußtlos auf dem Sofa, zusammengerollt wie ein Kind im Mutterleib. Sein schmaler Hintern zeigte in unsere Richtung. Ich nahm ein paar Zeitungen und Kleidungsstücke von einem Stuhl und setzte mich.

Die Brünette machte sich noch einmal über das Bong her. Ihre vollen, fast schwarzen Haare faszinierten mich. Sie hatte sie mit einem Tuch zu einem Pferdeschwanz hochgebunden, das wie ein Fetzen Unterwäsche aussah. Mit ihren exotisch geschwungenen Augenbrauen und den weit auseinanderstehenden hohen Wangenknochen hätte sie eine Schönheit sein können, aber sie hatte etwas Gemeines an sich, und das überwog ihr attraktives Äußeres.

«Was willst du?» fragte sie unwirsch.

«Nicht viel», sagte ich vage. «Was gibt's denn?»

Sie zuckte mit der Schulter und nahm das Kaugummi aus dem Mund, rollte den zerkauten Klumpen in ein Stück Zigarettenpapier und warf ihn auf den Tisch. Dann hob sie ein Backblech voll junger Marijuanapflanzen vom Boden auf und begann, einen der Sprößlinge in feine, pfeifengerechte Streifen zu zerpflücken.

Ich versuchte, mir den Burschen auf der Couch näher anzusehen. Janice Freeman hatte Alan Katz als einen «rotgelockten, etwas zu groß geratenen Posaunenengel» beschrieben. Wer immer es war, der hier vor sich hin dämmerte, hatte eine dichte braune Matte verfilzter Haare, die ihm lang zwischen den Schulterblättern herunterhing, und nichts an ihm erinnerte auch nur im entferntesten an einen Posaunen- oder sonstwie gearteten Engel.

Ich überlegte, wie ich ein Gespräch eröffnen sollte, ohne preiszugeben, warum ich hier war. Ich fragte mich, für wen die junge Frau mich wohl hielt, falls sie sich darüber überhaupt Gedanken machte.

«Was treibt Alan denn heute so?» fragte ich.

«Scheiße! Woher soll *ich* das wissen?» Etwas in ihrer Stimme klang nach einer alten Verletzung.

«Ist er nicht hier?»

«Scheiße, nein!» schnaubte sie. Sie schüttelte den Kopf und rollte mit den Augen. «Scheißescheiße, nein!»

Die Atmosphäre war aufgeladen mit einer astralen Statik, die mir Kopfschmerzen zu machen begann. Ich versuchte, mir eine Glaswand vorzustellen, die mich schützend umgab, und gedanklich rief ich mir spirituelle Hilfe herbei.

«Na dann», leitete ich meinen Rückzug ein.

Wortlos füllte sie das Bong auf.

Mein Kopf wurde klarer, und plötzlich fiel mir eine Bemerkung aus Janice' Tagebuch ein, etwas über eine frühere Freundin von Alan, deren Namen mit einem T begann.

«Ich heiße übrigens Liz», sagte ich.

Sie sah mich zweifelnd an. Nun hatte ich nicht gerade einen Knicks erwartet, aber ich hatte doch gehofft, ihr wenigstens einen Namen zu entlocken. Vergebens.

«Aha», sagte sie. «Was soll's.» Sie zündete ein Feuerzeug an, hielt die Flamme über den Pfeifenkopf und sog.

Inzwischen stank das ganze Zimmer nach dem Zeug, ohne das Aroma der vergammelten Polstermöbel ganz zu überdecken. Von der angrenzenden Küche her mischten sich Geruchsschwaden von Bergen unabgewaschenen Geschirrs unter die Mixtur.

«Du bist also nicht mehr mit Alan zusammen?»

Sie warf mir einen genervten Blick zu. Ihre blutunterlaufenen Augen verrieten, daß sie eine Menge von dem Zeug intus hatte, aber ihr Blick war gefaßt. «Sag mal, was willst du nun eigentlich?»

Mir war klar, daß sich das «was» auf Drogen bezog. «Ich muß mit Alan reden», sagte ich.

«Wozu? Alles, was du von ihm gekriegt hast, kannst du auch von mir kriegen.» Es war mehr ein Aufschrei als ein Angebot. Ich hatte genug gesehen, um zu wissen, daß sie zu sehr der Sucht verfallen und zu unorganisiert war, um als Dealerin erfolgreich zu sein, aber jetzt hörte sie sich doch so an, als ob sie ihr Jungunternehmertum verdammt ernst nahm.

«Das glaub ich gerne. Aber eine Freundin von Alan ist kürzlich verstorben, und ich soll ihm ein paar von seinen Sachen wiedergeben.»

Angst zuckte durch ihr Gesicht. Wurde ja auch mal Zeit, dachte ich. Himmel, sie wußte ja noch nicht einmal, ob ich nicht von der Staatsanwaltschaft kam!

Sie setzte das Bong ab und fixierte mich. «Ich sag doch, ich hab nichts von Alan gehört, okay? Hier bist du jedenfalls an der falschen Adresse, Baby.» Sie spuckte mir die Worte wütend entgegen, und in dem Typen auf der Couch regte sich eine Spur von Leben. So viel zu der angeblich ja besänftigenden Wirkung von Pot.

An diesem Punkt hätte ich besser die Klappe halten sollen, aber es war eine lange, heiße Fahrt hier raus gewesen. «Okay», sagte ich freundlich. «Weißt du, wo ich ihn finden kann?»

Sie kam auf die Füße und machte ein paar schnelle Schritte auf mich zu. Dann blieb sie stehen und durchbohrte mich mit Blikken, ehe sie die Lippen hochzog und mir entgegenschrie, was sie schon einmal gesagt hatte: «ICH SAG DOCH, ICH HAB NICHTS VON IHM GEHÖRT – OKAY?»

Sie brauchte nicht hinzuzufügen: «Und jetzt verpiß dich!» Sie tat es auch nicht. Trotzdem hörte ich es laut und deutlich.

11

Ich wußte ja, daß es zu leicht ausgesehen hatte.

Jetzt war klar, daß ich Alan Katz auf die anstrengende Art suchen mußte. Ich gehöre nicht zu denen, die einfach nur die Augen schließen, die Fingerspitzen an die Schläfen setzen und dann verschollene Freunde und Verwandte auf ihrem eingebauten magischen Scanner lokalisieren können. Es stimmt zwar, daß ich einmal einem angeschossenen Jungen das Leben gerettet habe, weil die Anschrift seines Aufenthaltsortes blitzartig vor meinen Augen erschien, aber das Schlüsselwort dieser ganzen Operation ist «einmal». So etwas war vorher nie passiert – und seitdem ist es auch nicht wieder vorgekommen. Diese flüchtigen Erleuchtungen sind für mich unvorhersehbar und entziehen sich meiner willentlichen Kontrolle. Sie scheinen von einer Kraft gesteuert zu sein, die größer ist als ich selbst. Entweder das, oder ich habe die Zahlenkombination für das Schließfach zu meinem Unterbewußtsein einfach noch nicht rausgekriegt. Auf jeden Fall kann ich nicht davon ausgehen, daß es mir möglich wäre, auch nur eine meiner spektakulären hellseherischen Großtaten zu wiederholen. Es ist schließlich keine Bühnenshow, die ich hier abziehe.

Es gibt Leute, die behaupten, jeder und jede könne die ihm oder ihr angeborenen hellseherischen Fähigkeiten entwickeln und erweitern. Meist sind das Leute, die nur allzu gerne bereit sind, einem bei diesem aufregenden Prozeß unter die Arme zu greifen – gegen ein kleines Vermögen, versteht sich. In der Regel kann man sie an ihrem Vorgehen erkennen, denn sie fahren alle die gleiche Tour. Zunächst einmal erkennen sie in ihrem potentiellen Klienten eine «alte Seele». Als nächstes prophezeien sie ihm dann, ihm stünde eine «große Transformation» bevor, er bedürfe lediglich ihrer bescheidenen Hilfe, um die Grenzen des Menschlich-Irdischen sprengen zu können. Das alles wird begleitet von ausdauerndem Blickkontakt, wobei die Augen des «Beraters» vor lauter verborgenen Botschaften nur so triefen. Dazu kann ich nur sagen: Wer so jemandem begegnet, sollte die Beine in die Hand nehmen und so schnell und so weit weglaufen, wie er kann. Diese Leute sind nur auf Besitz aus, materiell oder menschlich. Sie wollen entweder Geld oder Hörigkeit. Ich lege meine Hand dafür ins Feuer, daß sie erst zufrieden sind, wenn man ihnen sich selbst oder seine ganze Habe ausliefert. Die «Weisheit und Erleuchtung», die zu vermitteln sie vorgeben, wird auf jeden Fall teuer bezahlt.

Auf der Suche nach Lehrern, die mir meine ungewöhnliche Gabe erklären konnten, habe ich selbst bittere Erfahrungen mit diesen Energievampiren gemacht. Einmal habe ich einen sanften, weisen Kräuterkundigen bei mir übernachten lassen, der in meinem vergangenen und gegenwärtigen Leben offenbar wie in einem aufgeschlagenen Buch lesen konnte. Er versetzte mich mit seinem Wissen um intime und exakte Details so in Erstaunen, daß ich sprachlos war. Noch erstaunter war ich, als ich am nächsten Morgen aufwachte und feststellen mußte, daß der Kräuterkundige weg war – und mit ihm alles, was ich einmal besessen hatte. Ich wünschte, das wäre das einzige Beispiel, von dem ich aus eigener Erfahrung berichten kann.

Die Rückfahrt in die Zivilisation über die staubige, abgelegene Silver Branch Road gab mir reichlich Gelegenheit, mit meinem nur zeitweise vorhandenen Talent zu hadern. Ich hatte keine Ahnung, wie es weitergehen sollte und dachte: ‹*Du hast die seherischen Fähigkeiten eines Backsteins!*› Ich hatte es mir nicht anmerken lassen, aber die *Wer hat Angst vor Virginia Woolf*-Nummer, die die Lady in der Drogenhütte mit mir abgezogen hatte, war mir doch schwer an die Nieren gegangen. Eigentlich hätte ich dankbar sein sollen, daß ich nicht jeden Tag angebrüllt wurde, im Gegensatz zu vielen anderen. Geradezu wehmütig fiel mir jetzt ein Gewohnheitsschreier ein, den ich in Stanford gekannt hatte. Lehrkörper und Studenten nannten ihn nur den Philosophen. In abgerissenen Kleidern wandelte er auf dem Campus umher und schrie seine ontologischen Erkenntnisse den Vorübergehenden entgegen, manchmal brüllte er auch einfach nur «Hei-degger!». Sein unförmiger Körper und seine vorgewölbte Stirn hatten zwar etwas Furchterregendes, aber seine Tiraden konnten mich nie aus der Fassung bringen. Seine Brüllerei war nicht persönlich gemeint, er schrie gegen das ganze Universum an, und in gewisser Weise, glaube ich, konnte die ganze Universität seine Frustration gut nachempfinden.

Die Lady in der Drogenhütte jedoch hatte mich aus der Fassung gebracht. Ich steuerte auf das Zentrum von Ramona zu, das man praktisch nicht verfehlen konnte, weil es nur aus einer einzigen Kreuzung bestand, und versuchte das Gefühl loszuwerden, ich sei ungerecht behandelt worden. Dabei wurde mir klar, daß ein Teil meines Unwohlseins daher rührte, daß ich mich selbst ungerecht behandelte: Ich war nämlich schon die ganze Zeit dabei, mich selbst dafür zu bestrafen, daß ich zu lange geschlafen hatte. Ich war ohne große Planung aus dem Haus gestürzt – ehrlich gesagt: ohne jegliche Planung –, und nun war die Hälfte des Tages um, ohne daß ich eine Vorstellung davon hatte, was als nächstes zu tun war.

Ich kaufte mir einen großen Becher Kaffee und verbrannte mir prompt den Mund. Dabei hätte ich es wissen müssen. Aus irgendwelchen Gründen erhitzen diese 24-Stunden-Service-Shops das Gebräu, das sie da verkaufen, immer auf Temperaturen, die für die menschliche Zunge unverträglich sind – wahrscheinlich um damit von der miserablen Qualität abzulenken. Vor dem Laden war eine Telefonzelle. Auf dem Weg dahin sog ich kühlende Luft mit kurzen, hechelnden Atemzügen ein. Bei der Telefonzelle handelte es sich um die neue, windschnittig offene Variante, die keinerlei Schutz vor dem dröhnenden Motorenlärm bot, der dicht an mir vorbeirauschte. Aber wenigstens das an die Wand gekettete regionale Telefonbuch war noch heil. Ich schlug den Abschnitt *P* auf und starrte entsetzt auf schätzungsweise einhundertfünfzig Einträge, die alle mit *Pacific* begannen. Und dies war nur das Verzeichnis der küsten*fernen* Region. Vor Schreck fiel mir der genaue Name der Firma nicht ein, für die Janice Freeman gearbeitet hatte – Pacific Irgendwas. Niemand wird je von mir behaupten können, ich hätte ein gutes Gedächtnis, vor allem dann nicht, wenn es um praktische Details geht. Also gab ich's auf und wählte die Nummer des Escondido Police Department.

Überraschenderweise sagte die Telefonistin, daß Sergeant McGowan «hier irgendwo» herumliefe, und legte mich auf die Warteschleife. Ich stellte mir vor, ich säße auf einem der ungemütlichen Plastikstühle im Empfangsbereich der Polizeistation und blätterte wieder in der Broschüre über drogenabhängige Kinder («Hat der Freundeskreis Ihres Kindes sich in letzter Zeit verändert?»). Ohne Vorwarnung war McGowan plötzlich in der Leitung.

«Elizabeth, Sie erstaunen mich! Sie haben den Fall schon gelöst, oder was wollten Sie sagen?»

«Nichts läge mir ferner.»

«Sie erstaunen mich trotzdem. Lassen Sie uns zusammen Mittagessen gehen!»

Es waren die schönsten Worte, die ich heute gehört hatte. «Ja, gute Idee», sagte ich.

* * *

McGowan schlug vor, daß wir uns bei *Akita* treffen sollten. Das wiederum erstaunte mich. *Akita* ist ein unscheinbares japanisches Restaurant, ein kleiner Familienbetrieb zwischen einer chemischen Reinigung und einem Tanzstudio im Rotlichtbezirk von Escondido. Ich hätte McGowan eher für einen Steakhaus-Typen gehalten.

Ich war vor ihm da und wartete vor dem Restaurant auf einer Bank auf ihn. Die Zeit war zu knapp gewesen, um vorher noch nach Hause zu fahren und mich umzuziehen. Der Jeans-Mini und das psychedelische T-Shirt wurden mir jetzt unangenehm bewußt.

Der Streifenwagen zwängte sich in eine Parklücke, und McGowan winkte mir zu, als er mich entdeckte. Ich hatte nichts

Besseres zu tun, als mich für mein unprofessionelles Outfit zu entschuldigen.

«Hi. Tut mir leid, daß ich nichts anhabe, was ...»

«Ich wünschte, es wäre so», fuhr er dazwischen.

«Wie bitte?»

«Ich sagte: ‹Ich wünschte, ich würde nicht dauernd ins Fettnäpfchen treten.›» Er öffnete mir die Tür und sah richtig betreten aus.

«Dann hab ich ja doch richtig gehört.» Ich mußte mir ein Grinsen verkneifen.

Wir wurden von einer winzig kleinen Empfangsdame begrüßt. Sie deutete eine Verbeugung an, lächelte um ihr Leben und murmelte immer wieder: *«Herro, herro!»* McGowan überragte ohnehin die meisten anderen, aber neben unserer Hostesse schien er einer gänzlich anderen Spezies anzugehören. Er beugte sich höflich zu ihr hinunter, ehe er sprach.

«Konnichi wa», sagte er.

«Ahh», erwiderte unsere Gastgeberin. Sie strahlte McGowan an und sprach ganz aufgeregt. *«Konnichi wa! Ogenki desu ka?»*

«Hai. Genki desu.»

Sie führte uns zu einer Nische. Wir setzten uns, und ich sah McGowan neugierig an: «Was bedeutet *‹Konnichi wa›?* Daß die USA minderwertige Autos produzieren? Aber ich muß zugeben, ich bin beeindruckt.»

Er lächelte und tippte auf verschiedene Gerichte in der Speisekarte. «Es heißt ‹Guten Tag›. Und ich bin froh, daß Sie beeindruckt sind. Um die Wahrheit zu sagen: Ich habe überhaupt nur Japanisch gelernt, um Frauen in Restaurants zu beeindrucken.»

«Ach, kommen Sie! Sie haben doch sicher viel mehr zu bieten!»

Die Zweideutigkeit meiner Bemerkung war ihm nicht entgangen. «Nein, wirklich nicht. Mein Japanischvokabular ist so dürftig wie ich selbst. Ich kann auf japanisch nichts als praktische Restaurant-Dialoge: ‹Heute bin ich sehr hungrig.› – ‹Das Thunfischröllchen ist sehr lecker.› – ‹Wir brauchen noch Wasser.› So Sachen halt.»

«Egal. Ich bin trotzdem beeindruckt.»

Ein junger Kellner brachte zwei Schalen mit dampfender Misosuppe. McGowan nickte ihm zu und sagte: «*Domo arigato gozaimasu.*» Ich beschränkte mich darauf, den jungen Mann anzulächeln.

«Sie haben den Fall zwar noch nicht gelöst, aber es gibt was Neues?» McGowan führte seine Suppenschale zum Mund und begann zu schlürfen. Er sah mich über den Rand an, und unsere Augen trafen sich. Seine Augen hatten echte Herzensbrecherqualitäten – sie waren braun, warm, groß und voller Seele.

«Nein, Neuigkeiten eigentlich nicht, nur eine immer länger werdende Liste von Fragen.»

«Dann fragen Sie!» Seine Augenbrauen schienen zu tanzen.

Mit zusammengekniffenen Augen sah ich ihn unsicher an und kam wieder zur Sache. «Zuerst mal: Wie hieß noch die Firma, bei der Janice gearbeitet hat?»

Die Enttäuschung, die sein Gesicht jetzt verriet, konnte ich gut nachvollziehen. «Na, Sie sind ja wirklich auf der Höhe der Ermittlungen!»

Einen kurzen Moment lang blitzte mir mein astraler Ausflug vor Augen – der Blick auf die Straße aus fünfzehn Meter Höhe. «Auf der Höhe? Und wie!»

«Pacific Properties.»

«Ach ja.» Ich mußte mir eine Eselsbrücke bauen, um den Namen nicht wieder zu vergessen. Ich prägte mir «proper» ein. Ein properer Arbeitsplatz mit properen Arbeitnehmerinnen, die propere Pumps trugen. Ich konnte nur hoffen, daß ich das Ganze nun nicht gedanklich unter ‹Pacific Pumps› ablegte.

«Gibt es irgendwelche Informationen über das andere Unfallopfer?» fragte ich. «Der Unfallbericht wimmelt an der Stelle von Lücken und Abkürzungen. Was zum Beispiel heißt ‹MHE›?»

«Männlich, hispanisch, Erwachsener.»

«O kryptisches Bullengestammel! Na, immerhin ist das ja schon mal ein Anfang. Wie wär's mit einem Namen?»

«Das Letzte, was ich gehört habe, ist, daß sie an der ID noch dran sind und nach dem Wagenhalter fahnden. Sobald sie was haben, sag ich's Ihnen. Glauben Sie denn, daß der andere Wagen für diesen Fall so wichtig ist?»

«Vielleicht liege ich da falsch, aber momentan kommt es mir so vor, als ob er integraler Bestandteil des Verbrechens sei.»

Der Kellner brachte uns ein Tablett voll von farbenfrohen Delikatessen, eine Anhäufung eßbarer Skulpturen, die ästhetisch fast zu perfekt waren, um sie einfach aufzuessen. Wir zollten diesem kulinarischen Meisterwerk mindestens zwei Sekunden lang Respekt, bevor wir darüber herfielen.

Ich wartete ab, bis ein Löffel voll Wasabikörnern in meinen Eingeweiden für Ordnung gesorgt hatte, bevor ich die nächste Frage stellte. «Sie sind sich also sicher, daß Katz polizeilich nie registriert worden ist? Auch nicht bei Drogenrazzien?»

«Nein, nichts. Wir haben nichts über ihn. Warum fragen Sie das?»

«Janice hat ihn wegen Drogen verlassen. In ihrem Tagebuch steht was von einer Stange ‹gelblichen Kokains›, die sie bei seinen Sachen gefunden hat.»

McGowan verzog das Gesicht.

«Ist der Fisch nicht gut?» fragte ich.

Er kaute heftig und schluckte. «Nein, der Sashimi ist wunderbar. Aber als Sie eben von Meth gesprochen haben, hat sich mir der Magen umgedreht.»

«Meth?»

«Das ‹gelbliche Kokain›. Kristalline Methamphetamine, Crystal, Meth, Speed, Ice, Pep-Pillen. Gift – wie man's auch nennen mag – San Diegos Exportschlager mit der größten Wachstumsrate und die gefährlichste Droge, die zur Zeit in Umlauf ist.»

Ich hatte schon davon gehört und ein paarmal etwas darüber in der Zeitung gelesen. «Und was ist das Besondere an kristallinen Methamphetaminen? Ich dachte, das ganze Zeug, das durch Inhalation in die Blutbahn gelangt, sei gleich schädlich?»

McGowan warf sich ein Stück Maguro in den Mund und schloß verzückt die Augen. Ich beobachtete sein Gesicht. Ein kleinerer Mann mit seinen Zügen würde wahrscheinlich zu schön wirken, geradezu feminin. Seine riesigen Augen waren sogar in geschlossenem Zustand wunderschön. Als er sie plötzlich öffnete, ertappte er mich dabei, wie ich ihn anstaunte. Er lächelte und angelte mit den Eßstäbchen nach einem Streifen rohen Thunfischs. Er verschwand zwischen seinen Lippen, und McGowan zerkaute ihn langsam und mit Genuß.

«Elizabeth, warum beschäftigen wir uns eigentlich bei einem so wunderbaren Essen mit etwas so Widerwärtigem wie Meth? Dieses feine Aroma, dieser samtene Schmelz auf der Zunge ...! Für mich gibt's, ehrlich gesagt, nur eine Sache, die noch schöner ist.» Er zog die Augenbrauen hoch und wartete.

«Weil's unser Job ist?»

Seine Stirn entspannte sich wieder. «Okay, der Job also, das Geschäft mit kristallinen Methamphetaminen. Ich kann Ihnen eine kleine Geschichte erzählen, um Ihnen die besonderen Eigenschaften des Zeugs vor Augen zu führen. Verstehen Sie etwas von den Verwesungsprozessen des menschlichen Körpers?»

«Nur so viel, wie ich jeden Morgen im Spiegel sehe.»

«Also wirklich! Das sehen Sie aber nur allein! Jedenfalls gibt's da so eine Forschungsrichtung, die sich forensische Entymologie nennt. Dabei geht es im wesentlichen darum, zu beobachten, welche Insekten wann und wie welche Leichen zerfressen.»

«Mmm», machte ich übertrieben wollüstig. McGowan sah mich verwundert an. «Der Sashimi», erklärte ich.

«Also jedenfalls gibt es, grob gesagt, fünf Stadien des Verfalls und fünf Insektenarten, die nacheinander über eine Leiche herfallen. Als erstes kommen die nekrophagen Insekten, Aasfresser, wie zum Beispiel unsere guten alten Fliegen und deren Larven. Dann kommen räuberische Parasiten in Form von verschiedenen Käferarten. Dann kommen verschiedene allesfressende Spezies, vor allem Ameisen. Und als letztes kommen die sogenannten Abenteurer, wie der Totengräberkäfer, Wespen ...»

«Ich dachte, wir wollten über Drogen sprechen.»

«Nur Geduld, meine Liebe, dazu komme ich noch. Der Punkt ist der: Wenn eine Leiche im Freien gefunden wird, nimmt der

Leichenbeschauer eine vorläufige Bestimmung des Todeszeitpunktes oftmals anhand der Insektenarten vor, die sich gerade in dem toten Körper tummeln.»

«Verstehe.»

«Ein Freund von mir war mal Sheriff in der Wildnis von Idlewild – einer der beliebtesten Posten für Strafversetzungen und so weiter. In seiner gesamten Laufbahn hat er nur eine interessante Geschichte erlebt, aber die hatte es dafür in sich.

Eines Tages wurde er zu einem Leichenfund rausgerufen, mehrere bereits steife Körper lagen in einem einsam gelegenen Farmhaus herum. Offenbar waren die Typen gerade dabei gewesen, eine Ladung Crystal zusammenzubrauen, als einer der Glasbehälter in ihrem Labor explodierte. Hinterher haben die Jungs von der Suchtmittelabteilung und ein paar Gerichtsmediziner das Geschehen wie folgt rekonstruiert: Einer der beiden Typen stand zum Zeitpunkt der Explosion genau neben dem Glasbehälter. Der war sofort tot. Sein Freund, der den Knall wohl gehört haben mußte, steckte seinen Kopf ins Labor, um zu sehen, was los war. Er atmete die Chemikalien voll ein, rannte dann weg und fiel nach fünf Metern tot um.»

«Ist Drogenherstellen immer so gefährlich?» fragte ich.

«Bei Crystal schon. Man braucht dazu Wasserstoffjodide und Ephedrin, eine hoch-, ja: höchstexplosive Mischung.»

«Muß ja ganz schön lukrativ sein, wenn Leute so ein Risiko auf sich nehmen.»

«Lukrativ? Im Straßenverkauf bringt ein Pfund ungefähr zwanzigtausend Dollar. Ein anständiges Labor produziert um die vierhundert Pfund im Monat. Das reicht, um den einen oder anderen arbeitsscheuen Mitbürger für das Motto *Schöner leben durch Chemie* zu gewinnen. Aber Geld ist gar nicht der Clou dieser Geschichte.»

«Aber den werden Sie mir sicher gleich verraten.»

«Sie sagen es. Der Punkt ist der: Die Leiche des zweiten Mannes lag, bevor er gefunden wurde, über zwei Wochen draußen im Freien, ungeschützt vor Wind und Wetter, vor großen und kleinen Tieren. Während dieser ganzen Zeit ist die Leiche nicht von einer einzigen lebenden Kreatur auch nur angerührt worden – von keinem Vogel, von keiner Fliege, keinem Käfer, keiner Ameise, von gar nichts. So viel zur Giftigkeit von kristallinen Methamphetaminen.»

«Hört sich so an, als hätten die Käfer mehr Verstand gehabt als die Drogenfabrikanten.»

«Kann man so sagen.»

«Können wir jetzt mal über was Angenehmes reden?» fragte ich.

«Liebend gern. Wie wär's mit einem Nachtisch – und wollen wir bei dieser Gelegenheit nicht zum Du übergehen?»

«Liebend gern», antwortete ich lachend und war mir sicher, daß McGowan meine Freude sehr wohl registrierte.

Wir krönten unser Mahl mit Pflaumeneis und ich bestand darauf, daß wir uns die Rechnung teilten. McGowans Wagen parkte am nächsten, also standen wir da noch ein wenig herum, bevor wir uns wieder separat ins Tagesgeschehen stürzten.

«Du denkst aber immer noch, daß Janice ermordet wurde?» fragte er ernst.

Ich nickte, genauso ernst.

«Sagst du mir Bescheid, wenn du den Mörder mit Hilfe deiner Kartentricks ausfindig gemacht hast?»

Ich lehnte an der Motorhaube seines Streifenwagens. «Du erfährst es als erster», versprach ich. Ein starkes Schütteln, wie von einem leichten Elektroschlag, lief plötzlich durch meinen Oberschenkel. Es ging von genau der Stelle aus, wo ich den Wagen berührte. Merkwürdig, dachte ich, bis jetzt war es McGowan gewesen, der mir spürbar unter die Haut ging, nicht sein Wagen.

«Ich glaube, dieser Wagen sollte mal in die Werkstatt», sagte ich.

McGowan war sichtlich irritiert. «Ich glaube nicht. Er ist gerade erst durchgecheckt worden.»

«Mag ja sein. Trotzdem ist dieser Wagen nicht glücklich.»

«Völlig unmöglich», sagte McGowan und grinste frech. «Du sitzt ja praktisch auf ihm. Wie sollte er da nicht glücklich sein?»

Ich drehte mich schnell um und ging auf meinen eigenen Wagen zu. «Laß lieber ihn mal nachgucken!» rief ich über die Schulter. Ich werde nie rot, aber aus irgendwelchen Gründen schoß mir jetzt literweise Blut in den Kopf. Ich hielt es für besser, das Weite zu suchen, bevor McGowan Gelegenheit bekam, meine brennenden Wangen zu kommentieren.

12

Größe und Design des Bürogebäudes von Pacific Properties hatten nur den einen Zweck, Eindruck zu schinden. Die Fußböden waren aus Marmor, die Bilder an den Wänden Originale, und die Rezeptionshalle bot einen grandiosen Ausblick auf den leuchtendblauen Namensgeber des Unternehmens. Der junge Mann hinter dem Tresen fragte mich in samtweichem Tremolo, wen ich zu sehen wünschte. Ich überreichte ihm meine Karte und rang mir drei Wörter ab: «Stan, wegen Janice.»

Nach dem Lunch war ich zu Hause vorbeigefahren, um mir die Haare hochzustecken, ein braves Seidenkostüm anzuziehen und mir eine Perlenkette umzulegen. Ich war sogar extra für diesen Anlaß in einen Schrank abgetaucht, in dem ich lauter unnützen Krimskram aufbewahre, um eine antike Strumpfhose auszugraben. Als ich nun auf dem tiefen, weichen, vanillegelben Ledersofa in der Empfangshalle wartete, konzentrierte ich mich darauf, bloß keine Falten in die ganze Pracht zu sitzen.

Auf einem Glastisch war eine planlose Auswahl von Illustrierten ausgebreitet. Meine Lesesucht brachte mich in Versuchung, aber ich entschied mich für die nervenstärkende Betrachtung des endlosen Ozeans. Im Westen begann die Sonne bereits unterzugehen, und ihre schräg einfallenden Strahlen verliehen den Wellen einen hypnotischen Glanz.

Dies also, überlegte ich, war der Ort, an dem Janice Alan kennengelernt hatte, das Dach, unter dem ihre unglückliche Romanze aufgekeimt war. Für ein Bürogebäude war es ein nicht ganz unromantisches Ambiente.

Ich versuchte, mir zu vergegenwärtigen, was ich in Janice' Tagebuch sonst noch über ihren Job gelesen hatte. Abgesehen von der Sache mit ihrem Boss Stan, der ihr einen Posten im Management angeboten hatte, konnte ich mich an keine Einzelheiten erinnern. Die meisten ihrer Tagebucheinträge beschäftigten sich mit dem Leben, der Liebe und ihrem Jurastudium. Janice hatte ganz offensichtlich nach Feierabend nicht viel Gehirnsubstanz auf das Thema Pacific Properties verwandt.

«Elizabeth Chase?»

Ein Mann kam von der anderen Seite des Raumes auf mich zu. Sein Wunsch, zu den Großen dieser Welt zu gehören, war deutlich an seinem leicht federnden Gang zu erkennen. Er war tadellos gekleidet, und seinen blonden Haaren sah man an, daß sie in regelmäßigen Abständen von einem teuren Friseur gestylt wurden. Seine Augen waren groß und von einem merkwürdig hellen Braun; seine glattrasierte Haut zeigte Spuren von Erwachsenenakne. Das Bemerkenswerteste an ihm jedoch war seine aggressiv-rote Aura.

Glücklicherweise sehe ich Auren nicht oft. Sie beunruhigen und irritieren mich. Im Gegensatz zu dem, was die Trickkiste Hollywood uns glauben machen will, sind wirkliche Auren viel schwächer, sie sind fein und durchsichtig, vergleichbar dem kaum wahrnehmbaren Strahlenkranz von Flammen oder dem Lichtkegel von Straßenlaternen in Nebelnächten. Immer wenn ich eine Aura sehe, zermartete ich mir das Hirn, ob es nicht doch nur eine optische Täuschung ist, statt mich einfach an dem seltenen Schauspiel zu freuen. Sogar jetzt fragte ich mich, ob ich nicht zu lange in das reflektierende Sonnenlicht gesehen hatte.

Ich versuchte, mir meine Verunsicherung nicht anmerken zu lassen, und erhob mich. «Das bin ich. Guten Tag», erwiderte ich. Wir tauschten einen kurzen, festen Händedruck, mit dem wir uns gegenseitig versicherten, daß keiner von uns beiden die Absicht hatte, hier seine Zeit zu vertrödeln.

«Ich bin Stan Ellis. Kommen Sie doch mit in mein Büro.»

Ich folgte ihm durch einen Flur, der mit noch mehr Originalen behängt war. Ich hätte sie mir gerne näher angesehen, konnte aber die Augen nicht von Stans verdammter Aura abwenden. Den ganzen Weg durch den Flur hüpfte dieses Rot um ihn herum.

Wir drehten nach links ab, wo sich ein ausgedehnter Büroraum auftat, dessen Glasfenster vom Fußboden bis zur Decke einen ungehinderten Blick auf den Ozean boten. Die Inneneinrichtung war italienisch und ultramodern: minimalistisch, gediegen und natürlich schwarz. Mir ist schon klar, daß dieser heutzutage schwer angesagte Einrichtungsstil für neue Eleganz und modernes Lebensgefühl steht. Trotzdem wirkt er auf mich einfach nur verklemmt.

Stan setzte sich hinter seinen spiegelglatten, kohlrabenschwarzen Schreibtisch. «Wir alle stehen noch unter Schock, was den Unfall angeht», sagte er und schüttelte den Kopf. «Sind Sie eine Freundin von Janice?»

«Nein, ich bin Detektivin, wie es auf meiner Karte steht.»

Eingeschnappt wühlte er zwischen den Papieren auf seinem Schreibtisch herum und förderte schließlich meine Karte zutage. Die rote Korona um ihn herum leuchtete gereizt auf.

«Entschuldigen Sie, Mr. Ellis, meine Augen sind sehr lichtempfindlich. Könnten Sie vielleicht die Vorhänge ein wenig zuziehen?»

«Kein Problem.»

Er drückte auf einen Knopf am Ende seines Schreibtisches. Langsam und fast geräuschlos schlossen sich die Jalousien vor der westlichen Fensterfront. Das Zimmer wurde dunkler, aber um Stan Ellis herum glühte es unvermindert weiter.

«Auf welchen Gebieten sind Sie denn tätig?» fragte er vorsichtig. «Arbeiten Sie für die Regierung?»

«In erster Linie bin ich Hellseherin. Ich arbeite genauso wie andere Detektive, nur daß ich meine Fälle gelegentlich mit hellseherischen Mitteln löse.»

Er unterdrückte ein Grinsen und versuchte, seine Amüsiertheit wie Staunen aussehen zu lassen. Ich habe oft beobachtet, daß Menschen gerade in tragischen Situationen beim Stichwort ‹Hellseherei› eine Chance zum Druckablassen wittern, indem sie beschließen, das Ganze sehr komisch zu finden.

«Sie waren also nicht mit Janice befreundet?» vergewisserte er sich.

«Nein, ich kannte sie nicht persönlich. Ich beschäftige mich rein beruflich mit ihrem Tod.»

«Janice war vielleicht die kompetenteste Mitarbeiterin, die dieser Betrieb je hatte. Was immer ich für Sie tun kann – sagen Sie es mir! Ich weiß, wir können sie nicht wieder lebendig machen, aber ich hoffe doch, daß zumindest jemand ausfindig gemacht wird, der finanziell für diesen Unfall aufzukommen hat.» Er hatte zivilisierte Umgangsformen und seine Rede war geschliffen, aber seine jetzt dunkelrote Aura deutete auf Aggressivität hin, auf Wut und etwas sehr Animalisches.

«Meine Aufgabe besteht darin, herauszufinden, ob Janice Freemans Unfall vielleicht gar kein Unfall war.»

«Tatsächlich?» Er hob die Augenbrauen. Seine ungewöhnlich hellen Augen ließen seinen Blick merkwürdig leer erscheinen und bildeten einen verwirrenden Kontrast zu seiner sonst sehr massiven Präsenz.

«Ich fürchte, ja. Wenn ich Ihnen einige Fragen stellen dürfte ... Es wird nicht lange dauern.»

«Selbstverständlich, fragen Sie nur!»

«Kennen Sie einen Alan Katz?»

Er sah nach oben, als suchte er die Antwort in einem der oberen Regalfächer. «Ja. Er war hier einmal angestellt. Wieso fragen Sie nach ihm?»

«Ich muß ihm ein paar Fragen stellen und habe seine aktuelle Adresse nicht. Können Sie vielleicht ...?»

«Aber ja, kein Problem», unterbrach er mich, griff zum Telefon und wählte eine kurze, hausinterne Nummer. «Carrie? Würden Sie wohl bitte einen Moment hereinkommen? Danke.»

Die Aura verblaßte jetzt. Ich versuchte, nicht darauf zu achten und mich statt dessen auf das Gespräch zu konzentrieren. «Sie haben hier wirklich einen schönen Firmensitz», sagte ich.

«Vielen Dank. Ich selbst habe die Pläne dafür entworfen, mit Hilfe einiger Architekten natürlich. Man sieht dem Gebäude nicht an, daß es schon fünfzehn Jahre alt ist, nicht wahr?»

«Nein, wirklich nicht.»

Von der Tür her ertönte ein höfliches Klopfen. «Kommen Sie nur herein», rief Stan.

Eine junge Frau mit asymmetrisch geschnittenem, magentarotem Haar und avantgardistischem Outfit kam herein. Trotz ihrer Frisur machte sie einen vernünftigen und intelligenten Eindruck.

«Elizabeth, das ist Carrie Aimes, die Leiterin unseres Personalbüros. Carrie, das ist Elizabeth Chase.»

Carrie lächelte und nickte.

«Elizabeth ist Detektivin und führt Ermittlungen im Zusammenhang mit Janice' Unfall durch. Sie braucht die Adresse von Alan Katz. Wenn Sie so freundlich sein wollen ...»

«Oh», sagte sie zögernd, «das widerspricht aber unseren Gepflogenheiten, Stan. Wir geben solche Informationen nur raus, wenn uns eine richterliche Anordnung oder etwas in der Art vorliegt.»

Carrie sah mich bedauernd an. «Tut mir leid. Aber Sie können mir Ihre Telefonnummer geben, ich rufe Alan dann an und sage ihm, daß Sie mit ihm sprechen möchten. Wäre Ihnen das recht?»

«Mir bleibt wohl nichts anderes übrig», sagte ich und durchsuchte meine Handtasche nach einer Visitenkarte. «Danke.»

Sie nahm die Karte entgegen und wandte sich zum Gehen.

«Warten Sie!» rief ich. «Ich möchte gerne noch etwas auf die Rückseite schreiben, eine Nachricht.»

«Natürlich.» Sie reichte mir die Karte zurück.

Ich nahm einen Stift zur Hand und schrieb in winzigen Druckbuchstaben: «Wenn Sie ein rotgelockter Posaunenengel sind, rufen Sie mich bitte zurück!»

«Danke», sagte ich, als ich ihr die Karte zurückgab. Sie warf einen Blick auf das Gekritzel und schüttelte im Hinausgehen ihre Magentalocken.

«Nun also», sagte ich und wandte mich wieder Stan zu, «was für eine Firma ist Pacific Properties genau?»

Seine Antwort klang so, als lese er sie aus einem Werbeprospekt ab. «Wir treiben Geldmittel auf, sowohl von öffentlichen

Einrichtungen als auch von Privatpersonen, und investieren sie in hochklassige, zur gewerblichen Nutzung geeignete Grundstücke. Unsere Bilanzen der vergangenen siebzehn Jahre sprechen für sich.» Er zog einige Werbeprospekte aus dem Regal hinter sich und reichte sie mir über den Schreibtisch. Sie waren so glatt, daß sie mir aus den Händen und wie lebende Fische zu Boden glitten.

«Verflixt!» murmelte ich.

Er überging meinen Faux pas, ohne seinen Redestrom im geringsten zu unterbrechen. «Pacific Properties verwaltet momentan ein Kapital von circa zwei Milliarden Dollar, alles investiert in Immobilien entlang der Westküste und auf Hawaii.»

«Was sagten Sie noch mal, um welche Art von Grundstücken es sich dabei handelt?»

Ich hatte seine Propagandarede mit einer ziemlich blöden Frage unterbrochen, nach dem Ausdruck auf Stans gepflegtem Gesicht zu urteilen.

«Hochklassige, zur gewerblichen Nutzung geeignete», wiederholte er knapp und mit rhetorisch geschulter Stimme. Was für ein Gedächtnis!

«Meine Frage bezog sich darauf, welche *Arten* von Gewerbe auf diesen Grundstücken angesiedelt werden», sagte ich lächelnd.

Stan Ellis seufzte schwer. Auch diese Frage war also höchst irrelevant. «Hotels, Restaurants, Rund-um-die-Uhr-Supermärkte mit Sortimenten für den täglichen Bedarf...» *Was dachtest du denn – Puffs und Massagesalons?*

«Und wenn Sie von ‹hochklassigen Grundstücken› reden, dann meinen Sie...» So lange ich hier die Doofe war, mußte ich die Rolle nutzen.

«Hochklassig bedeutet, daß unsere Grundstücke hohe Investmentgewinne erzielen.» Diese letzte Bemerkung hatte Ellis in einem Ton vorgetragen, den man bemühen würde, wenn man jemandem bespielsweise erklären müßte: *‹Kein Durchgang bedeutet: Bleib mit deinem Arsch von meinem Grundstück runter!›*

«Ah, ich verstehe.» Ich warf einen pflichtschuldigen Blick auf die Prospekte, bevor ich sie in meine Handtasche stopfte. «Und was genau war Janice Freemans Aufgabenbereich?»

Er lächelte, ohne seine Zähne zu entblößen. Ich glaube, das war sein Versuch, freundlich zu wirken. Statt dessen wirkte er äußerst angestrengt.

«Sie war für alles mögliche zuständig. Außerdem hat sie dem ganzen Unternehmen ein besonderes Flair verliehen. Ihr eigentlicher Job war es, als Bindeglied zwischen der Firma und den Investoren zu fungieren. Gelegentlich hat sie auch als unsere Botschafterin bei den staatlichen Kontrollinstanzen fungiert, wenn es um steuerliche Fragen, Devisen und Effekten ging. Janice war die geborene Diplomatin.»

Janice hatte es also den ganzen Tag lang mit Geldhaien und Bürokraten zu tun. Das hörte sich in meinen Ohren wie ein undankbarer Job an.

«Und wie ist sie zu diesem Job gekommen?» fragte ich.

«Sie hat sich beworben», sagte er mit einem überlegenen Grinsen.

Ich verzichtete auf einen Kommentar und beschloß, ihn so lange erwartungsvoll anzusehen, bis er klein beigab. Es dauerte, aber es dauerte nicht lange.

«Meine Güte, ich bin mir nicht sicher, ob meine Erinnerung korrekt ist, aber ich glaube, sie kam frisch von der Wirtschaftsfachschule. Vielleicht kann Carrie Ihnen sagen, wann genau sie hier angefangen hat und so weiter.»

«Nun gut, Mr. Ellis, Sie sagten, daß auch Alan Katz hier beschäftigt war. Können Sie mir wenigstens über *ihn* etwas sagen?»

«Nicht ... äh ... nicht viel, fürchte ich. Ich glaube, er war einer dieser Jungs, die für die Wartung der Grundstücke zuständig sind, Instandhaltung, technische Überprüfungen und diese Dinge. Er war dem Verwaltungsleiter unterstellt, Marty White. Das einzige, was ich Ihnen definitiv sagen kann, ist, daß Marty mich eines Tages bat, ihm das Okay für die Kündigung von Katz zu geben. Ja, jetzt fällt's mir wieder ein. Er sagte, Katz sei zwar ein talentierter Junge, er käme nur nicht oft genug zur Arbeit, um das unter Beweis zu stellen. Mehr weiß ich nicht.»

Drogenabhängige haben hohe Ausfallzeiten – das zumindest ergab einen Sinn.

«War Ihnen bekannt, daß Janice nebenher Jura studierte?»

Er lächelte breit, diesmal unter Einsatz einer Reihe top-gepflegter Zähne. «Aber klar doch! Das Mädchen war eine Intelligenzbestie. Wann immer ich ihr Anweisungen erteilte, hatte sie drei oder vier Alternativen parat.» Plötzlich unterbrach er sich, als hätte er vor Fremden aus dem Nähkästchen geplaudert. «Es war ihr relativ egal, worum es dabei im einzelnen ging. Das war einfach ihre Art. Sie hätte eine brillante Rechtsanwältin abgegeben.» Er kniff die Lippen zusammen, als hielte er etwas zurück. Ich fragte mich, was.

«Das hört sich ja so an, als hätten Sie sie auch als Juristin in der Firma behalten wollen.»

«Pacific Properties ist ein großes Unternehmen. Wir hätten mit Sicherheit eine Position für sie gefunden, die ihren Fähigkeiten entsprach.»

Irgendwie bezweifelte ich, daß Janice die Absicht gehabt hatte, auch nach ihrem Examen noch für Pacific Properties tätig zu sein.

Nachdem wir beide eine Weile geschwiegen hatten, sagte Stan: «Wollen Sie mich eigentlich nicht fragen, ob Janice Feinde hatte?» Er lachte nervös. «In Fernsehkrimis tun sie das doch immer, ich meine, fragen, ob der Tote irgendwelche Feinde hatte.»

Ich zuckte mit den Schultern. «Und? Hatte sie welche?»

Zum erstenmal in diesem Gespräch klang er ehrlich und glaubhaft. «Ich kann mir nicht vorstellen, daß irgend jemand von diesem Mädchen nicht begeistert war. Sie hatte ihren eigenen Kopf, aber man mußte sie einfach gern haben.»

«Hatte Alan Katz sie gern?»

Er warf die Arme in die Luft. «Mir erzählt ja niemand was! Ist es das, worauf Sie hinaus wollen?»

«Ich weiß, daß sie eine Beziehung hatten.»

«Das glaub ich nicht!»

«Wie auch immer», sagte ich und stand auf. «Ich werde mich jetzt an mein Telefon begeben und warten, bis Alan Katz anruft. Vielen Dank für Ihre Zeit und Unterstützung.»

Als wir uns zum Abschied die Hand reichten, klingelte sein Telefon. Er nahm den Hörer ab, bellte «Hallo!» und hörte dann aufmerksam zu. Die rote Aura erschien wieder und umfackelte ihn, bis er aussah wie ein wütendes Stachelschwein.

Ich wandte mich zum Gehen.

«Carrie sitzt im dritten Zimmer links, wenn Sie nähere Informationen brauchen», rief er mir nach.

13

Es gab zwei Möglichkeiten, nach Hause zu kommen: über den Freeway 78 oder über den Del Dios Drive. Charles Kurat wußte, wovon er sprach, als er sagte, daß man dank des Interstate Freeway Systems von Küste zu Küste fahren kann, ohne unterwegs irgend etwas zu sehen. Ich sagte mir, daß ich die 78 nehmen sollte, um so schnell wie möglich zu Hause zu sein, falls Alan Katz anrief. Später, als ich Meile um langweilige Meile hinter mich brachte, immer weiter durch deprimierend eintönige Freeway-Szenerien, mußte ich mir eingestehen, daß mein Astraltrip über den Del Dios Drive streckenweise ein nackter Alptraum gewesen war, der mich immer noch verfolgte und ängstigte. Mir wurde klar, daß ich mich für den Freeway entschieden hatte, weil es sich bei dem furchtbaren Absturz, den ich im Traum erlebt hatte, um eine Vorahnung handeln konnte.

Erst in Escondido verließ ich die 78. Der Freeway war erst vor einigen Jahren ein Stück ins Landesinnere verlegt worden. Bis zu diesem Zeitpunkt war Escondido eine ruhige Farmergemeinde gewesen, die ihre Kleinstadtatmosphäre bis heute erhalten hatte. Jeden Dienstag wälzte sich die ganze Stadt durch ihre vier Hauptverkehrsadern Richtung Stadtmitte, um auf dem Farmermarkt einen Armvoll Gladiolen für zweieinhalb Dollar zu kaufen, oder die aus der Gegend stammenden Turmaline, die hier einen Bruchteil von dem kosteten, was ein Juwelier dafür verlangen würde. Die Einwohnerzahl war zwar schon seit einigen Jahren sechsstellig, trotzdem war Escondido aber nicht so überfüllt, so überteuert und so überkandidelt wie die anderen Städte entlang der kalifornischen Küste. Ich genoß das sehr und hatte nicht die Absicht, in absehbarer Zeit von hier wegzuziehen.

Ich bog in die breite Auffahrt Ecke Juniper und Tenth Street ein. Als ich ausstieg, blieb ich einen Moment stehen, um die Bougainvillea zu bewundern, die an einer Seite des Hauses schon bis zu den Fenstern des zweiten Stocks hinaufgeklettert war. Ihr dichtes grünes Blattwerk und die strahlendrosa Blüten setzten sich in lebhaftem Kontrast von der weißgestrichenen Wand ab, ein zauberhafter Anblick in der späten Nachmittagssonne. «Hi, du schöner alter Kasten», sagte ich.

Zu diesem Haus hatte ich dasselbe Verhältnis wie zu meiner Katze – nicht so sehr das einer Besitzerin, sondern eher wie das einer Betreuerin und Freundin. William Faulkner hat einmal gesagt, die Vorstellung, Land zu besitzen, sei absurd. Wie kann ein Mensch etwas besitzen, das schon lange vor seiner Geburt existiert hat und noch lange Zeit weiterexistieren würde, wenn er längst tot war? Mir gefiel der Gedanke, daß das Haus, in dem ich jetzt wohnte, hier schon stand, als mein Großvater geboren wurde. Es ist eine Mahnung, mich selbst nicht so verdammt ernst zu nehmen. Schließlich war ich nur eine Bewohnerin auf Zeit.

Whitman teilte mir mit hoch aufgerichtetem Schwanz mit, daß er erfreut war, mich bereits zu dieser zivilen Stunde zu Hause begrüßen zu dürfen. Ich streichelte ihm ein paarmal fest über den Rücken, ehe ich die Treppe hinaufstürzte, um mich von der scheußlichen Strumpfhose und dem Kostüm zu befreien. Meine Haut war so dankbar für die wiedergewonnene Freiheit, daß ich sie nicht gleich in neue Kleider zwängen wollte. Was soll's, argumentierte ich zu meiner eigenen Rechtfertigung, meine Unterwäsche bedeckte schon mehr von meinem Körper als die meisten Badefummel, die man heutzutage am Strand sieht.

Auf meinem Anrufbeantworter war nichts. Hartnäckig wie ich bin, ließ ich wieder McGowan anfunken, der wohl wieder auf Doughnutkontrolle war. Ich ließ ihm ausrichten, er möge mich zurückrufen und ließ mich auf dem Fußboden nieder, um ein paar Übungen zu machen. Wenn ich Yoga mache, tun die ersten Dehnungen immer ein bißchen weh und machen mir auf diese Weise bewußt, wie weit ich eigentlich von meinem eigenen Körper entfernt bin. Aber wenn ich dann am Ende meines Programms bin, sind Körper und Geist wieder eins – weich, offen, ruhig und entspannt, rotieren beide um dieselbe Mitte.

Ich war gerade in der Pflugstellung – Kopf über der Brust, Beine gestreckt und die Füße auf dem Boden weit hinter mir –, als das Telefon klingelte. Ich hob die Beine zur Decke, rollte über die Wirbelsäule nach vorne und war beim dritten Klingeln am Hörer. Mein Yogalehrer hätte schwere Bedenken dagegen gehabt, eine Übung so abrupt abzubrechen. Ich war selbst überrascht von meiner Hektik und nahm mir vor, ruhiger zu werden.

Es war Tom McGowan und nicht Alan Katz.

«Wo hast du gesteckt?» fragte ich. «Ich dachte, du müßtest heute nicht mehr auf Streife.»

«War ich auch nicht. Wollte nur eine kleine Besorgung machen, die sich dann zu einem stundenlangen Drama entwikkelte. Meine Batterie war leer.»

Sieh mal einer an! «Da bin ich aber überrascht», sagte ich.

«Nun gib bloß nicht so an! Es gibt eine ganz vernünftige Erklärung dafür. Du hast meinen Wagen berührt und damit die Elektrik völlig durcheinandergebracht. Was man ja verstehen kann.»

«Ich halte es für wahrscheinlicher, daß ein paar Kabel durchgerostet waren, die dein Werkstattheini beim letzten Check schlicht übersehen hat. Dann hast du vermutlich gar keine Zeit gehabt, dich um das andere Unfallopfer zu kümmern?»

«Stimmt nicht. Ich war sehr fleißig.»

«Und?»

«Ich habe mit dem jungen Kollegen gesprochen, der damals Dienst hatte. Seine Geschichte ist folgende: Er konnte im Handschuhfach des Unfallwagens keine Fahrzeugpapiere finden. Er hat es dann bei der Distriktsregistratur versucht. Die Nummernschilder waren auf einen Mark Leffler aus Pacific Beach zugelassen. Daraufhin machte der junge Kollege sich dann auf nach Pacific Beach, um diesen Mark Leffler ausfindig zu machen, und traf ihn dort auch ganz gesund und munter an. Leffler gab an, den Wagen vor drei Jahren verkauft zu haben –

allerdings habe er wohl vergessen, die Papiere umschreiben zu lassen. An den Namen des Käufers konnte er sich auch nicht mehr erinnern. Also pinnte der junge Kollege eine Fahndungsmeldung ans Schwarze Brett unserer Polizeistation und wartete erst mal ab. Irgend jemand, so seine Spekulation, würde früher oder später wohl auftauchen, um den Verlust eines Fahrzeugs oder einer Person zu melden.»

«Und wieviel Zeit ist bei alledem vergangen?»

«Ungefähr zwei Tage. Dann meldete sich tatsächlich eine dubiose Gestalt namens Rob bei uns. Er gab vor, sich nach dem gestohlenen Wagen eines Freundes erkundigen zu wollen. Sein Freund, sagte er, sei der eingetragene Fahrzeughalter, ein gewisser Mark Leffler. Bei einer nochmaligen Befragung schwor Leffler Stein und Bein, er habe keine Ahnung, wer dieser heruntergekommene Mensch namens Rob sein könne. Also machte unser junger Kollege diesem Rob ein bißchen die Hölle heiß, bis der schließlich zugab, daß er den Wagen nicht direkt von Leffler gekauft hatte.»

«Es war also ein gestohlenes Fahrzeug.»

«Sehr wahrscheinlich, ja.»

Nun wurde es doch kompliziert. «Und wer saß nun am Steuer, als der Unfall passierte?»

«Rob behauptet, ein ‹Bekannter› habe sich den Wagen am Freitagabend ausgeliehen und nicht wieder zurückgebracht.»

«Wußte er denn nichts von dem Unfall?»

«Nein. Erst an diesem Punkt der Vernehmung haben wir ihm gesagt, daß sein Wagen an einem tödlichen Frontalzusammenstoß beteiligt war. Daraufhin bekam der Typ einen totalen Wutanfall, weil sein Wagen Schrott war. Daß sein Bekannter tot war, schien ihn nicht weiter zu interessieren.» McGowan beendete seinen Bericht mit einem zynischen Lachen.

«Findest du das komisch?» fragte ich.

«Tut mir leid», sagte er. «Aber es wird noch komischer.»

«Wieso?»

«Rob bestand darauf, an die Unfallstelle gefahren zu werden, um die Schrottkarre nach brauchbaren Teilen abzusuchen.»

«Reizend. Kannst du mir sagen, wo ich diesen feinfühligen Menschen finden kann?»

«Sobald ich den Papierkram habe. Ich versuch, dich heute noch zurückzurufen.»

«Danke, Tom.»

«Und du, Elizabeth? Was gibt's Neues bei dir, wenn ich fragen darf?»

«Noch mehr Fragen. Ich kann dir erst mehr sagen, wenn ich Kontakt mit Janice' früherem Freund aufgenommen habe.»

«Apropos: das Gericht hat bestätigt, daß eine Einstweilige Verfügung gegen diesen – wie hieß er doch gleich? – vorliegt. Katz. Irgend jemand hat inzwischen auch den Polizeicomputer entsprechend gefüttert.»

«Na großartig! Vielleicht solltet ihr fairerweise noch die Anmerkung hinzufügen, daß Janice inzwischen tot ist. Denn besonders viel hätte sie ja nun nicht mehr davon, wenn ab sofort auf die Einhaltung der Einstweiligen Verfügung geachtet würde.»

Ich hatte eine witzige Retourkutsche erwartet, aber McGowan schwieg, und mir fiel wieder ein, daß er mit Janice befreundet gewesen war. «Tut mir leid», sagte ich.

«Schon gut.»

«Das war wirklich ein ganz exquisites Lunch heute mittag», sagte ich, um das Thema zu wechseln.

«Stimmt. Auch das Essen war nicht schlecht. Sag mir Bescheid, wenn du mit Katz weitergekommen bist. Ich muß jetzt aufhören, mein Pieper piept.»

«Ciao, Tom.» Heiliges Adrenalin, der Typ war ein unverbesserlicher Anmacher! Die Frage war nur: Warum konnte er damit bei mir landen?

Im Moment hatte ich aber ein paar drängendere Fragen zu beantworten. Erstens: Wenn Alan nicht mehr in der Drogenhütte in Ramona wohnte, hatte er dann trotzdem noch Kontakt zu ihren jetzigen Bewohnern? Insbesondere zu der eiskalten Lady? Zweitens: Hatte die rote Aura von Stan Ellis etwas mit Janice' Tod zu tun? Drittens: Wer waren die beiden Männer, die ich gesehen hatte, als ich im Traum über dem Del Dios Drive schwebte? Und: War mein horrormäßiger Absturz ein Nacherleben von Janice' Unfall oder nur ein ungewöhnlich lebhafter Alptraum? Oder – und dieser Gedanke gefiel mir gar nicht – wies er vielleicht auf eine drohende Gefahr hin?

Seit dem Moment, als Tom McGowan mir das erste Mal von diesem Fall erzählte hatte, war mir klar, daß Janice ermordet worden war. Das war aber auch das einzige. Alles andere war mir vollkommen unklar.

Ich holte den Pappkarton mit Janice' Papieren hervor, um noch einmal in dem Tagebuch zu lesen. Als ich das mittlerweile vertraute gelbe Notizbuch aufschlug, fiel ein loses Blatt Papier heraus und flatterte zu Boden – die Fotokopie eines Artikels aus irgendeiner juristischen Fachzeitschrift. Um ein Haar hätte ich es in die Schachtel zurückgeworfen, als mir eine neongrün markierte Zeile ins Auge sprang: *«Verstärkter Druck auf Wirtschaftsunternehmen zur Unterbindung manipulativer Bilanzierungspraktiken»*. Manipulative Bilanzierungspraktiken ...? Wie interessant! Ich beschloß, weiterzulesen:

> Die jüngsten Vorstöße seitens der Devisen- und Effektenbörse, einer wachsenden Anzahl von betrügerischen Finanzdelikten entgegenzuwirken, haben nun auch das Finanzministerium auf den Plan gerufen. Künftig soll bereits im Vorfeld krimineller Machenschaften verstärkt darauf hingewirkt werden, manipulative Buchführungspraktiken zu verhindern. Dabei geht es insbesondere um gezielte Fälschungen oder Auslassungen, die betrügerische Bilanzen und somit fehlerhafte Steuererklärungen zur Folge haben. Falsche Angaben finden sich vor allem in zu hoch angesetzten Bezifferungen von steuerabzugsfähigen Vermögenswerten sowie in *inkorrekt deklarierten Gewinnausweisungen*. Gezielte Betriebsprüfungen sollen künftig dazu beitragen, den staatlich festgelegten Devisenbestimmungen und Bemessungsgrundlagen für Effekten zur praktischen Durchsetzung zu verhelfen. Auf diesem Wege sollen potentielle Rechtsstreitigkeiten minimiert und somit die Gerichte entlastet werden ...

Jemand hatte die *«inkorrekt deklarierten Gewinnausweisungen»* unterstrichen und ein Ausrufezeichen an den Rand gemalt. Ziemlich starker Tobak, dachte ich, *Finanzbetrug, gezielte Fälschungen, betrügerische Bilanzen* ... Offenbar waren die Oberbuchhalter der Nation nicht gerade zimperlich.

Der Pappkarton enthielt noch diverse andere Unterlagen aus Janice' Studium – Bücher, Prüfungsessays, Notizen. Möglicherweise stammte dieser Zeitschriftenartikel aus einem von Janice' Seminaren. Andererseits hatte Stan Ellis Janice als «unsere Botschafterin bei den staatlichen Kontrollinstanzen» bezeichnet. Folglich hielt ich es für wahrscheinlicher, daß dieser Artikel für Janice im Zusammenhang mit ihrem Job interessant war.

Ich fragte mich, worin der Zusammenhang zwischen dem gerade Gelesenen und Pacific Properties wohl bestehen mochte.

Dann legte ich das Tagebuch auf den Fußboden, mich selbst daneben und begann, darin zu blättern. Ich suchte nach Einträgen, die etwas mit Pacific Properties zu tun hatten, und nach der Stelle, an der Janice etwas über Alans Ex-Freundin geschrieben hatte. Whitman unternahm einen halbherzigen Versuch, sich auf den Seiten niederzulassen, die ich da so interessiert umblätterte, vergrub sich dann aber doch lieber schnurrend unter meinem Bauch.

Schließlich fand ich etwas über Janice' Job:

22\. *April*
Noch drei Semester und dann Adios, Pacific Properties! Ich weiß, daß es naiv klingt, trotzdem möchte ich alles tun, was in meiner Macht steht, um für mehr Gerechtigkeit *auf dieser Welt zu sorgen.*

Das hätte von mir sein können.

«Noch drei Semester und dann Adios, Pacific Properties!» Stan Ellis hatte sehr selbstgefällig dahergeredet, als er sagte, daß sich bei Pacific Properties *«mit Sicherheit eine angemessene Position für sie»* gefunden hätte. Ich hingegen war mir ziemlich sicher,

daß er Janice unter keinen Umständen hätte halten können, egal, was für ein exorbitantes Gehalt er ihr geboten hätte. Zumal Janice an dieser Stelle angedeutet hatte, daß ein Job bei Pacific Properties und der Wunsch, *«für mehr Gerechtigkeit auf dieser Welt zu sorgen»*, zwei unvereinbare, sich gegenseitig ausschließende Optionen waren. Mit anderen Worten: Bei Pacific Properties ging irgend etwas nicht mit rechten Dingen zu. Das, wiederum, überraschte mich nicht im geringsten.

Nach einigem Suchen fand ich auch die andere Passage:

16. April
Wie es scheint, ist Alan ein Mann mit Vergangenheit: Er hat eine Tochter aus einer früheren Verbindung. Sie ist jetzt sechs, und er fängt immer wieder davon an, wie süß sie ist. Er bekommt sie allerdings nicht oft zu sehen. Manchmal erzählt er mir nachts von den Sorgen, die er sich um die Kleine macht. Er sagt, daß sie nicht in den besten Verhältnissen lebt. Ich höre dann einfach immer nur zu – was weiß ich schon über Kinder? Das einzige, was ich weiß, ist, daß ich überhaupt keine Zeit für Kinder habe, jetzt nicht und die nächsten fünf Jahre auch nicht. Wenn ich Alan richtig verstanden habe, treibt die Mutter des Mädchens sich mit irgendeinem Dealer in Ramona rum. Sie soll ziemlich heruntergekommen sein. Ihr Name ist Tanya.

Ich versuchte mir noch einmal die Drogenhütte vor Augen zu führen. Unvorstellbar, daß ein Kind inmitten dieses Elends leben sollte! Ich hatte dort kein kleines Mädchen gesehen, aber ich war ja an einem Wochentag gekommen, und das Kind war um die Zeit wahrscheinlich in der Schule gewesen. Mir fiel das Spielzeug ein, das im Vorgarten unter all dem Schrott und Müll herumgelegen hatte. Diese ewig an ihrem Bong saugende Schlampe sollte eine Mutter sein? Ich konnte das nicht glauben.

Das Telefon erschreckte uns beide. Whitman verschwand mit einem Satz unter dem Bett, während ich zusammenfuhr und nach Luft schnappte. Warum war ich neuerdings so schreckhaft, fragte ich mich, als ich nach dem Hörer griff.

«Hallo?»

«Kann ich bitte mit Elizabeth Chase sprechen?»

«Am Apparat.»

«Oh, guten Tag. Sie sind auf der Suche nach einem Posaunenengel? Mit roten Locken und ein wenig zu groß geraten?»

14

Die Stimme am anderen Ende der Leitung klang amüsiert, fast so, als unterdrückte sie ein Lachen.

«Sie müssen Alan Katz sein.»

«Und Sie eine Freundin von Janice Freeman.»

«Ja, so könnte man sagen.»

«Also doch.» Er lachte kurz auf. «Carrie Aimes von Pacific Properties sagte, Sie seien Privatdetektivin. Um ein Haar hätte ich ihr das abgenommen. Aber außer Janice hat mich nie jemand als Posaunenengel bezeichnet. Deswegen dachte ich mir schon, daß Sie eine Freundin von Janice sind. Jedenfalls freue ich mich, mit Ihnen zu sprechen. Was kann ich für Sie tun?»

Alan Katz hatte eine dieser tiefen, selbstsicheren Stimmen, die nicht nur überzeugend klingen, sondern einem auch unter die Haut gehen. Ein gefährlicher Vorteil für kriminelle und andere Vorhaben.

«Können wir uns auf einen Kaffee treffen?» fragte ich.

«Klingt sehr verführerisch», schnurrte er. «Klar. Wann?»

«In einer halben Stunde?»

«Geht es nicht später? Vor acht komm ich hier nicht weg.»

Mist! Ich hätte ihn lieber bei hellichtem Tag getroffen.

«Das ist ein bißchen spät. Können Sie sich wirklich nicht früher freimachen?»

«Tut mir leid, ich arbeite bis acht.»

«Okay. Dann halt um acht.»

«Gut. Wo?»

«Am Highway 15 gibt es eine *Denny*-Raststätte, in Höhe der Black Mountain Road.» Eine besonders gut besuchte *Denny*-Filiale, massenhaft Zeugen.

«Woran kann ich Sie erkennen?»

Gute Frage. Ich bin durchschnittlich groß, durchschnittlich schwer, und mein dunkelbraunes Haar ist durchschnittlich lang. «Warten Sie ...» Ich machte eine kurze Denkpause. «Wie wär's mit schwarzen Lederstiefeln und einem Hut so groß wie ein Klodeckel?»

«Oha. Ist das nicht ein bißchen gewagt für eine Raststätte?» Sein Ton war ausgesprochen anzüglich, als hätte ich angekündigt, splitternackt dort aufzukreuzen.

«Dazwischen trage ich dann noch Jeans und Pullover. Machen Sie sich keine Sorgen, ich werde schon nicht unangenehm auffallen.»

«Okay, Elizabeth Chase, bis acht dann.»

Bei *Denny* konnte ich niemanden mit roten Locken entdecken. Ich blieb neben der Kasse am Eingang stehen und ließ meinen Blick über die gut besetzten Tische gleiten, bevor ich einen Barhocker an der Theke ansteuerte und einen Vanille-Milchshake bestellte.

Einen weiteren Milchshake und zwei Tassen koffeeinfreien Kaffee später war Alan Katz immer noch nicht aufgetaucht. Ich wollte gerade den dringend nötigen Gang zur Toilette antreten, als er auf den Hocker neben mir rutschte.

«Warum haben Sie nicht einfach gesagt, daß Sie hinreißend aussehen?» fragte er.

Katz selbst war auch nicht übel. Auseinandergeklappt mußte er etwa eins neunzig sein, schlank, aber mit so breiten Schultern, daß die Ärmelausschnitte seines schlichten weißen T-Shirts sich spannten. Seine Jeans waren so eng, daß er wie eine wandelnde Levi's-Werbung aussah. Seine rotgoldenen Haare fielen locker und sexy bis gerade eben auf den Halsausschnitt des T-Shirts. Sein hübsches Gesicht war frisch rasiert. Und was da in seinen blauen Augen blitzte, war mehr als ein Flirt.

«Das hätte als Beschreibung nicht ausgereicht», sagte ich betont sachlich. «Schließlich laufen allein in Südkalifornien Quadrillionen von hinreißenden Frauen herum.»

«Aber Sie stechen sie alle aus», turtelte er. Er hatte verdammt ehrliche Augen. Es war nicht schwer, auf seine Anmache hereinzufallen, sogar einem so cleveren Mädchen wie Janice konnte das passieren.

«Wo wir gerade so nett über hinreißende Frauen plaudern – Janice Freeman war mit Sicherheit eine.» Ich warf den Köder aus und wartete darauf, daß er anbiß.

Das Strahlen verschwand aus seinen Augen, und er zog den Mund nach unten. «Janice ist mit Abstand die schönste Frau, die ich kenne.» Er sah mich erwartungsvoll an. «Hat sie Sie hierhergeschickt?»

«Soll ich noch Kaffee bringen?» Der Kellner war plötzlich aus dem Nichts aufgetaucht und hatte uns beide erschreckt. Die untere Hälfte seines Kopfes war kahlrasiert, so daß er uns seinen nackten Skalp entgegenreckte. Es sah regelrecht obszön aus. Ein tintenschwarzes Haarbüschel hing von der Spitze seines Kopfes herunter und verdeckte die linke Hälfte seines Gesichts, das dagegen weiß wie Kreide wirkte und ebenso enthusiastisch. Die Ringe unter seinem rechten Auge waren so dunkel, als hätte er ein Veilchen. Wie konnte jemand, der kaum zwanzig war, schon so fertig sein?

«Für mich nicht mehr, danke», sagte ich.

Alan bestellte sich einen Kaffee.

Bei der bloßen Erwähnung des Wortes schlug meine Blase Alarm. «Bin gleich zurück», sagte ich und hüpfte vom Barhokker.

Die Toilette war kaum größer als ein Kleiderschrank, und der chemische Gestank von Duftspendern hing schwer in der Luft. Warum hat er mich gefragt, ob Janice mich geschickt hat? Das war entweder ein ausgezeichneter Bluff, oder Alan wußte tatsächlich von nichts. Ich nahm mir auf jeden Fall vor, sein Spiel erst einmal mitzuspielen.

Als ich zurückkam, lehnte Alan an der Theke und sah mir bewundernd entgegen, ohne mich mit den Augen auszuziehen. Dann schaute er mir forschend ins Gesicht, und ich wußte, was sein Blick zu bedeuten hatte: Hoffnung.

«Was, glauben Sie, ist der Grund, weshalb ich mich mit Ihnen treffen wollte?» fragte ich, als ich wieder auf den Barhocker kletterte.

«Keine Ahnung.» Er nippte an seinem Kaffee und grinste. Er mußte schon über dreißig sein, aber wenn er lächelte, erschienen ein paar niedliche Grübchen auf seiner glatten, gebräunten Haut. Zusammen mit den unzähligen Sommersprossen, die ihm über die Nase tanzten, verliehen sie ihm einen jungenhaften und entwaffnenden Charme. «Ich kann Ihnen nur sagen, was ich mir davon erhoffe», sagte er.

«Okay, tun Sie das!»

«Ich hoffe, Janice hat sie geschickt, um abzuchecken, wie ich drauf bin. Sie müssen verstehen, daß ich die Sache mit der Einstweiligen Verfügung und so weiter jetzt kapiert habe. Deswegen kann ich sie ja nicht anrufen oder besuchen. Und *sie* denkt sich vielleicht, daß es unter diesen Umständen unklug wäre, wenn sie *mich* anrufen oder besuchen würde. Also hat sie eine Vermittlerin geschickt, stimmt's?»

Der Kellner kam vorbeigeschlurft und ich winkte ihn zu uns heran. Das mit dem Drink hatte ich mir inzwischen anders überlegt.

«Stimmt's?» drängte Alan.

«Nein, stimmt nicht. Ich komme nicht von Janice, jedenfalls nicht direkt.»

Er schlug die Augen nieder, sah mich aber sofort wieder an. «Aber ich habe eine Botschaft für sie. Sagen Sie ihr bitte, daß ich inzwischen wirklich clean bin. Ich weiß, daß sie das nicht glauben wird, aber es ist die Wahrheit. Ich gehe sogar ab und zu auf diese bescheuerten Treffen der staatlichen Drogenhilfe.» Er rollte mit den Augen. «Eigentlich sind sie gar nicht so schlecht. Aber ich kann es nun mal nicht ab, wenn am Schluß immer alle dasitzen und sich gegenseitig die Händchen halten, verstehen Sie? Das macht mich ganz nervös, und meine Hände schwitzen dann ... und ... jedenfalls ist es immer furchtbar peinlich.»

«Ich kann Janice Ihre Botschaft nicht übermitteln, Alan.»

«Sie können ihr doch wenigstens sagen, wie ich jetzt aussehe!

Ich meine, mal ehrlich: Wie sehe ich aus?» Er lehnte sich zurück, drehte die Handflächen nach oben und sah mir direkt in die Augen, um mich zu einer visuellen Inspektion zu zwingen. Er sah ziemlich verzweifelt aus.

«Okay», sagte er plötzlich. «Vielleicht lieg ich ja völlig daneben. Sagen Sie mir doch einfach, warum Sie sich mit mir treffen wollten!»

«Nun ja, ich bin tatsächlich Privatdetektivin.» Ich angelte eine Visitenkarte aus meiner Handtasche und reichte sie ihm kommentarlos.

Er überflog sie kurz. «O Mann! Jetzt hat sie eine Detektivin angeheuert!» Er lachte hysterisch auf. «Ich faß es nicht!»

«Wenn Sie's genau wissen wollen, war es ein Sergeant vom Escondido Police Department, der mich angeheuert hat.»

Alan schnaubte verächtlich. «Die Polizei? Wozu das denn?»

In unserer Nähe gingen ein paar Teller scheppernd zu Boden und wir hörten Glas splittern.

«Sagen Sie mal, Alan, lesen Sie eigentlich Zeitungen, sehen Sie gelegentlich mal fern oder so?»

«Nicht, wenn ich's verhindern kann. Wenn man sich das ganze Zeug anguckt, denkt man doch, das Ende der Welt sei gekommen.»

«Alan», ich beobachtete ihn jetzt ganz genau, «Janice ist letzten Freitag bei einem Autounfall ums Leben gekommen.»

Zuerst holte er scharf Luft, dann erstarrte er. Unter der Sonnenbräune wurde er kalkweiß. Ich hatte das Gefühl, daß jemand einen Abfluß in ihm geöffnet hatte, in den nun all seine Energie hinabsickerte. Er drehte den Kopf langsam von links nach rechts, von rechts nach links, immer heftiger und immer schneller, als versuchte er, sich dieser Information zu verweigern.

«Es tut mir leid», sagte ich.

Er starrte mich an, nackten Horror in den Augen.

«Wenn das ein Witz sein soll ...», fing er an, brach dann aber ab, weil etwas in meinem Gesicht ihm sagte, daß es sinnlos war. Ein qualvolles Aufschluchzen drang aus seinem zusammengekniffenen Mund, dann stürzte er los. Wie ein Irrer raste er aus dem Restaurant.

Ich griff nach meiner Handtasche, fummelte einen Fünfer heraus, warf ihn auf die Theke und rannte hinter ihm her.

Als ich an der Tür war, sah ich ein Paar Scheinwerfer angehen, die sich auch sofort in Richtung auf die Ausfahrt des L-förmigen Parkplatzes in Bewegung setzten. Der Wagen fuhr sehr langsam. Als er an mir vorbeikam, sah ich ein grauhaariges Pärchen auf den Vordersitzen. Dummerweise hatte ich nicht gesehen, mit was für einem Wagen Alan gekommen war. Die Parkbuchten in Restaurantnähe waren gut beleuchtet, und alle Wagen, die dort standen, schienen leer zu sein. Ich lief über den ganzen Platz und horchte, ob irgendwo ein Motor startete, gleichzeitig sah ich mich nach Insassen um. Im Knick des Ls begann die totale Finsternis.

Als meine Augen sich an die Dunkelheit gewöhnt hatten, sah ich schemenhaft eine Gestalt auf dem Fahrersitz eines Geländewagens, Marke Ranchero. Er parkte vier Buchten weiter. Vorsichtig schlich ich mich an ihn heran.

Ein in sich zusammengesunkener Körper hing über dem Lenkrad. Er bewegte sich nicht. Ich ging auf ihn zu und glaubte, Alans locker gewelltes Haar wiederzuerkennen, das ihm jetzt allerdings schwunglos über den gebeugten Kopf hing. Als ich die Hand hob, um an sein Fenster zu klopfen, sah ich, daß seine breiten Schultern zitterten.

«Alan? Alan! Sind Sie verletzt?»

Er zitterte immer noch, und ich war mir nicht sicher, ob er mich überhaupt gehört hatte. Leise klopfte ich ans Fenster.

Das Zittern hörte auf. Der Körper war jetzt ganz still. Endlose Sekunden vergingen.

«Alan, sagen Sie mir einfach nur, ob mit Ihnen alles in Ordnung ist!»

Ich wartete eine ganze Minute, dann beschloß ich, die Tür aufzubrechen. Sie war offen.

«Alan?» sagte ich sanft und beugte mich über ihn. Ich legte ihm eine Hand auf den Rücken. Er sah nicht auf. Sein Kopf begann wieder, sich von links nach rechts zu drehen, von rechts nach links …

«Kennen Sie jemanden, der ein Interesse an ihrem Tod haben konnte?»

Ein Stöhnen kam aus der zusammengekauerten Gestalt, das sich langsam zu einem tiefen, krampfartigen Schluchzen entwikkelte. Ich legte ihm die andere Hand auf die Schulter und wartete ein paar Minuten, bis das Schlimmste vorbei war.

Als er ganz still geworden war, wartete ich eine Zeitlang, bevor ich ihn wieder ansprach. «Können Sie jetzt wieder mit mir reden?»

Er schüttelte den Kopf.

«Soll ich Sie nach Hause bringen?»

Wieder schüttelte er den Kopf.

«Darf ich Sie später noch mal anrufen?»

Er nickte.

«Sind Sie jetzt in der Lage, mir Ihre Telefonnummer zu geben?»

Er kam hoch und setzte sich richtig hin, als hätte diese simple Frage ihm eine willkommene Möglichkeit geboten, seinen Schmerz einen Moment lang zu vergessen. Er öffnete das Handschuhfach, holte einen Briefumschlag und einen Stift heraus und schrieb eine Nummer auf. Dann reichte er mir den Umschlag. Ich konnte den Poststempel im Dunkeln nicht entziffern, sah aber, daß der Adressat ein Alan H. Katz war.

«Kann ich Sie jetzt alleine lassen?»

Es war zu dunkel, um in seine Augen zu sehen, aber seine abrupten Bewegungen deuteten darauf hin, daß er jetzt in das Trauerstadium getreten war, in dem man sich nur wie betäubt fühlt.

«Es geht schon», sagte er tonlos.

«Okay, Alan, ich ruf Sie später an. Seien Sie vorsichtig, ja?»

Langsam entfernte ich mich. Als ich an seinem Ranchero vorbei war, blieb ich kurz stehen, um mir das Nummernschild zu merken. Man kann ja nie wissen.

15

Es war ein langer, harter Tag gewesen. Aber Tage, die mit einem Alptraum beginnen, fühlen sich immer so an. Jedenfalls war ich jetzt reif für ein schön warmes Entspannungsbad, und ich hatte nur noch den einen Wunsch, möglichst schnell nach Hause zu kommen. Aber mein Klient hatte mich ja gebeten, ihm Bescheid zu sagen, wenn ich Katz ausfindig gemacht hatte, und es war ohnehin an der Zeit, ihm endlich mal was Neues zu erzählen. Ich ging also zurück ins *Denny* und rief McGowan von dem Münztelefon neben den Toiletten an. Der Telefonistin die Nummer von McGowans Pieper geben und auf seinen Rückruf warten – das war jetzt schon Routine.

Ein nicht abreißen wollender Strom von Toilettenbesuchern musterte mich mit anzüglichen Blicken und zwängte sich in dem engen Gang an mir vorbei. Jedesmal, wenn die Toilettentür aufging, mußten meine Geruchsnerven die Attacken des widerlichen Luftstroms über sich ergehen lassen, den der stechende Chemieduft nicht angenehmer machte. Ich hatte mich gerade von dieser wenig erbaulichen Szenerie abgewandt und angefangen, die Überreste der total zerfledderten, an die Wand geketteten Gelben Seiten zu studieren, als das Telefon klingelte. Ich hatte den Hörer in der Hand, ehe das erste Signal verklungen war.

«Hallo.»

«Elizabeth? Hast du ihren Ex-Freund erreicht?»

«Hab ich.»

«Hat er's getan?»

«Hat er nicht.»

«Bist du sicher?»

«Bin ich.»

Es entstand eine Pause am anderen Ende der Leitung, McGowan mußte diese Mitteilung wohl erst einmal verdauen. Schließlich sagte er: «Ich weiß, daß es schon ziemlich spät ist, aber ich hab jetzt erst Dienstschluß. Wollen wir uns noch bei mir zu Hause treffen und darüber reden?»

Ich folgte McGowans Wegbeschreibung, außer an den Stellen, wo ich Abkürzungen kannte, und war in zwanzig Minuten da. McGowan bewohnte ein bescheidenes Ranch-ähnliches Haus, im ländlichen Teil von San Marcos, einer kleinen, altmodischen Gemeinde, die im Westen an Rancho Santa Fe grenzt und im Osten an Escondido. In meiner Kindheit und Jugend war ich oft mit meinem Pferd durch diese Gegend gestreift, so daß ich mich hier bestens auskannte. Der Hof eines Milchbauern etwas weiter die Straße hinunter prägte die Atmosphäre: Hier herrschte die perfekte ländliche Idylle. McGowans Einfahrt war leicht zu finden. Umgeben von einem guten Dutzend brachliegender Felder war sie weit und breit die einzige in diesem Teil der Straße – und natürlich die einzige, in der ein Streifenwagen parkte.

Ich stieg aus und lauschte eine Weile in die Nacht hinein. Die Geräuschkulisse hier war vollkommen anders als in der Stadt. Anstelle des ununterbrochenen Verkehrslärms war hier die Luft von rhythmischem Grillengezirp erfüllt. Keine Signalhörner, keine Autohupen, nur der Wind, der wie verhaltener Applaus durch die Eukalyptusblätter rauschte. Dies war keine Adresse, mit der man angeben konnte, aber ein wunderbarer Ort zum Leben. Die Wahl seines Wohnortes sprach eindeutig für McGowan.

Ich drückte auf die Türklingel und hörte ein tiefes, rollendes Bellen, dann McGowans strenge Stimme: «Nero! Aus!» Die Tür ging auf, und ein riesiger rhodesischer Jagdhund kam rausgeschossen, sein ganzer massiver Körper zitterte vor Freude. Bevor McGowan ihn zurückhalten konnte, hatte der Hund mein rechtes Handgelenk sanft in die Schnauze genommen – die etwas schlabberige Hundevariante des Händeschüttelns.

«Das Vergnügen ist ganz meinerseits, Nero», lachte ich. Der

Hund hob den Kopf und sah mich an, während seine gewaltige Zunge geräuschvoll durch die Luft schleckte. Er wedelte seinen ganzen Körper an mich heran, so daß ich fast umfiel.

«Nero! Sitz!» McGowan griff den Hund am Halsband und zog ihn unsanft zurück. «Tut mir leid, aber er kriegt jedesmal Spasmen, wenn er eine Frau sieht», sagte er.

Ich wischte mir das Handgelenk an der Hose ab. «Das ist es ja gerade, was ich an Tieren so mag», sagte ich. «Sie sind so direkt.»

McGowan quittierte meine Bemerkung mit einem Augenzwinkern, lächelte ein winziges Lächeln und sagte: «Ich bring ihn in den Garten. Komm rein, wenn du dich traust.»

Ich folgte Hund und Herrchen ins Haus, wo ein starker Geruch – eine Kreuzung aus Nagellackentferner und Benzin – in der Luft hing. Ein kurzer Blick auf den Eßtisch bot die Erklärung. Auf einer Unterlage aus Zeitungspapier waren eine Schrotflinte, ein Gewehr und drei halbautomatische Handfeuerwaffen ausgebreitet, alle in unterschiedlichen Stadien des Reinigungsprozesses. Feuchte Lappen, schwarz von Schießpulver, lagen zu einem Haufen aufgetürmt in der Mitte des Tisches. Eine Flasche mit Reinigungslotion, Hoppe's No. 9, stand daneben.

McGowan kam aus dem Garten zurück. Heute abend ohne seine Polizisten-Accessoires. Keine Uniform, keine Abzeichen. Er trug eine alte Khakihose und ein kurzärmeliges Strickhemd, und trotzdem wirkte er noch respekteinflößender als sonst. Als ich ihn jetzt in Allerweltsklamotten sah, wurde mir erst bewußt, wie überdimensioniert dieser Mann tatsächlich war. Aber die Proportionen stimmten. «Beeindruckend», murmelte ich vor mich hin, ohne es zu merken.

Er dachte, diese Bemerkung bezöge sich auf seine Waffen. «Danke», sagte er und warf einen stolzen Blick auf die Sammlung. «Kennst du dich mit Waffen aus?»

Ich lachte und freute mich, daß er diesmal nichts mitbekommen hatte. Ich lächelte immer noch, als ich den Kopf schüttelte. «Eine Expertin bin ich nicht gerade. Bin noch nie in eine Situation geraten, wo ich so ein Ding gebraucht hätte. Bis jetzt hab ich mich aufs Ermitteln beschränkt. Die Festnahmen selber hab ich immer Leuten wie dir überlassen.»

Er war unzufrieden mit meiner Antwort und verzog enttäuscht das Gesicht. «Du hast also keine Ahnung vom Waffenladen, Zielen, Abdrücken, Nachladen?»

«Ich hab die Prüfung beim Büro für Sicherheits- und Ermittlungsberufe abgelegt. Ohne die hätte ich meine Detektivlizenz ja nicht bekommen. Das Basiswissen hab ich also. Und ich bin berechtigt, eine verdeckte Waffe zu tragen und sie im Falle von Paragraph XYZ zu benutzen. Aber so arbeite ich nicht. Ich hab's mehr mit dem Sinnlichen, du erinnerst dich? Waffen gehören nicht zu meinem Repertoire.»

McGowan schien das ganz und gar nicht zu gefallen. «Fühlst du dich denn nicht schutzlos, so ganz ohne Waffe?»

«Laß es mich so sagen: Würde ich bei der Polizei arbeiten, wäre es mir ohne Waffe sicher zu gefährlich, aber ich arbeite nun mal nicht bei der Polizei. Ich ... ich seh mir die Dinge nur an. Außerdem habe ich einen Schutzengel.»

Er rollte die Augen und wollte aufbrausen, fing sich dann aber wieder. Er atmete tief durch und zwang sich zur Ruhe. «Nimm's mir nicht übel, Elizabeth, aber du hörst dich sehr naiv an. Ich will dir ja gerne glauben, daß irgendwelche Engel sich um dein Seelenheil kümmern, aber manchmal braucht man eben doch eine Waffe, um seinen Arsch zu retten. Das da», er zeigte auf den Tisch voller Artillerie, «das da sind meine Schutzengel.»

«Na gut, dann mach uns doch bitte miteinander bekannt.» Schaden kann's ja nicht, dachte ich, obwohl es mich nicht die Bohne interessierte. Offenbar waren ihm diese Dinger sehr wichtig.

McGowan grinste. «Hier haben wir», er griff nach dem Gewehr, «Mr. Winchester.» Er nahm es hoch und legte es mir liebevoll in den Arm, wie einen kleinen mechanischen Nachkommen. Das Zielfernrohr auf dem seidenglatten Gewehrlauf sah sehr nach High-Tech aus. Es war ein großes Baby von mindestens zehn Pfund.

«Bißchen unhandlich für meinen Geschmack.» Ich kniff die

Augen zusammen und linste durch das Zielfernrohr. Es fokussierte den Griff an der Haustür in ungefähr zehn Metern Entfernung, der jetzt wenige Zentimeter vor meiner Nase zu liegen schien.

«Das Tolle an diesem Ding ist folgendes», sagte McGowan und nahm mir das schwere Gerät ab. «Weißt du, was das ist? Ein Laserskop. Paß auf!» Er ging ins Treppenhaus und machte das Licht aus. «Ich bin jetzt am Ende des Flurs», sagte er. Ich sah zu der Stelle hin, auf die er zielte. Ein leuchtend roter Punkt tänzelte dort an der Wand.

«Heißt das, daß dieser rote Punkt das Ziel markiert, und dann ...» McGrowan knipste das Licht wieder an.

«... ist es praktisch unmöglich, danebenzuschießen.»

«Und was ist mit der Schwarzen da?» Ich zeigte auf den Tisch.

Die Handfeuerwaffe war in ihre Einzelteile zerlegt. McGowan setzte sie in Windeseile zusammen, drückte das Magazin rein und gab sie mir. «Da, bitte.»

Sie war schwerer als die Achtunddreißiger, mit der ich trainiert hatte, aber überraschend leicht für ihre Größe. Der glatte schwarze Lauf lag flach auf meiner ausgestreckten Hand. «Eine Fünfundvierziger?» fragte ich.

«Genau. Dreizehn Schuß plus eine in der Kammer.»

«Fühlt sich gut an.»

Er lächelte mit unverhohlenem Stolz. «Eine Glock – schon fast Kunsthandwerk. Ein Schmuckstück, findest du nicht?»

Ich zog das Magazin heraus und reichte McGowan die Einzelteile zurück. «Macht bestimmt schöne große Löcher.»

«O ja.» Er legte die Teile auf den Fernseher im Wohnzimmer und zog einmal am Auslöser – ein lauter, hohler Klick. «Komm mit.» Er winkte mit dem Lauf in die grobe Richtung der Sitzecke. «Laß uns reden.»

Das Zimmer war sehr gemütlich eingerichtet, und die Möbel waren, wie McGowan selbst, ausladend. Ich mußte nach hinten rutschen, um an die Rückenlehne des Sofas zu kommen, und ließ meine Beine wie ein Kind einfach herunterbaumeln.

«Ich kann dir keinen Cappuccino anbieten, aber, wenn du möchtest, ganz normalen Kaffee.»

«Danke, vielleicht später. Im Moment schwimme ich noch in der Überdosis, die ich mir eben im *Denny* angetan habe.»

«Wie wär's mit 'nem Eis?»

«Eis kann ich immer essen.»

McGowan verschwand in der Küche und kam mit zwei quadratischen, in Silberpapier verpackten Eiskrems wieder. Er schmiß mir meine aus zwanzig Schritt Entfernung zu. Ich fing sie mit einer Hand auf. Wenn's um Eis geht, bin ich gut.

«Du hast dich also mit diesem Ex-Freund getroffen?» Er wikkelte sein Eis aus und setzte sich in einem offensichtlich vielbenutzten Lehnsessel zurecht.

«Richtig.»

«Und was macht dich so sicher, daß er mit Janice' Tod nichts zu tun hat?»

Ich zuckte mit den Schultern. «Wenn man was weiß, dann weiß man's eben.»

«Wie meinst du das?»

«Das ist das Wesen wahrer Intuition. Wenn man etwas auf übersinnlichem Wege in Erfahrung bringt, dann weiß man es halt.»

«Wie alt bin ich?» fragte er plötzlich.

Genauso plötzlich sah ich eine Zahl und einen Monat vor mir. «Neunundzwanzig», sagte ich, ohne zu zögern. «Im Oktober geworden.»

McGowan sah mich mit undurchdringlichem Pokerface an. «Was würdest du darauf wetten?»

«Mein komplettes Honorar für diesen Fall.»

Er verriet sich durch ein ungläubiges Staunen, das sich in seine Augen schlich.

«Gilt die Wette jetzt?»

Er schüttelte den Kopf und gab's auf. «Wie machst du das?»

«Es passiert einfach. Und es entzieht sich dem logischen Denken. Ich kann es nicht herbeiwünschen und schon gar nicht erzwingen. Aber wenn's passiert, passiert's halt.»

«Muß ein praktisches Talent sein», sagte er neidisch.

«Ja und nein.»

«Wieso nein?»

«Es ist nicht besonders witzig, von manchen Leuten als Hexe oder Verrückte abgestempelt zu werden. Ich weiß zwar, daß die meisten Verleumdungen und Gehässigkeiten auf Angst basieren, aber sie tun trotzdem weh. Und ewig diese Schmäh- und Drohbriefe in der Post! Wobei die meisten Leute mich gar nicht ernst nehmen, sie halten mich einfach nur für eine harmlose Spinnerin. Manchmal hab ich das Gefühl, daß du das auch so siehst.»

McGowan konnte nicht verhehlen, daß ich ihn durchschaut hatte. «Stimmt. Anfänglich hatte ich so meine Zweifel. Aber ich muß zugeben, daß ich durch deinen Tip mit meinem Wagen heute nachmittag meine Meinung geändert habe. Ich glaube dir. Aber, um die Wahrheit zu sagen, ist mir das alles ziemlich unheimlich.»

Nero machte sich winselnd und kratzend an der Gartentür bemerkbar. «Dabei bist du ja selbst nicht untalentiert», erinnerte ich ihn. «Nimm bloß mal dein Erlebnis bei dem Unfall damals, oder deinen Riecher mit dem Autokennzeichen, das du dann im Lotto gespielt hast.»

«Es stimmt zwar, daß ich solche Erlebnisse hatte, aber ich kann keine Geburtsdaten aus der Luft greifen.»

«Geburtsdaten aus der Luft greifen ist genau dasselbe», widersprach ich, «nur nicht ganz so verrückt, wie sich bei Lottozahlen von einem Nummernschild inspirieren lassen, die sich dann als die sechs Richtigen erweisen.»

Nero winselte inzwischen herzerweichend. «Komm, laß ihn rein», bat ich. «Er wird bestimmt ganz brav sein.»

Seufzend stand McGowan auf und ging nach hinten. Sekunden später kam der Hund ins Wohnzimmer gejagt. Er beschnüffelte mich eingehend und tapste dann zu seinem Herrchen zurück.

«Also», sagte McGowan und setzte sich wieder in seinen Lieblingssessel, «nehmen wir einmal an, Alan Katz sei die treibende Kraft hinter Janice' Tod gewesen. Würdest du auch das ‹*wissen*›?» Nero ließ sich neben dem Lehnsessel nieder, und McGowan streichelte ihm gedankenverloren über den Kopf.

«Ich sag ja, daß ich mir keine Erleuchtungen herbeiwünschen kann. Obwohl: manchmal bin ich mir da nicht so sicher. Sicher ist nur, wie sensibel ich auf Gewalttäter reagiere. Das hat sich vor ein paar Jahren im Zusammenhang mit meinen Forschungsarbeiten in Stanford gezeigt. Es ging um ein experimentelles Projekt in forensischer Psychologie, und ich interviewte eine Gruppe von vierzig rechtskräftig verurteilten Kriminellen. Sie bekamen alle eine Reihe von Standardfragen vorgelegt, ich zeichnete ihre Antworten und Reaktionen auf und machte mir dabei eigene Notizen. Es waren ganz verschiedene Typen, die wegen der unterschiedlichsten Delikte einsaßen, alles von Steuerhinterziehung bis Mord. Aber sie wurden anonym interviewt, das heißt, ich wußte nicht, mit welcher Sorte Kriminellem ich jeweils gerade redete.

Und dann kam dieses eine Interview, in dem ich mich plötzlich unwohl fühlte, regelrecht klaustrophobisch. Mein Interviewpartner sah ausgesprochen gut aus, er sprach kultiviert, und er verhielt sich außerordentlich kooperativ. Ich versuchte, mein komisches Gefühl zu ignorieren und einfach mit der Befragung fortzufahren, aber mein Unwohlsein wurde immer stärker, bis ich kaum noch atmen konnte. Es dauerte nicht lange, bis ich hyperventilierte. Es wurde immer schlimmer, und schließlich stürzte ich in Panik aus dem Zimmer. Später stellte sich dann heraus, daß mein Interviewpartner ein Serienmörder war, dem man siebzehn Morde nachgewiesen hatte. Er war nicht besonders wählerisch gewesen, was die Auswahl seiner Opfer anging – Alte, Junge, Männer, Frauen –, aber er hat sie alle auf dieselbe Art umgebracht: Er hat sie erstickt.»

McGowan sagte nichts, nickte aber und bemühte sich sichtlich um Verständnis.

«Und wie bist du zur Polizei gekommen?» fragte ich.

Die Frage schien ihn zu überraschen. «Ich? Ach, ich glaube, ich habe schon immer gewußt, daß ich als Gesetzeshüter enden würde.» Er verstellte seine Rückenlehne, so daß er sich noch weiter zurücklegen konnte, und lachte. «Ich habe das angeborene

Talent, Streit zu schlichten, schon in der Schule war das immer so.»

«Muß ja ein praktisches Talent sein», sagte ich.

Er lächelte. «Ja und nein.»

«Wieso nein?»

«Na ja, ich fühl mich immer wie ein Elefant im Porzellanladen. Wenn man so groß ist wie ich, muß man lernen, seine Kräfte besonders sorgfältig zu portionieren. Es sind nämlich immer die kurzgewachsenen, schmächtigen Typen, die in Kämpfe verwickelt werden, ist dir das schon mal aufgefallen?»

«Mir ist aufgefallen, daß Menschen, die sich klein fühlen, oft sehr aggressiv sind, ja.»

«Wenn ich dich richtig verstehe, hältst du Janice Freemans Tod immer noch für Mord.» Er wollte offensichtlich wieder zur Sache kommen.

«Da bin ich mir ganz sicher.»

«Das heißt, wir müssen herauskriegen, welcher Mensch in Janice' Leben sich klein gefühlt hat. Stimmt's?»

«Ach, jeder fühlt sich doch mal schwach. Janice hatte einen Freund mit wenig Selbstachtung, einen unsicheren Boss, eine emotional verwahrloste Stiefmutter und einen von Schuldgefühlen zerfressenen Vater. Sie war, mit anderen Worten, ein ganz normales amerikanisches Durchschnittsmädchen.»

«Hast du all diese Leute selbst gesehen?»

«Ja.»

«Hast du dich bei einem von ihnen unwohl gefühlt?»

Ich mußte lachen. «Es läuft nicht immer so dramatisch ab.»

McGowan hatte aufgehört, den Hund zu streicheln. Nero kam mit dem Kopf hoch und stubste ihn in Herrchens Schoß – eine unmißverständliche Aufforderung zum Weitermachen. McGowan tätschelte Nero hinter den Ohren und massierte seinen Nacken, woraufhin der Hund selig die Augen schloß. Ich stellte mir vor, ich sei Nero, und gab mich dem Genuß von McGowans Berührung hin. Eine Weile war es in dem großen Zimmer vollkommen still. Dann klingelte das verdammte Telefon.

«Entschuldige mich», sagte McGowan und ging Richtung Küche.

Kaum bin ich allein in einem Zimmer, fange ich an zu schnüffeln – ich kann einfach nicht anders. Eine Wand wurde fast vollständig von einem Bücherregal eingenommen. Ich wanderte daran entlang, um die Titel auf den Buchrücken zu inspizieren. Was ich da sah, versetzte mich in Erstaunen. McGowan war im Besitz einer gut bestückten Bibliothek der englischen und amerikanischen Literatur. Ich ließ meinen Blick über die oberen Regale gleiten, alle Titel waren alphabetisch sortiert: Audubon, Austin, Bellow, Burroughs, Carroll, Cummings, Dickinson, Eliot, Emerson ... Dann ging ich ans andere Ende des Regals, zu den letzten Teilnehmern dieser hochkarätigen Versammlung: Vonnegut, Walker, Webster, Whitman, Wilde, Williams, Wolfe, Yeats. Ich ging zurück und griff nach einem Band mit Ginsberg-Gedichten. Es war eine signierte Erstausgabe. Dann fiel mein Blick auf eine Gedichtsammlung von Edgar Allan Poe. Ich zog sie aus dem Regal und schlug sie vorsichtig auf.

«Noch ein letzter Abschiedskuß! / Und der ich nun scheiden muß / Werde schwören bis zum Schluß: / Was wir auch sehen, seh'n wir kaum / 's ist nur ein Traum in einem Traum.»

Um ein Haar wäre ich mitten ins Bücherregal gesprungen. McGowan stand nur Zentimeter hinter mir und rezitierte Poe in einer Lautstärke, als stünde er auf einer Bühne. Ich drehte mich um und sah direkt in sein verzücktes Gesicht. «Scheiße! Hast du mich erschreckt!» sagte ich.

Er nahm mich bei den Schultern und drückte mir einen Kuß auf die Stirn. «Irgend so ein Verrückter hat sich in einem Musterhaus in einer dieser neuen Siedlungen im Norden verbarrikadiert. Ich bin heute als Verstärkung für die mobile Einsatztruppe eingeteilt.»

«Was bedeutet das genau?»

«Das bedeutet, daß ich jetzt meine kugelsichere Weste anziehen und versuchen werde, die Fernsehfritzen in Schach zu halten.»

«Während du dich damit amüsierst, werde ich zu Hause in die

Badewanne steigen», sagte ich. «Aber bevor wir jetzt auseinandergehen – hast du inzwischen die Adresse von diesem reizenden Menschen ausfindig gemacht, dessen Wagen in den Unfall mit Janice zu Bruch gegangen ist?»

«Hab ich. Und ich hab sie dir vorhin auf deinen Anrufbeantworter gesprochen.»

«Wie hieß der Typ noch mal?»

«Rob. Rob Pit. Ganz einfach zu merken, weil er sich auf Shit reimt. Ich habe sogar eine aktualisierte Fassung des Unfallberichts für dich mitgebracht.»

Der Unfallbericht lag auf einer Kommode im Flur. McGowan gab ihn mir und wühlte dann in einem großen Kleiderschrank herum. Schließlich zog er etwas daraus hervor, das wie ein schwarzer Rucksack aussah. «Mein Supermann-Umhang», erklärte er.

Wir beeilten uns, zu unseren jeweiligen Autos zu kommen. Als ich den Motor anließ, fuhr er seinen Wagen neben meinen, und wir kurbelten die Scheiben herunter.

«Ich wünsch dir schöne Träume in deinen Träumen», sagte ich.

«Es wird noch ein Weilchen dauern, bis ich ins Bett komme», seufzte er.

16

Es war spät geworden. Geisterstunde, dachte ich, Zeit für Hexerei und Spuk. Das einzige Kunststück, das ich momentan zu vollbringen gedachte, war das Entziffern eines schlecht geschriebenen Polizeireports. Ich saß mit ausgestreckten Beinen auf dem Sofa und war noch ganz weich und warm von meinem Bad. Whitman schien das zu gefallen. Er ließ sich zwischen meinen Beinen nieder. Auch Katzen können sehr direkt sein.

Der Unfallbericht war eine herbe Enttäuschung. Der angebliche Besitzer des Unglückswagens, Rob reimt-sich-auf-Shit Pit, hatte der Polizei einige Angaben gemacht, die zur Vervollständigung des Berichts dienten, aber nicht genug. Er hatte ausgesagt, daß der «Bekannte», der den Wagen von ihm geliehen hatte, ein gewisser Michael Huerte war, und er hatte Huerte drei Tage nach dessen Tod in der Distriktsleichenhalle zweifelsfrei identifiziert. Angeblich sollte das Unfallopfer einen Bruder irgendwo im Osten von Los Angeles haben, aber das Police Department von Los Angeles hatte ihn bislang nicht ausfindig machen können. Zwischen den Zeilen konnte ich herauslesen, daß sie die Suche längst aufgegeben hatten.

Señor Huerte war nämlich kein US-Amerikaner. Er war nicht bei der Sozialversicherung registriert, hatte keine Bankverbindung und keinen Wehrdienst geleistet. An einer Stelle des Berichts wurde die Vermutung geäußert, daß Huerte möglicherweise noch Verwandte südlich der Grenze habe, «Aufenthaltsort unbekannt». Die Leiche war einem der billigeren Bestattungsunternehmen überstellt und auf Staatskosten beerdigt worden. Eine Rechnungskopie über die Bestattungskosten lag bei.

Das war so ziemlich alles, was ich dem Bericht entnehmen

konnte. Der Text war in sauberen Großbuchstaben von Hand geschrieben worden, aber Faktendichte und Ausdrucksweise ließen zu wünschen übrig. Es fehlten zum Beispiel Angaben darüber, ob irgend jemand Rob Pit gefragt hatte, *warum* er Señor Huerte seinen Wagen geliehen hatte. Nicht daß Pit diese Frage unbedingt wahrheitsgemäß beantwortet hätte. Aber immerhin war Huerte alkoholisiert in dem Unfallwagen aufgefunden worden. Da jedoch keine Drogen bei der Leiche und keine Toten im Kofferraum gefunden worden waren, hatte die Polizei keinen Grund für eine weitergehende Untersuchung gesehen. Aber allein schon die Tatsache, daß Pit sich mehr über sein zu Schrott gefahrenes Auto als über den Tod seines «Bekannten» aufgeregt hat, gefiel mir nicht. Außerdem wollte mir nicht einleuchten, wieso er bereit gewesen sein sollte, jemandem, den er kaum kannte, seinen Wagen zu leihen.

Ich war wild entschlossen, das herauszufinden. Ich brannte geradezu darauf. Aber es war spät, und der größte Teil der zivilisierten Welt lag um diese Zeit im Bett. Ich brauchte etwas, um meinen Denkapparat abzuschalten und meine Sinne einzulullen. Ich stand auf und schaltete den Fernseher ein. Das ist auch so ziemlich das einzige, wozu Fernsehen gut ist.

Eine Frau mit – selbst fürs Fernsehen – viel zuviel Make-up erschien auf dem Bildschirm. Sie sprudelte über vor Enthusiasmus, weil sie jetzt ein Geheimnis lüften würde, das ihr Leben verändert habe: eine Séance mit dem weltberühmten Hellseher Lenny Lenton. Lenny selbst würde später in der Show auftreten («Also bleiben Sie dran!»). Außerdem würde ein authentisches Video von Lenny in Trance gesendet werden, versprach sie atemlos. An dieser Stelle wurde ein Ausschnitt aus dem Video eingeblendet. Eine von Lennys zutiefst beeindruckten Kundinnen sagte mit Tränen in den Augen: «Lenny, du bist wunderbar! Wie kann ich dir je danken?» Eine Telefonnummer erschien auf dem Bildschirm, und eine Stimme aus dem Off kündigte an, daß gleich eine Leitung zu einigen von Lenny persönlich auserwählten Hellsehern freigeschaltet würde. Die Zuschauer sollten nun anrufen, sie könnten über *alles* reden.

Ich schlug die Hände vors Gesicht und stöhnte.

Als ich wieder hinsah, interviewte die aufgetakelte Frau die von Lenny handverlesenen «Experten». Die Frau wies die Zuschauer zu Hause ausdrücklich darauf hin, daß Lenny nur mit Kollegen arbeite, die «positiv denken». Ich bekam ein komisches Gefühl in der Magengegend, griff zum Telefon und rief Linda an. Es spielte keine Rolle, daß es jetzt 0:42 Uhr war. Schließlich war Linda selbst eine Hexe.

«Hal-lo!» rief sie fröhlich.

«Ich seh gerade diesen Lenny Lenton-Quatsch», sagte ich.

«Seine Reklameshow?»

«So könnte man's nennen. Das ist nicht die Sendung, bei der du arbeitest, oder? Bitte sag, daß sie es nicht ist!»

Keine Antwort.

«Mein Gott, Linda! Diese Leute sind nicht echt! Sie sehen aus, als ob sie Pat Boone-Cassetten zum Frühstück essen.»

Gekicher. «Wahrscheinlich tun sie das tatsächlich.» Noch mehr Gekicher.

Linda ist eine meiner besten Freundinnen. Während mein Talent sich im wesentlichen auf sporadische Eingebungen beschränkt, ist Linda praktisch ständig auf Leitung. Ihre Intuitionen in bezug auf Menschen sind sehr ausgeprägt und immer zutreffend. Außerdem ist sie eine Heilerin. Erst vor wenigen Monaten hat sie ihren Job bei einer Marketingfirma für Computer-Software gekündigt und einen Vertrag bei einer dieser Wahrsager-Hotlines unterschrieben.

«Ich kann gar nicht glauben, daß du da mitmachst», insistierte ich. «Wie kannst du das nur verantworten?»

«Ich hatte einfach die Schnauze voll vom Pumpstragen», sagte sie. Das konnte ich gut verstehen.

«Und was sagst du den Leuten, wenn du gerade mal keine Erleuchtung hast? Erfindest du dann das ganze Zeug?»

«Du hast ja keine Ahnung. Bei den meisten Anrufern brauchst du kein Hellseher zu sein, um ihnen zu helfen. Willst du mal eine typische Anfrage hören? Die hier zum Beispiel krieg ich ungefähr zwölfmal pro Tag rein: ‹Ich weiß zwar, daß mein Mann trinkt, und manchmal schlägt er mich auch, aber ich *liebe* ihn doch, ich liebe ihn wirklich. Vor ein paar Tagen ist er mit meinem Sozialhilfescheck abgehauen. Ich weiß auch, daß er sich ein paarmal mit einer anderen Frau getroffen hat ... aber, ähm, können Sie mir bitte sagen, wann er zu mir zurückkehrt?›»

«Das ist ja furchtbar.»

«Ja. Ich versuche, so viele wie möglich zu den Anonymen Alkoholikern zu schicken.»

«Und deine Kollegen? Sind die alle so verantwortungsbewußt und vernünftig wie du?»

«Schön wär's. Die meisten sind geisteskrank. Aber fairerweise muß ich sagen, daß auch ein paar wirklich talentierte Seher dabei sind. Eigentlich geht's bei uns genauso zu wie in jedem anderen Beruf. Scheiße schwimmt oben. Der Produzent hat schon eine Vorstrafe wegen Unterschlagung und Veruntreuung hinter sich. Diejenigen von uns, die näher mit ihm zu tun haben, glauben nicht, daß es bei der einen bleibt.»

«Diese Sendung ist eine Schande, und du weißt es.»

«Meine Güte, ja. Übrigens, wo wir gerade über Eingebungen reden – ich sehe einen Mann in deiner Umgebung.»

Ich sah mich im Wohnzimmer um. «Ach ja? Wo denn?»

«Jemand ganz Besonderes beherrscht deine Gedanken. Los, komm schon, wer ist es?»

«Linda, es gibt so viele Männer in meinem Leben. Dein Job macht dich verrückt.»

«Du lügst. Er ist Soldat – nein, Polizist, gib's zu!»

«Wenn ich's dir erzähle, hilfst du mir dann in dem Mordfall weiter, an dem ich gerade arbeite?»

«Abgemacht.»

«Er heißt Tom und hat mich auf die Stirn geküßt, das ist die ganze Geschichte. Jetzt du: Fällt dir zu dem Namen Janice Freeman etwas ein?»

«Mit diesem Tom wirst du noch mehr erleben.»

«Janice Freeman.»

«Na gut. Blond, attraktiv?»

«Ja.»

«Hab kein gutes Gefühl.»

«Kein Wunder. Sie ist tot.»

Linda schwieg eine Weile. «Das ungute Gefühl bezieht sich auf *dich*, Elizabeth», sagte sie langsam. «Dieser Janice Freeman-Fall ist gefährlich.»

«Kannst du sagen, welche Art von Gefahr? Namen, Orte, Bilder, irgendwas?»

Linda gab einen gequälten Laut von sich. «Aah! Ich kann nicht, Liz. Das ist kein Witz. Ich habe Angst um dich!»

Die Sendung näherte sich ihrem Ende. Ich drehte die Lautstärke auf. «Hörst du?» sagte ich zu Linda. «Das sollte dich wieder auf den Teppich zurückholen.» Ich hielt den Hörer in Richtung Fernseher, wo die geschminkte Frau eindringlich in die Kamera sprach.

«... vor allem habe ich von Lenny gelernt, daß – egal wie schlimm unsere Lage zu sein scheint – es immer einen *Grund* für die Erfahrungen gibt, die wir gerade machen. Und daß mit einer positiven Grundhaltung alles, sogar unsere *wildesten Träume*, wahr werden können und werden!» Schmalzige Musik setzte ein, und die Telefonnummer lief von rechts nach links über den unteren Bildschirmrand. Ich nahm den Hörer wieder ans Ohr.

«Bist du noch dran?» fragte ich.

Linda lachte. «Von irgendwas muß ich ja leben.»

«Hat dir schon mal jemand gesagt, daß du ganz schön durchgeknallt bist?»

«Wer ist das nicht?»

«Ich bin froh, dich zur Freundin zu haben», sagte ich.

«Ach, papperlapapp! Ich auch, ich meine, dich auch. Quatsch! Ich meine ...»

«Ich weiß, was du meinst.»

17

Rob Pit wohnte in Pacific Beach, einer kleinen Gemeinde an der Südküste, nahe San Diego. Vor allem im Sommer strömten Tausende von Touristen durch die bunten Strandboutiquen und verliehen dem Ort tagsüber einen gewissen quirligen Charme. Wenn sich aber bei Sonnenuntergang die Massen verzogen, wurde die Stadt an manchen Stellen geradezu häßlich. Eine Menge Nicht-Seßhafter hatten sich diesen Strandabschnitt für ihre Beutezüge ausgesucht und lauerten auf ahnungslose späte Gäste und unvorsichtige Einwohner. Die Kriminalitätsstatistik von San Diego wies dieses Gebiet als eines der heißesten Pflaster aus. In den letzten fünf Jahren hatte es sogar das Kunststück vollbracht, seinen eigenen Rekord an Raubüberfällen und Einbruchsdelikten zu brechen – jedes Jahr von neuem.

Ich war früh aufgestanden, denn es war ratsam, in Pacific Beach anzukommenm, bevor das große Gedränge losging. Und ich hielt es für angebracht, mich ortsüblich zu kleiden. Ich wühlte in meinem Schrank im Bereich unnütze Sachen herum, bis ich ein altes Bikini-Oberteil und eine ausgefranste, abgeschnittene Jeans gefunden hatte. Dann grub ich noch den Inhalt mehrerer Schachteln um und stieß auf ein Paar Kreolen-Ohrringe, so groß wie Armreifen, die ich vor vielen Jahren einmal geschenkt bekommen hatte. Ich schleifte das ganze Verkleidungszubehör ins Badezimmer und beobachtete im Spiegel, wie ich mich Stück für Stück in ein Strandgirl verwandelte. Ich legte noch perlig schimmernden, kreischpinken Lippenstift auf und ließ meine Haare locker fallen. Als ich fertig war, begutachtete ich das Gesamtergebnis in dem großen, dreiteiligen Spiegel und mußte feststellen, daß meine Pobacken ein Stückchen aus den kurzen Hosenbeinen herauslugten. Perfekt, dachte ich. Allerdings hoffte ich, daß ich niemandem über den Weg laufen würde, den ich kannte.

Wenn um diese Jahreszeit die warmen Luftmassen auf die pazifische Kaltluft treffen, hüllt sich die Küste in Nebel. Meteorologen bezeichnen das als maritime Wolkenschicht. In den Wetterberichten von Radio und Fernsehen heißt dieses Phänomen «nachts und in den frühen Morgenstunden tiefliegende Wolkenbildung». Der Rest der Menschheit nennt es einfach Juninebel. In diesem Jahr jedoch hatten wir einen ungewöhnlichen Sommer mit ganz bizarren Wetterlagen. Es hatte viele Gewitter gegeben, und die Luftfeuchtigkeit war extrem hoch – eine Seltenheit in San Diego. Man munkelte, daß El Niño, eine warme Meeresströmung, die manchmal in südlicheren Breitengraden entsteht, die kalifornische Küste gestreift und tropische Verhältnisse mit sich gebracht habe. Ich trat vor die Tür und stand mitten in einer sonnendurchfluteten Sauna. Es war erst acht Uhr morgens. Mein sparsames Outfit war also genau das Richtige.

Wenn die Adresse stimmte, die McGowan mir gegeben hatte, wohnte Rob Pit in der Santa Cruz Avenue, Nummer 1166 1/2. Ich wußte ungefähr, wo das war. Die Straße verlief parallel zum Strand, nur zwei Blocks hinter der Küstenstraße. Ich nahm die Ausfahrt Pacific Beach, um dann genervt in westlicher Richtung weiterzufahren, Stück für Stück, von einer Ampel zur anderen. Man kann die Menschen nur bewundern, die gutgelaunt und nonchalant den dichten Stadtverkehr meistern, denen es sogar egal ist, ob eine Ampel rot oder grün ist. Was mich angeht, kann ich nur sagen: Ich will *vorwärtskommen*!

An der Santa Cruz Avenue bog ich Richtung Süden ab. Von hier an waren die Ampeln nur noch rot, und die Verkehrssituation variierte zwischen stop-and-go und richtigem Stau. Beide Seiten der Straße waren von Autos zugeparkt, so daß nur eine enge Durchfahrt für den ‹fließenden› Verkehr übrigblieb. Die Bürgersteige wimmelten von Fußgängern, die an allen möglichen und unmöglichen Stellen zwischen den parkenden und den im Stau steckenden Wagen über die Straße huschten.

Bei diesem Tempo blieb mir nichts anderes übrig, als Sightseeing zu betreiben. Auf beiden Straßenseiten reihten sich unzählige Läden Tür an Tür, die ultra-mega-hyper-angesagte Strand- und Surfmode anpriesen – die coolsten Shorts, die hipsten T-Shirts, die ausgeflipptesten Sandalen. Kids auf Skateboards bahnten sich meisterhaft ihre verschlungenen Pfade durch die Touristen und sprangen ständig und ansatzlos auf die Fahrbahn.

Ohne jede Vorwarnung wurde ich plötzlich Zeugin eines Wunders. Ein kleines Stück vor mir auf der rechten Straßenseite begann ein schwarzer Datsun 240 ZX per Blinker anzuzeigen, daß er seinen Parkplatz räumen wollte – falls jemand ihm eine Chance bot, sich in den Verkehr einzufädeln. Ich gab mich großzügig und hielt an, um dann mit Lichtgeschwindigkeit in die freigewordene Lücke zu stoßen. Rob Pit wohnte zwar noch zwei Blocks weiter die Straße runter, aber ich hatte innerhalb der letzten Meile keinen freien Parkplatz gesehen. Außerdem war ich mir sicher, daß ich bei diesem Schneckentempo zu Fuß schneller sein würde.

Als ich die elfhunderter Nummern erreicht hatte, rätselte ich minutenlang an der Frage herum, wo um alles in der Welt diese 1/2-Nummer zu finden sein mochte. Wie zu erwarten, gab es eine Nummer 1166, *Dinkos Spezialjoghurt*, und daneben eine 1168, *Pia Mia's*, eine winzige Boutique mit maßgeschneiderter, nach individuellem Geschmack angefertigter Bademode. Nachdem ich eine Zeitlang auf dem Bürgersteig herumgelungert und so getan hatte, als könnte ich mich nicht entscheiden, ob ich mir die Wampe vollschlagen oder einen neuen Badeanzug anprobieren sollte, entschied ich mich für den Joghurtladen, in der Hoffnung, dort würde man mir weiterhelfen.

Hinter dem Tresen füllte ein Teenager mit blondem Pferdeschwanz und einer gelben Schürze, die das gestickte *Dinko*-Logo zierte, mit Karob überzogene Rosinen in eine Tupperdose.

«Entschuldigung, können Sie mir sagen, wo Nummer 1166 1/2 ist?» fragte ich.

«Äh ... ah ... das ist hier», sagte sie und lächelte ins Leere, «elf sechsundsechzig.»

«Ich suche aber elf sechsundsechzig *einhalb.*»

Sie verzog das Gesicht wie unter Schmerzen. So eine schwere Frage hatte ihr offenbar noch nie jemand gestellt. «Keine Ahnung», sagte sie nach einer Weile. «Tut mir leid.» Dabei lächelte sie mich an, als hätte sie mir gerade die beste Neuigkeit des Tages verraten.

In der Bikini-Boutique hatte ich mehr Glück. Als ich durch die Tür trat, klingelten Dutzende kleiner Glöckchen, die an einer Schnur vom Türrahmen herabhingen. Eine dunkle Schönheit von etwa vierzig kam aus dem hinteren Teil des Ladens auf mich zu. Ein dichter Vorhang kräftiger brauner Haare hing ihr bis zur schlanken Taille herunter und verdeckte ihr winziges lila BH-Top nur andeutungsweise. Ihre Hüften waren fest in einen Sarong gewickelt, der in exotischen Orange-, Rot- und Lilatönen strahlte und ihr bis auf die Füße fiel.

«Hallo», sagte sie mit einer tiefen, warmen Stimme, die von einer so musikalischen Qualität war, daß ich an Celli denken mußte und an kultivierte Abende in der Oper.

Plötzlich wurde mir mein ausgeleiertes und -gebleichtes Bikinioberteil aus alten College-Zeiten peinlich bewußt. Ganz zu schweigen von den lächerlichen Ohrringen und den schlampigen Jeans. Am liebsten hätte ich gesagt: «Ich weiß, daß ich wie der letzte Dreck aussehe, aber das mußte ich tun. Verdeckte Ermittlungen undsoweiter.» Statt dessen sagte ich: «Sie sehen toll aus! Glauben Sie, daß mir so etwas ...» – ich zeigte auf ihren Outfit – «auch stehen würde?»

Sie musterte mich mit ihren großen kakaobraunen Augen, und ich konnte sehen, wie ihr Hirn arbeitete. «Nicht das, was ich anhabe. Aber ich habe da etwas, das direkt für Sie gemacht sein könnte. Kommen Sie doch mal mit.»

Ich folgte ihr durch die Auslagen in den hinteren Teil des Ladens und war von ihrem graziösen Gang ganz hingerissen. «Warten Sie hier», sagte sie und verschwand hinter einer Schwingtür.

Sie kam mit einem ganzen Arm voll kobaltblauer Stoffe zurück. Es war ein Dreiteiler – ein Ober- und Unterteil aus Stretchmaterial und ein Überwurf in derselben Farbe, aber aus einem unglaublich leichten, seidig glänzenden Stoff. Rob Pit würde sich noch ein paar Minuten gedulden müssen.

«Die Ankleidekabine ist hier drüben. Sagen Sie Bescheid, wenn Sie Hilfe brauchen. Ich heiße übrigens Pia.»

«Danke, Pia.»

Unter- und Oberteil, die eigentlich nur ein raffiniert geschnittener, zweiteiliger Badeanzug waren, saßen wie eine zweite Haut. Dann schlüpfte ich in den tunikaartigen Umhang. Er war weich und durchsichtig und von einem so tiefen und strahlenden Blau, wie ich es sonst nur von Edelsteinen kannte. «Mann!» rief ich. «Das ist ja phantastisch!»

«Ich würde gerne einmal sehen, wie es an Ihnen wirkt», rief Pia zurück.

Als ich aus der Kabine auf sie zukam, ging ein Lächeln über ihr Gesicht. «So hatte ich es mir gewünscht, als ich es entwarf», sagte sie und begutachtete mich mit geübten Blicken von allen Seiten.

«Sie haben es selbst entworfen?»

Sie nickte und forderte mich mit kreisendem Zeigefinger auf, mich zu drehen. Ich gehorchte. «Sehr schön. Und jetzt legen Sie bitte einmal den Umhang ab», sagte sie.

Ich ließ das schimmernde glatte Teil mit einer geschickten Bewegung von meinen Schultern gleiten. Pia schüttelte den Kopf, lächelte zu meiner Erleichterung aber immer noch stolz. «Ich kann es gar nicht fassen, wie perfekt dieses Ensemble an Ihnen aussieht», sagte sie.

«Auf jeden Fall ist es bedeutend bequemer als das, was ich vorher anhatte.»

«Sie brauchten oben herum einen stärkeren Halt», sagte sie nüchtern. Sie sah, wie peinlich mir das war, und setzte einfühlsam hinzu: «Ich wünschte, ich könnte so ein Oberteil tragen. Sie haben wirklich eine ganz exquisite Figur.»

«Danke.» Exquisit? Ich ließ mir das Kompliment auf der Zunge zergehen. Als Teenager war ich einfach nur schlaksig gewesen. Es ist Jahre her, daß der unbarmherzige Spott einiger

Zehntklässler mich dahingehend konditioniert hat, mich selbst über all die Jahre als eine flachbrüstige Zumutung zu sehen. Ich war immer noch dabei, meine Selbstwahrnehmung umzuprogrammieren.

Nachdem ich Pias Kreation angehabt hatte, kamen mir meine alten Sachen vor wie frisch aus der Mülltonne gezogen. An keinem den Pias Teilen hing ein Preisschild, und ich fragte auch nicht danach. Ein Ensemble wie dieses findet man nur einmal im Leben.

Ich trug die Sachen zur Kasse, wühlte in meiner Handtasche nach meinem Portemonnaie und mußte dabei nach und nach den halben Tascheninhalt auf dem Tresen ausleeren. «Taschenorganisation ist nicht meine starke Seite», sagte ich und reichte Pia meine VISA-Karte.

«Kein schwerwiegender Charakterfehler», meinte sie lächelnd. «Kann ich Ihnen noch mit irgend etwas dienen?»

«Ja, können Sie. Gibt es in dieser Straße die Nummer elf sechsundsechzig einhalb?»

Ihre Miene verfinsterte sich. «Leider ja», sagte sie langsam. Sie las meine Karte in den Scanner ein und wartete den Abbuchungsvorgang ab. «Dieser Laden ist Teil eines Doppelgrundstücks. Elf sechsundsechzig einhalb ist die Kaschemme im Hinterhof.» Sie sah mit hochgezogenen Brauen zu mir auf. «Sie beabsichtigen doch nicht etwa, das Ding zu kaufen?»

Der Kassencomputer war mit der Abbuchung fertig und begann in malmendem Stakkato eine Quittung auszudrucken. «Nein. Ich muß nur mit einem gewissen Rob Pit sprechen. Kennen Sie ihn vielleicht?»

«Nein, ich kenne keinen von denen da hinten», sagte sie verächtlich. «Es geht mich zwar nichts an, aber diese Leute sind kein Umgang für Sie.» Sie reichte mir die Abrechnung und einen Kugelschreiber. Als sie mir die VISA-Karte zurückgab, warf sie einen schnellen Blick darauf. «Elizabeth Chase, aha. Schön, Sie kennengelernt zu haben.»

«Das Vergnügen ist ganz meinerseits», sagte ich. «Darf ich Sie um einen Gefallen bitten?»

«Sicher.»

«Würden Sie mich bitte anrufen, falls Sie doch noch etwas über diesen Rob Pit in Erfahrung bringen?»

Sie nickte. Ich schrieb meine Telefonnummer auf einen der Pacific Properties-Prospekte, die ich aus der Handtasche gezogen hatte, und schob ihn über den Tresen zu ihr hinüber. Dann unterschrieb ich die VISA-Abrechnung, erhöhte den Gesamtbetrag um zehn Dollar und reichte den Beleg zurück. «Das ist sehr nett von Ihnen, Pia, und Sie sind eine ausgezeichnete Modeschöpferin, aber Sie verlangen nicht genug für Ihre bezaubernden Kreationen. Ich hätte auch das Doppelte dafür bezahlt.»

«Erzählen Sie einfach überall herum, wo Sie die Sachen gekauft haben», lachte sie.

«Das werd ich bestimmt tun. Und ich selbst werde auch wiederkommen.»

Ich war schon fast an der Tür, als sie mich zurückrief. «Warten Sie, Elizabeth!» Sie kam schnell auf mich zu und drückte mir etwas in die Hand. «Tragen Sie die zu dem Ensemble, okay?»

In meiner Hand lag ein Paar tiefblauer Ohrringe, klassisch runde Lapislazuli. Viele Legenden rankten sich um diesen Halbedelstein. Im alten Ägypten wurde er zum Schutz vor bösen Geistern und Mißgeschicken getragen. In der Antike glaubte man, Lapis verschaffe einem Zugang zu den unergründlichen, heiligen Mächten. Einer christlichen Legende zufolge soll Lapis aus Luzifers Krone gefallen sein, als der aus dem Himmel verbannt wurde, seither würden die Steine von Engeln bewacht.

Ich starrte sekundenlang auf die blauen Ohrringe, während mir all diese Dinge mir durch den Kopf gingen, und wußte, daß sie wunderbar zu den neuen Sachen passen würden. Als ich wieder aufsah, blickte ich in Pias lächelnde Augen. Ich überlegte, wie ich ihr meine Dankbarkeit zeigen konnte.

«Danke. Ich glaube, sie sind genau das, was ich jetzt brauchte», sagte ich schließlich.

18

Unter Leuten, die mich gut kennen, kursiert das Gerücht, ich trüge immer so große Handtaschen mit mir herum, damit ich notfalls ein Katzenklo – mit Katze – darin transportieren könnte. Das stimmt zwar nicht ganz, aber ich gebe zu, daß in die meisten zumindest ein paar Beutel Katzenstreu hineinpassen würden. Ich nahm die farbenfrohe Einkaufstüte von *Pia Mia's* mit meinem neuen Outfit und stopfte sie in das gute Stück, das ich heute bei mir hatte. Ich hätte mich schließlich nicht extra als Mädel aus der Nachbarschaft zu verkleiden brauchen, wenn ich jetzt mit einer Einkaufstüte herumlaufen wollte, die schon von weitem «Tourista!» brüllte. Dann schob ich mir ein Stück Kaugummi in den Mund und ging um den Laden herum, auf der Suche nach dem Eingang zum Hinterhof.

Zwischen *Pia Mia's* und dem angrenzenden Laden lag ein Durchgang von etwas über einem Meter Breite. Ich ging zwischen den beiden Gebäuden hindurch und kam in einen verwahrlosten Hof. Ein freistehendes Holzhaus von der mehr als bescheidenen Sorte, die in der Maklersprache gerne als «Großmutters Gartenhäuschen» bezeichnet wird, stand verloren zwischen dem ganzen Unkraut. Es führte kein richtiger Weg zu dem Haus, vielmehr schien der eigentliche Zugang an einer schmalen Gasse auf der anderen Seite des Hauses zu liegen. Im Näherkommen hörte ich das dumpfe Dröhnen eines voll aufgedrehten Ghettoblasters.

Es gab keine Türklingel, also klopfte ich so laut ich konnte. Die Tür ging auf und ein unerträgliches Getöse von Schlagzeugen und E-Gitarren ließ die schwere, heiße Sommerluft erzittern. Ein Mann in Fallschirmspringerhosen und oben ohne starrte mich durch halbgeschlossene Augen an. Sein langes blondes Haar hing ihm über die Schultern.

«Hi!» brüllte ich über den Lärm hinweg.

«'lo.» Ich konnte seine sanfte Drückerstimme kaum hören.

Ich wußte, daß man mich mit dem Unfall in Verbindung bringen würde – und mit der Polizei –, wenn ich direkt nach Rob Pit fragen würde. Also gab ich vor, auf der Suche nach Michael Huerte zu sein.

«Hat Michael sich hier in letzter Zeit mal blicken lassen?» fragte ich und bemühte mich, die Musik zu übertönen.

«Weiß nich, wart mal», murmelte er undeutlich.

Der Halbnackte hatte mich zwar nicht ausdrücklich hereingebeten, aber ich folgte ihm ins Haus und schloß die Tür hinter mir. Der Krach, der das ganze Haus erschütterte, war ein erstklassiges Beispiel für miesesten Heavy Metal: kreischende Gitarren, erbarmungslose Schlagzeuge und ein Baß jenseits der Schmerzgrenze, wobei jedes Instrument einem anderen Takt folgte. Alles in allem hörte es sich so an, als ob ein Lastwagen voll Porzellan gegen eine Betonmauer knallt. Ich sah auf die Uhr: 9:15 morgens. Diese Typen hier hatten es sich so gemütlich gemacht wie in der Hölle.

Als nächstes fand ich mich in einer typischen Junggesellenküche wieder. Der größere Teil der Schranktüren stand offen, und die Regale waren praktisch leer. Fast alles Geschirr stapelte sich auf den Arbeitsplatten oder quoll aus einer winzigen Spüle heraus. Von dem, was ich sehen konnte, stammten keine zwei Teile aus demselben Service. Irgendein cleverer Bursche hatte in einer improvisierten Tapezieraktion die Wände mit dem Allerletzten bepflastert, was es an Autosticker-Philosophie gibt. Ich überflog die Botschaften: Mir ist alles scheißegal – auch du. Wähle 911 und du siehst einen Bullen lossspritzen. Ich würde dir ja gerne eine reinhauen – aber Scheiße spritzt. Dies waren nur ein paar von den Nettigkeiten, die mir ins Auge sprangen. Der wichtigsten Mitteilung von allen hatten sie den Ehrenplatz über der Tür gegeben: Gesellschaftlich bin ich vielleicht keine große Nummer – aber du hättest mal die Nummer sehen sollen, die ich mit deiner Tochter geschoben habe!

Die Musik schwoll plötzlich zu einem wahnsinnigen, hämmernden Finale an, gefolgt von einem Moment erholsamer Stille. Aber ich hatte noch nicht einmal richtig durchgeatmet, als der Krach wieder losging. Ich durchlitt einen kompletten Song, der sich im wesentlichen genau wie der letzte anhörte, nur daß jetzt noch eine wütend gellende Stimme dazu kam. Ich bekam den Eindruck, daß die Jungs mich vergessen hatten.

Ich beschloß, es auf eigene Faust zu versuchen und ging durch die Küche in ein kleines Wohnzimmer. Auch hier waren die Wände tapeziert, diesmal aber mit Postern: Autos, nackte Mädchen und Dominas. Über einem alten Fernsehgerät – dem zentralen Einrichtungsgegenstand – hing eine weiße Flagge mit einem schwarzen Hakenkreuz.

Ein halbes Dutzend junger Männer saß in dem Zimmer herum. Alle sahen so aus, als würden sie demnächst in der Gosse landen. Drei von ihnen lümmelten sich auf einem schäbigen, durchgesessenen Sofa und tranken wortlos Bier aus großen braunen Flaschen. Die anderen drei saßen kartenspielend auf dem Boden und stritten sich darüber, wer zuletzt gegeben hatte. Der Blonde, der mich ins Haus gelassen hatte, war nicht dabei.

Mein Auftauchen wurde nicht weiter zur Kenntnis genommen. Einer der langhaarigen Kartenspieler hatte kurz zu mir aufgesehen, genickt, und sich dann wieder der Inspektion des Blattes gewidmet, das er gerade auf die Hand bekommen hatte. Ich stand eine Zeitlang einfach nur da und überlegte, was ich sagen sollte, bis einer der Typen auf dem Sofa mich entdeckte und aufsprang. Er steckte die Hände in die Hosentaschen und kam zu mir herübergeschlendert.

Ich versuchte mich zu erinnern, wann ich zuletzt so viel Haar gesehen hatte. Er trug einen dichten Bart, der von einem Ohr bis zum anderen reichte und zusätzlich einen Oberlippenbart. Bemerkenswerter aber war die gekräuselte braune Mähne, die er auf dem Kopf trug. Sein Haar schien ein Eigenleben zu führen, und zwar ein recht aggressives.

Erst als er näher kam, konnte ich den Menschen erkennen, der sich unter all dem Kraushaar verbarg. Er war klein, aber extrem muskulös. Seine Brustmuskeln beulten die Adlerflügel auf seinem schwarzen Harley-Davidson-T-Shirt aus, und seine Ärmel waren prall mit Bizeps und Trizeps gefüllt. Sein Gesicht war eigentlich nicht unattraktiv. Er hatte scharfe, symmetrische Gesichtszüge und glänzende schwarzbraune Augen mit dichten Wimpern. Trotzdem irritierte mich irgend etwas in seinem Gesicht. Sollte ich eines Tages mal mit letzter Kraft versuchen, einem ganz und gar barbarischen Alptraum zu entfliehen, würde der einzige Fluchtweg bestimmt von einem bösen Gnom bewacht – diesem hier.

«Hi!» sagte er, ölig und viel zu freundlich. Lüstern zog er die Augenbrauen hoch und starrte auf meine Brüste.

Innerlich zuckte ich zusammen. Äußerlich grinste ich, kaute ostentativ auf meinem Kaugummi herum und brüllte über den gnadenlos dröhnenden Heavy Metal Sound hinweg: «Hi! Hast du Michael gesehen?»

«Michael Huerte?» brüllte er mißtrauisch zurück.

«Genau!» schrie ich und nickte enthusiastisch. «Er hat mir gesagt, daß ich ihn hier vielleicht treffen könnte.»

Er ging zu dem Ghettoblaster hinüber, drückte auf einen Knopf, und die Musik hörte abrupt auf. «Hey!» protestierte einer der Kartenspieler wütend.

«Nur 'nen Moment, Arschloch!» schnarrte der Gnom. Er kam wieder auf mich zu. Diesmal beäugte er mich zwischen den Beinen. «Ähm, ich sag's dir nicht gern», sagte er und steckte die Hand wieder in die Hosentasche, «aber Michael ist nicht mehr.» Ich konnte nicht die geringste Spur von Mitleid oder gar Trauer an ihm entdecken. Er gab sich lediglich Mühe, die Mitteilung auf annähernd zivilisierte Art zu formulieren. «Warst du 'ne Freundin von ihm?» fragte er.

Mein dummes Gesicht war echt. Ich hatte so etwas schon oft erlebt, trotzdem versetzte mich diese Gefühlskälte immer wieder in Erstaunen. «Ja, war ich.» Ich war eine Menschenfreundin, also war das noch nicht einmal gelogen. Jedenfalls nicht ganz.

«Was ... was ist passiert?» stammelte ich.

Die Jungs auf dem Fußboden hatten aufgehört zu spielen, um besser zuhören zu können. Plötzlich redeten alle drei gleichzeitig los. «Er hatte einen Autounfall, Mann ... wow!, 'ne echte Granate ... wurde total zerquetscht, Mann ... Wagen war nur noch Schrott ... 'n echter Klopper, Mann ... Rob war echt sauer ...»

Kein Zweifel, daß sie Rob Pit meinten. «Rob?» fragte ich. «Wer ist Rob?»

«Rob hatte das Pech, Michael an dem Abend seinen Wagen geliehen zu haben», sagte der Gnom. In seinen Augen glitzerte es und seine Mundwinkel gingen hoch, als ob er das ziemlich lustig fand. Mir entging die komplizierte Verbkonstruktion in seiner letzten Bemerkung nicht. Bißchen zu gebildet für diese Szene, dachte ich. Vielleicht war er von der Highschool geflogen und lebte in diesem Drecksloch seinen Protest aus.

«Weiß dieser Rob denn, was genau passiert ist? Ich meine, kann ich mit ihm sprechen?» fragte ich.

«Ähm, er ist nebenan, setzt sich wahrscheinlich gerade 'nen Schuß.» Der Gnom sah durch das wenige, was ich anhatte, jetzt direkt hindurch und grinste lüstern. Mit übertriebener Gastfreundschaft fragte er: «Möchtest du 'n Bier?» Wie aufmerksam!

«Nein, danke», sagte ich. «O Gott, der arme Michael!»

Ich tat mein bestes, um hier das trauernde Dummchen zu spielen. Ich hoffte, daß es echt wirkte. Diese Männer hier reagierten auf die Situation nicht so wie normale Menschen das getan hätten, und ihr Mangel an Menschlichkeit brachte mich ziemlich aus dem Konzept. In diesen Kreisen galt es einfach als total uncool, irgendwelche Gefühle zu zeigen – außer vielleicht Wut.

«Weiß von euch vielleicht jemand, wie es passiert ist?» fragte ich. «Wo wollte er denn überhaupt hinfahren?»

«Keine Ahnung», sagte der Gnom. «Wahrscheinlich wollten sie zu irgend 'ner Party.»

Einer der Jungs auf dem Fußboden nickte. Er hielt immer noch seine Karten in der Hand, aber achtlos, so daß sein mickriges Viererpaar für alle sichtbar wurde. «Genau, Mann! Voll besoffen gefahren», plapperte er los. «Und das Verrückteste ist, daß Michael nie was getrunken hat.»

Der Junge neben ihm wußte noch mehr. «Hey, ich glaub, er konnte noch nicht mal autofahren.»

Der dritte schwenkte sein Bier und scherzte: «Was man dann ja gesehen hat.» Darüber brachen alle in brüllendes Gelächter aus, zwei fielen dabei sogar auf den Rücken.

Eine neue Stimme erhob sich über die allgemeine Heiterkeit. «Hört auf, ihr Idioten! Hat euch jemand ins Hirn geschissen?» Die Worte kamen von einem Mann, der nun im Türrahmen erschien. Mit seinem ungekämmten Haar und den scharfen Gesichtszügen sah er heruntergekommen genug aus, um McGowands Beschreibung von Rob Pit zu entsprechen. Andererseits waren alle diese Herren ausgezeichnete Kandidaten dafür. Der Blonde, der mir die Tür geöffnet hatte, stand stumm hinter ihm. «Ist echt Scheiße, daß ich euch rausschmeißen muß, aber wir müssen uns jetzt beeilen, Mann. Tschüs bis später, okay?»

Sein direkter Blick schloß auch mich in die Gruppe derer ein, die gerade so nett zum Gehen aufgefordert worden war. Ich war ihm dafür ausgesprochen dankbar. Wahrscheinlich gab es noch einiges, was ich hier in Erfahrung bringen konnte, aber ich war nicht bereit, die Gegenleistung dafür zu erbringen, auf die man hier offensichtlich scharf war. Ich wandte mich zum Gehen.

«Hey, *du* brauchst nicht zu gehen», sagte der Gnom und packte mich am Arm. Er zog mich so nah an sich heran, daß sein krauses Haar meine Wangen streifte. Dann flüsterte er etwas in mein Ohr. «Diese Typen hängen seit zwei Tagen hier rum. Wir wollen sie jetzt einfach loswerden, verstehst du?» Sein saurer Bieratem stach mir in die Nase, und aus dem Augenwinkel konnte ich sehen, wie er mir in den Ausschnitt starrte.

«Trotzdem danke», sagte ich kopfschüttelnd und bewegte mich Richtung Ausgang. «Ich muß noch arbeiten.»

Einer der Kartenspieler reagierte auf meine Bemerkung. Angewidert verzog er das Gesicht und rief: «O nein! Arbeiten!»

Dieser Aufschrei sorgte erneut für Gelächter. Die Party löste sich auf, und alle kamen einer nach dem anderen aus dem Wohnzimmer geschlendert.

«Du hast einen *Job*?» fragte der Gnom grinsend und kräuselte verächtlich die Nase. «Mein herzliches Beileid!»

Es lag mir auf der Zunge, ihm zu versichern, daß ich für ihn ganz genauso empfand, aber ich reduzierte meine Schlußbemerkungen auf ein Minimum. «Bis dann», sagte ich.

19

Mir war schlecht. Ich hatte immer noch den Biergestank in der Nase. Und nicht nur das. Mir ging auch das unmenschliche Heavy Metal-Gedröhne nicht aus dem Kopf, als ich die zwei Blocks zu meinem Wagen zurückging. Eine Ader in meiner linken Schläfe hatte den harten Beat übernommen und hämmerte gnadenlos weiter. Ich versuchte mir klarzumachen, was ich eigentlich herausgefunden hatte, aber die Übelkeit und die Kopfschmerzen, unterstützt von der Hitze und der hohen Luftfeuchtigkeit, machten es mir unmöglich, mich zu konzentrieren. Auf halbem Wege beschloß ich, Arbeit erst mal Arbeit sein zu lassen und statt dessen ans Meer runterzugehen, so lange ich es in so greifbarer Nähe hatte. Ich verließ also den Boulevard der Touristenfallen und ging Richtung Westen auf die Küstenstraße zu. Den Zugang zum Strand bildete eine winzige Gasse, die durch eine Ansammlung von bemerkenswert schlecht zusammenpassender Häusern verlief.

In einem Zementklotz, der die öffentliche Strandtoilette darstellte, zog ich meinen neuen Badeanzug an. Im hellen Sonnenlicht pulsierte das Blau fast und erinnerte mich an die Lapislazuli-Ohrringe. Ich nahm sie aus meiner Handtasche und betrachtete sie noch einmal. Für ihre Größe waren die blauen Steine schwer; sie waren so perfekt, daß sie in nichts an billigen Modeschmuck erinnerten. Ich legte sie an und fühlte mich wie von einer geheimnisvollen Kraft aufgeladen.

Ich ging den Strand in Richtung Norden entlang, weg von dem Gedränge im Süden. Schon bald würde sich die Menge bis auf ein paar Einheimische ausgedünnt haben. Ich wanderte auf der Grenzlinie zwischen den beiden Elementen entlang, wo Wasser und Erde zusammentrafen. Der schmale, glänzende Wasserstreifen zu meinen Füßen reflektierte die schneeweißen Wolken, die sich an diesem Vormittag zu Gebirgen aufgetürmt hatten. Ich ging durch den spiegelnden Sand, sah auf die Wolken hinab und stellte mir vor, ich ginge im Himmel spazieren. Der Wind zerzauste mein Haar und kühlte mich ab. Die Wellen brachen sich wohltuend leise und rhythmisch und bauten die Spannung in meinen Schläfen ab. Bald schon hatte ich den kreischenden Ghettoblaster vergessen. Mein Magen beruhigte sich, und endlich konnte ich wieder tief durchatmen.

Da ich kein Badelaken hatte, grub ich eine ungefähr fünf Zentimeter tiefe kühle Liegefläche in die heiße obere Sandschicht. Als ich mich darauf niederließ, staunte ich über die sinnliche Qualität dieses feucht-körnigen Sandfleckchens. Fast bekam ich Lust, zu knurren und darin herumzurollen.

Untätigkeit kann ich immer nur kurze Zeit aushalten. Ich setzte mich wieder auf und durchsuchte meine Handtasche nach Lesestoff. Das ist einer der Gründe, weshalb ich diese riesigen Taschen mit mir herumtrage: Es müssen immer ein oder zwei Bücher hineinpassen. So brauche ich beim Schlangestehen oder in Wartezimmern nicht genervt herumzumeckern und meinen Blutdruck in die Höhe zu treiben, sondern kann in die wunderbaren Welten abtauchen, die Schriftsteller für uns erschaffen haben. Geduld zählt nicht gerade zu meinen Tugenden, und es ist gut, wenn man seine Charakterfehler zu managen weiß. Schade nur, daß man beim Autofahren nicht lesen kann.

Als ich nun in meiner Handtasche wühlte, hatte ich plötzlich das unangenehme Gefühl, beobachtet zu werden. Ich versuchte, das Gefühl wegzurationalisieren, indem ich mir sagte, daß ich in einem fast neonblauen Badeanzug an einem relativ leeren Strand schließlich nicht unbemerkt bleiben konnte. Unauffällig drehte ich mich und sah mich um. Nur wenige Menschen bevölkerten den Strand, wie nicht anders zu erwarten an einem Wochentag, morgens um halb elf. Eine junge Mutter spannte gerade einen Sonnenschirm für ihr kleines Kind auf, das in einem tragbaren Laufställchen heiser vor sich hin brabbelte. Ein Mann und eine

Frau, die schon zu viel Sonne abgekriegt hatten, glänzten nußbraun und ölig in etwa zehn Metern Entfernung. Ein paar Jogger schnauften unten am Wasser entlang. Der einzige, der etwas zu beobachten schien, war der Rettungsschwimmer auf seinem Wachturm, der mit einem Fernglas aufs Meer hinausschaute.

Ich schüttelte das komische Gefühl ab und widmete mich wieder meiner Suche nach Lesestoff. Mein erster Fund waren die glitschigen Prospekte, die Janice' Boss mir gestern gegeben hatte. Die Hochglanzfotos zeigten unrealistisch perfekte Grundstücke: ohne Telefonleitungen, ohne Smog in der Luft, ja sogar ohne Wolken am Himmel. Die Prospekte erzählten dieselbe Story, die Stan mir erzählt hatte: Pacific Properties besaß jede Menge Grundstücke, mit denen man Abermillionen von Dollars machen konnte. Die natürliche Folgerung aus alldem war: Wer hier nicht investierte, hatte kein Interesse an schnellem Geld und vollkommen risikofreien Investitionen.

Ich ließ meine Augen zu einer kleinen Snackbar nahe dem Wachturm wandern. Auf einem handgemalten Schild wurden gefrorene Bananen und Mangos am Stiel angepriesen. Ich wälzte mich auf die Füße. Auf dem Weg zur Snackbar fühlte ich mich die ganze Zeit über beobachtet. Mir war extrem unwohl, und ich fragte mich, wie Models und Schauspieler, bei denen das Angestarrtwerden ja zum Beruf gehört, das wohl aushielten.

Ganz hinten in der Snackbar entdeckte ich etwas, das meinen Kurzurlaub abrupt beendete: ein öffentliches Telefon. Ich war an den Strand gegangen, um mich ein Weilchen vor der Arbeit zu drücken. Dieses Telefon nun kam mir vor wie der unerbittliche Berg, der auf den widerstrebenden Propheten zugeht. Immerhin hatte ich drei wichtige Telefonate zu erledigen.

Zuerst rief ich meine Mutter an. Sie war nicht zu Hause. Ich sprach ihr aufs Band und bat sie, ihre unerschöpflichen Quellen anzuzapfen und den finanziellen Hintergrund von Pacific Properties zu durchleuchten, sie sollte mich zurückrufen, falls sie auf etwas Irreguläres stieße.

Dann zog ich den Umschlag aus meiner Tasche, den Alan mir gestern abend auf dem Parkplatz der Raststätte gegeben hatte.

Ich wählte die Nummer, die er mit zitternden Fingern notiert hatte. Alans unbekümmerte Stimme informierte mich darüber, daß er nicht zu Hause sei und daß er mich gerne zurückriefe, wenn ich ihm eine Nachricht hinterließe. Wieder sprach ich auf Band. Ich rief ihm in Erinnerung, wer ich war, und daß ich gerne noch einmal mit ihm über Janice' Unfall reden würde, sobald er dazu in der Lage sei.

Schließlich rief ich das Police Department von Escondido an. McGowan saß an seinem Schreibtisch, und der Anruf wurde sofort durchgestellt.

«Wie viele Meilen waren es denn nun, bevor du ins Bett fallen konntest?»

«Ich rechne in Pappkaffeebechern. Zu viele jedenfalls. Unser Psychologe hat das Arschloch erst um vier herum so weit gehabt, daß er aufgab. Und du? Irgendwelche interessanten Täume unter deinen Träumen?»

«Kann mich nicht erinnern. Als der Wecker klingelte, waren die Träume alle weg. Außer diesem einen, natürlich.»

Schweigen.

«Tom? Bist du noch dran?»

«'tschuldigung, bin heute nicht so gut im Parieren. Schlafdefizit.»

«Dann mach ich's kurz. Ich war gerade bei der Adresse, die du mir gegeben hast, von diesem Rob Pit ...»

«... reimt sich auf Shit, ja, ich erinnere mich.»

«Gut. Aber mal Spaß beiseite: Da ist nicht nur der eine so, das ist eine menschliche Kloake! Wie sah dieser Rob Pit noch mal aus?»

«Lange braune Haare, heruntergekommen – ein Versager kurz vor der Gosse.»

«So sahen die da alle aus.»

«Und was hast du rausgekriegt?»

«Weiß ich noch nicht genau, bin noch am Sortieren. Da waren acht Typen, die entweder Bier tranken oder Rauschgift konsumierten – um neun Uhr morgens! Im Prinzip haben sie die Aussage bestätigt, die Pit bei euch gemacht hat, daß Michael Huerte sich den Wagen von Pit geliehen hat. Aber einer hat noch etwas gesagt, was mir schwer zu denken gibt.»

«Was denn?»

«Ich weiß natürlich nicht, ob das stimmt, aber einer sagte, das mit dem Unfall wäre besonders komisch, weil Michael Huerte sonst nie Alkohol zu trinken pflegte.»

«In der Unfallnacht hat er sich aber ziemlich rangehalten», sagte Tom. «Sein Blutalkohol überschritt das Limit immerhin ums Dreifache.»

«Ich weiß, trotzdem wirft das ein paar Fragen auf. Wenn wir weiterhin davon ausgehen, daß der Unfall inszeniert wurde, dann wäre jemand wie Michael Huerte – ein Ausländer ohne auffindbare Identitätsdokumente und ohne Familie – doch das ideale Bauernopfer.»

McGowan schwieg, also machte ich weiter. «Und noch etwas. Als ich sie fragte, wofür Michael den Wagen denn wohl gebraucht haben könnte, sagte einer der Typen: ‹Wahrscheinlich wollten sie zu 'ner Party.› Nicht ‹er›, Tom, ‹*sie*›! Trotzdem war Michael der einzige Insasse, als der Unfall passierte. Es paßt eigentlich alles zusammen. Huerte ist mit einer zweiten Person losgefahren, aber alleine gestorben.»

«Laß uns noch mal da rausfahren!» sagte McGowan.

«Wo raus?»

«Zur Unfallstelle. Ich hab heute um fünf frei, also könnten wir uns um etwa Viertel nach auf dem Del Dios Drive treffen. Halt einfach nach meinem Wagen Ausschau, ungefähr bei Meile fünf.»

«Willst du wirklich noch diese zusätzlichen Meilen fahren, bevor du ins Bett kommst? Du hörst dich fix und fertig an.»

Schweigen.

«Tom?»

«Ist schon in Ordnung», murmelte er. «Ich leg mich jetzt mal kurz hin.»

«Okay. Vielleicht solltest du aber vorher noch den Hörer auflegen.»

Schweigen.

«Tom?»

Schweigen.

«Tom?»

Immer noch Schweigen. Und dann: «War nur ein Scherz. Bis Viertel nach fünf dann!»

Ich entschied mich für Mango am Stiel und ging zu meinem Plätzchen zurück. Als ich in die feste korallenrote Schale biß, war ich bitter enttäuscht – die Frucht war noch nicht reif. Verdammt, dachte ich, da gab ich mir nun alle Mühe, diesen Kurzurlaub in vollen Zügen zu genießen, aber was ich heute auch tat – alles hinterließ einen bitteren Nachgeschmack.

Ich nahm mir ein Buch vor und las eine ganze Weile, bis ich einnickte. Es war ein unruhiger und leichter Schlaf. Immer wieder schreckte ich hoch, wenn die Geräusche von Strand und Meer zu mir durchdrangen. Ganz langsam wurde der Schlaf tiefer, bis ich ganz weg war.

Ich weiß nicht, wie lange ich so dagelegen hatte, als ich hochschreckte. Ich wußte, daß ich gerade etwas geträumt hatte, was ich auf keinen Fall vergessen wollte, aber der Schrei einer Möwe hatte mich so abrupt ins Bewußtsein zurückgeholt, daß die Bilder wie weggeblasen waren. Ich öffnete die Augen und sah den Vogel mit ausgebreiteten Schwingen am Boden flattern, seine stahlgrauen Augen auf die Überreste meiner Mango fixiert. Ein Freund von mir hat diese Tiere einmal als «Meeresratten» bezeichnet, was mir momentan als gar nicht mal so unpassend erschien.

«Hau ab!» rief ich und versuchte, das Vieh zu verscheuchen.

Die Stimme kam von so nah, daß ich einen konfusen Moment lang glaubte, die Möwe habe mir geantwortet.

«Unheimliche Biester, nicht wahr?»

20

Die Stimme war direkt hinter mir. Die Möwe machte sich rechts von mir zu schaffen. Ich mußte also Gesellschaft haben, es sei denn, dieser Vogel konnte an beliebigen Stellen menschliche Stimmen ertönen lassen. Langsam drehte ich mich um.

Flach auf dem Sand liegend konnte ich zuerst nur die gekräuselten Beinhaare sehen, die aus den üppigen Rissen seiner Jeans sprossen. Ich war noch ganz benommen von meinem Nickerchen, aber diese struppigen Beine sorgten für ein unsanftes Erwachen. Der Gnom saß genau hinter mir, im Schneidersitz. Seinem Grinsen nach zu urteilen, genoß er den Anblick.

«Was für ein Zufall, daß wir uns schon so schnell wiedersehen», sagte er.

Ich war nicht in Plauderstimmung. Ein bißchen hoffte ich immer noch, daß dies ein Traum im Traum war, und daß er einfach wieder aufhören würde.

«Ich dachte, du hättest was von einem *Job* gesagt», fuhr er fort. Er sprach nicht nur schneidend, sondern auch bösartig. «Kriegst du *Geld* dafür, daß du am Strand schläfst? So einen Job würde ich auch noch hinkriegen.»

Langsam bekam ich wieder einen klaren Kopf, aber mir wurde gleichzeitig immer mulmiger zumute. Ich stöhnte leise auf.

«Also: Was *machst* du nun wirklich?» Er grinste höhnisch.

Nein, er würde nicht aufhören. Ich setzte mich aufrecht hin und sah ihn verächtlich an. Die Worte «Verpiß dich!» lagen mir auf der Zunge, aber ich hielt es für besser, ihn nicht noch zusätzlich zu provozieren.

«Was *machst* du hier?» wiederholte er.

«Ich bin Schlangenbeschwörerin», erwiderte ich.

Er griff in die Hosentasche und zog einen Joint daraus hervor. «Rauchst du mit?» Mein zweites Angebot in dieser Woche. Er zündete ihn an, ohne auf eine Antwort von mir zu warten. Ich fragte mich, ob er sich nicht manchmal seine fusseligen Haare dabei anbrannte. Als er mir den Joint hinhielt, schüttelte ich den Kopf.

«Wie heißt du?» fragte ich.

Er sah mich an wie eine Geisteskranke. «Du willst meinen *Namen* wissen?» Er lachte leise und ohne das geringste Amüsement. «Laß mich mal nachdenken.» Er sog an dem Joint, hielt das Zeug in der Lunge, so lange er konnte, und starrte auf den Ozean hinaus. Dann atmete er den Rauch aus und fragte: «Wie findest du Bob?» Er nickte mit dem Kopf, ohne den Blick vom Meer abzuwenden. «Ja, das ist gut. Bob.» Er sah mich mit seinen glänzenden dunklen Augen an. Sie waren voller Gemeinheit und Zynismus.

«Du siehst nicht wie ein Bob aus», sagte ich.

«Und du nicht wie eine Schlangenbeschwörerin.»

Ganz in unserer Nähe brach jetzt ein Kampf aus. Mit ihrem Versuch, die Mangoreste mit sich fortzuschleppen, hatte die Möwe den Futterneid ihrer Brüder und Schwestern geweckt. Es gab ein großes Gekreische und Geflattere.

«Noch mal von vorne», sagte der Gnom. «Du warst also eine Freundin von Huerte. Hat er dich auch gefickt?» Seine Augen zuckten wütend. Er schmiß den Joint in den Sand.

«‹Wie bitte?»

«‹Wie bitte?›» äffte er mich nach. Es war eine perfekte Imitation meiner ganz bewußt gewählten Stimmführung. «‹*Wie* bitte?› Du machst mir Spaß, Schätzchen. Jaaah, Süße, bitte mich nur!»

Es reichte. Ich stand auf, griff nach meiner Handtasche und ging weg.

«Das ist nicht gerade höflich», rief er mir hinterher.

Ich ging schneller. In der Ferne vermischte sich sein freudloses Gelächter mit dem Möwengeschrei. Ich bekam eine Gänsehaut.

21

Mir folgte eine Autoschlange von beträchtlicher Länge, als ich den Del Dios Drive hinaufkurvte. Ich fühlte mich bedrängt und wurde immer nervöser. Hinter mir hupte und blinkte es. Ich sollte schneller fahren. Der Frust der anderen Fahrer war deutlich zu spüren. Es wäre aber falsch gewesen, zu beschleunigen, denn ich suchte den Straßenrand nach Toms Streifenwagen ab und wollte nicht an ihm vorbeifahren, wenn er plötzlich hinter einer der scharfen Kurven auftauchte, und die nächste Wendemöglichkeit lag in weiter Ferne.

Endlich entdeckte ich ihn. Ich blinkte und trat ein paarmal auf die Bremse, um den Fahrer hinter mir zu warnen, und bog dann in die unasphaltierte Parkbucht ein, die gerade groß genug war, um nach einer scharfen Bremsung direkt hinter dem Streifenwagen zum Stehen zu kommen. Ich hörte mich laut seufzen und merkte erst jetzt, daß ich schon eine ganze Weile den Atem angehalten hatte. Hier gab es keine Leitplanke, und die Klippe fiel an dieser Stelle steil ab. Ein roter Toyota Pickup und ein grauer Subaru schossen mit aufheulenden Motoren an mir vorbei. Ich konnte es ihnen nicht verdenken.

McGowan saß mit verschränkten Armen auf seinem Fahrersitz. Er blickte mir finster entgegen, als ich auf ihn zuging.

«Du bist ein Verkehrshindernis in dem Ding da», sagte er. Zuerst dachte ich, er meinte meinen Wagen. Erst als er hinzufügte: «Allerdings steht dir die Farbe ganz hervorragend», wurde mir klar, daß er über mein neues Ensemble sprach. Ich hatte die abgeschnittene Jeans wieder angezogen und mir den durchsichtigen Umhang übergeworfen, in der Hoffnung, er würde ein Hemd ersetzen. Ich hatte schließlich nichts anderes dabei.

«Glaub bloß nicht, daß ich mich in diesen Klamotten wohlfühle! Ich hatte noch keine Zeit, nach Hause zu fahren und mich umzuziehen», zischte ich ihn an. Ich hasse es, vor lauter Beleidigtheit Gift zu verspritzen. McGowan hatte es nicht verdient.

«Ich beklag mich ja gar nicht», sagte er versöhnlich.

«Dies ist also die besagte Stelle, oder?» Ich versuchte, mich in freundliche Sachlichkeit zu retten.

«Nein, sie liegt ein paar Meter weiter vorne, aber dies ist weit und breit die einzige Stelle, an der man einigermaßen sicher parken kann.»

Wir folgten dem schmalen Schotterstreifen zwischen asphaltierter Straße und salbeiüberwuchertem Hügel. Ich ging hinter McGowan, damit er den Poansatz nicht sehen konnte, der mir schon den ganzen Tag lang an den Nerven zerrte. Zum x-ten Male an diesem Tag verfluchte ich diese abgeschnittenen Jeans. Es dauerte natürlich keine zwei Minuten, bis ein hormongeladener Typ sich aus dem Wagenfenster lehnte und lauthals und lüstern seine Begeisterung herausschrie.

«Blödmann!» brüllte ich zurück.

McGowan drehte sich kopfschüttelnd zu mir um. «Ein Tier, ein brutales Schwein, ein Barbar, ein Wilder, eine Bestie, ein Neandertaler!»

Ich nickte vehement und freute mich über unser Einverständnis.

«Und er hat mir aus dem Herzen gesprochen», fügte McGowan hinzu.

Ich sagte nichts. Statt dessen überlegte ich, wieso eine Bemerkung, die mich zutiefst verletzte, wenn ein anderer sie machte, von McGowan wie ein Kompliment wirkte. Wahrscheinlich, weil er mir unter die Haut ging. Oh, kompliziertes Sozialverhalten der 90er! Irgendwie taten mir die Männer heutzutage leid.

Wir gingen noch ein paar Meter, bis McGowan stehenblieb. «Hier ist es.»

Wir standen eine Weile wortlos da, während jeder von uns seine eigenen Eindrücke sammelte. McGowan schaute an der Stelle die Klippe hinunter, wo Janice diese Welt verlassen hatte.

Er kniff die Augenbrauen zusammen und legte seinen Kopf schief, als ob er nach einem Signal von ihr horchte. Ich stand auf dem schmalen Grat zwischen Straße und Abgrund und beobachtete die Fahrzeuge, die aus der Kurve heraus- und an uns vorbeischossen. Ihre Reifen wurden mit Zentrifugalkraft zum Summen gebracht. Ihre Scheinwerfer kamen mir wie weit aufgerissene Augen vor und ihre Motor- und Kofferhauben wie vor Angst und Anstrengung verzerrte Grimassen.

Ich ging bis an den Rand der Klippe und sah hinunter. Ich konnte den Ort nicht wiedererkennen, jedenfalls nicht von meinem gegenwärtigen Blickpunkt aus. Ich schaute mich zur Straße um. Auf der gegenüberliegenden Seite zog sich ein Privatweg bis zum Gipfel des Hügels hinauf.

«Tom», sagte ich und tippte ihm auf die Schulter. Er drehte sich um, und ich zeigte auf die andere Straßenseite. «Was hältst du davon?»

«Falls jemand einen Unfall inszenieren wollte, wäre das die ideale Stelle, um einen Wagen in den fließenden Verkehr runterrollen zu lassen», sagte er.

Wir sahen uns nach links und rechts um und rasten schließlich auf die andere Seite. Der Privatweg führte steil nach oben – ein anstrengender Anstieg. Er führte zu einer frisch planierten Ebene, wo wir stehenblieben, um erst einmal wieder zu Atem zu kommen. Aus dieser Höhe hatten wir eine gute Aussicht auf die Windungen und Wendungen des Del Dios Drive. Auch die beiden Kurven, in die man von der Straße aus keinerlei Einsicht hatte, konnte man von hier oben klar überblicken.

Ich machte mich auf einen Wiedererkennungsflash gefaßt, einen Déjà-vu-Effekt. Aber die Sonne tauchte die gesamte Szenerie in blendendes Licht, so daß sie praktisch keinerlei Ähnlichkeit mit meinem Nachtflug hatte. Ich versuchte, meine nächtlichen Visionen zu rekonstruieren. Ich erinnerte nur die Fakten: Eine Straße, aus großer Höhe gesehen, zwei Männer, ein Wagen. Es war eine Erinnerung ohne Erlebnisqualität, ohne Atmosphäre und Unmittelbarkeit. Die Bilder erschienen mir verstaubt und leblos wie alte Fotos.

Ich ließ meine rechte Gehirnhälfte zufrieden und wandte mich einem mehr logischen Vorgehen zu. «Janice' Vater hat gesagt, daß sie diese Route dreimal pro Woche auf der Heimfahrt vom Studium fuhr, in regelmäßigen Abständen und zu festen Zeiten. Es muß also ganz leicht gewesen sein, den Zeitpunkt zu bestimmen, wann sie an dieser Stelle vorbeikommen würde.»

McGowan starrte wie geistesabwesend auf die Straße hinunter. «Da hast du vollkommen recht.»

«Laß mich trotzdem den Advocatus diaboli spielen», spann ich meinen Gedanken weiter. «Wenn jemand Huertes Wagen diesen Weg runtergerollt hat, dann hätte man das doch an Geschwindigkeit, Reifenspuren, Aufprallwinkel und der Art seiner Verletzungen feststellen müssen! Das hätten die polizeilichen Ermittlungen doch ans Licht gebracht!»

«Hätte es ernstzunehmende Ermittlungen gegeben ... sicher. Aber ich hab dir ja gesagt, daß bei uns niemand ein Interesse an dem Fall hatte. Schließlich ging es hier nur um einen Unfall unter Alkoholeinfluß. Die Polizei hat ohnehin genug zu tun, et cetera, et cetera, et cetera.»

Schon wieder so eine Sache, von der die gutgläubige Öffentlichkeit nichts weiß.

«Elizabeth», sagte McGowan, «kannst du, ähm, kannst du hier etwas fühlen?»

«Was denn, zum Beispiel?»

«Weiß nicht. Etwas Böses.» Ich antwortete nicht sofort, und nach einer kleinen Pause fügte er hinzu: «Weil ... ich fühle es nämlich ganz deutlich.»

Ich gab mir alle Mühe, meine Antennen auszufahren, konnte aber nichts als Störfrequenzen empfangen. «Ich merk wirklich nichts. Oder nicht mehr. Ich bin den ganzen Tag lang von Bösem bombardiert worden.»

«Du kommst mir ein bißchen ...»

Ich konnte ihn geradezu nach einem taktvollen Wort suchen hören. Gnädigerweise vollendete ich den Satz für ihn. «Ich habe Hunger und schlechte Laune.»

«Dann laß uns was essen gehen.»

«Dafür bin ich nicht richtig angezogen.»

«Ich hab noch ein Sweatshirt im Wagen, und außerdem hab ich ein Lokal im Sinn, wo es keine Rolle spielt, was du anhast.»

Ein paar hundert Meter von unserem winzigen Parkplatz entfernt bog McGowan vom Del Dios Drive ab. Eine steile Straße wand sich in Serpentinen die Berge hinab und auf ein kleines Restaurant am Fuße des Tales zu. Er parkte den Wagen an einem hübschen kleinen See, und wir folgten dem Schild neben dem Eingang, das uns aufforderte, nicht darauf zu warten, daß ein Kellner uns einen Tisch zuweisen würde, sondern doch einfach selbst Platz zu nehmen. Zwei rot umrandete Speisekarten lagen schon auf dem Tisch.

«*Katzenwels? Kaninchen?* Was ist das hier? Ein Restaurant für plattgefahrene Straßentiere?» Ich war so in die Speisekarte versunken, daß ich die Kellnerin nicht bemerkt hatte, die bereits neben uns stand. McGowan räusperte sich und trat mir unter dem Tisch ans Bein.

«Wissen Sie schon, was Sie haben möchten?» Sie trug einen hübschen blau-grünen Hosenrock und passende Ledersandalen, und sie besaß die Höflichkeit, meine Bemerkung zu überhören.

«Ich nehme den Katzenwels», sagte McGowan und legte die Speisekarte beiseite. «Er ist hier eine Delikatesse, Elizabeth, du solltest ihn probieren.»

«Das glaub ich dir gerne, aber ich kann leider nichts essen, was mit ‹Katze› anfängt», sagte ich. Die Kellnerin lächelte. Ich suchte die Speisekarte nach etwas Vegetarischem ab. «Ah ja, ich nehme die gebackene Kartoffel mit Krautsalat. Und Kaffee mit Schlagsahne, bitte.»

McGowan nahm die beiden Speisekarten und gab sie der Kellnerin zurück. «Für mich bitte auch einen Kaffee», sagte er mit einem unterdrückten Gähnen.

Er wartete, bis sie weg war. Seine großen braunen Augen sahen mich lächelnd an. «Und nun?» fragte er. Es war schön, in diese Augen zu sehen. Ich fühlte mich schon viel besser.

«Was soll ich davon halten, McGowan?» fragte ich. «Gestern mittag Lunch, gestern abend Dessert, und jetzt essen wir schon wieder zusammen ...»

«Stimmt, wir essen zu viel», sagte er.

Ich mußte lachen. Von meiner schlechten Laune war nichts übriggeblieben. «Du siehst gut aus, wie immer, aber müde», sagte ich.

Er lächelte schläfrig. «Hab noch keine Zeit für ein Nickerchen gehabt.»

«Du Armer! Dann beeil ich mich mit meinem Bericht. Ich habe gestern eine Aura gesehen.»

«Wie schön für dich.» Er sprach in dem Ton, der für die ganz Langsamen, ganz Verwirrten und völlig Geisteskranken reserviert ist. Ich ignorierte ihn einfach.

«Ganz und gar nicht. Sie war rot und signalisierte Wut, und sie war sehr beunruhigend. Sie gehört Janice' Boss, einem unerträglichen Schwätzer.»

«Was genau hat Janice in dieser Firma eigentlich gemacht?»

«Pacific Properties ist eine Investmentfirma, die mit Immobilien handelt. Hier», ich griff nach meiner Handtasche und begann zu wühlen, «hier müssen irgendwo ein paar Prospekte sein, die dir eine Vorstellung von dem Unternehmen geben.» Ich wühlte eine Zeitlang weiter, aber die Prospekte waren nicht da. «Komisch. Ich hätte schwören können, daß ich die Dinger wieder eingesteckt habe, als ich das Buch rausholte ...»

«Was liest du im Moment gerade?» fragte er.

«Wieder», präzisierte ich, «ich lese ihn wieder. Tom Robbins.» Ich ließ mein Exemplar von *Jitterbug Perfume* auf den Tisch fallen und wühlte weiter in der Handtasche herum. Die Prospekte waren einfach nicht da. «Mist! Ich muß sie am Strand liegengelassen haben.»

«Ich liebe Robbins. Besonders *Another Roadside Attraction.*» McGowan nahm das Buch in die eine Hand, während er sich die andere vor den Mund hielt, weil er wieder gähnen mußte.

«Wie konnte mir das nur passieren?»

«Was?»

«Ich hasse es, Sachen zu verlieren. Als nächstes verliere ich noch den Verstand.»

Es überraschte mich, daß McGowan auf einen billigen Seitenhieb nach dem Motto ‹das ist doch längst schon passiert› verzichtete. Statt dessen fragte er: «Was bedeutet eine rote Aura? Daß er Janice umgebracht hat?»

Ich suchte immer noch nach den Prospekten und ärgerte mich. «Keine Ahnung. Da kommt noch viel Arbeit auf mich zu, fürchte ich. Es ist natürlich möglich, aber ich habe wirklich noch keine Ahnung, welches Motiv er gehabt haben könnte.»

«Ich glaube, wir sollten uns an den Ex-Freund halten. Immerhin hat Janice diese Einstweilige Verfügung gegen ihn erwirkt. Es wäre die logischste aller Hypothesen.»

Resignierend legte ich meine Handtasche beiseite. «Ich habe dir doch schon gesagt, daß Alan Katz nicht zu den Verdächtigen gehört. Es wäre reine Energieverschwendung, ihn unter die Lupe zu nehmen.»

McGowan zuckte mit den Schultern und nippte an seinem Eiswasser. «Ja, mag sein. Vielleicht war ja auch der illegale Einwanderer, Huerte, das eigentliche Opfer. Vielleicht war Janice nur zur falschen Zeit am falschen Ort.»

Wir sahen uns gegenseitig beim Nachdenken zu. Die Kellnerin brachte unseren Kaffee, und wir lächelten mechanisch.

«Vielleicht sollten *beide* Opfer sein», sagte ich. Die Kellnerin schien nicht zuzuhören, als sie die Kaffeebecher vor uns auf den Tisch stellte. Trotzdem bemerkte ich ihr großes Interesse. «Haben Sie schon von dem Unfall gehört, der hier am letzten Freitag passiert ist?» fragte ich sie.

Sie stellte einen kleinen Teller mit Schlagsahne zwischen McGowan und mich und wischte mit einem Tuch über den Tisch. «Ich hab ihn selbst gesehen», sagte sie.

«Ach, wirklich?» sagte ich und tauschte einen überraschten Blick mit McGowan.

Sie seufzte tief und nickte mit dem Kopf. «Ich hatte gerade Dienstschluß. Zehn Uhr. Ich bin zum Del Dios Drive raufgefahren. Sie können die Straße von hier sehen.» Sie zeigte aus dem

Fenster. «Und dann kam dieser Wagen direkt über die Klippe geflogen.» Sie schloß die Augen und ein Schauer lief durch sie hindurch. «Ich werde das nie vergessen, so lange ich lebe!»

«Nur ein Auto?» fragte ich.

«Nein, dann auch noch das zweite. Aber es ist ganz anders geflogen. Ich weiß, es klingt blöd, aber bei dem ersten Wagen dachte ich zuerst, es wäre ein Flugzeug, weil man da eigentlich nur die Scheinwerfer durch die Luft fliegen sah.»

«Haben Sie schon mit der Polizei gesprochen?» fragte McGowan.

«Nein. Ich bin zur Unfallstelle hingefahren, aber da standen schon 'ne Menge Leute, und jemand winkte die herankommenden Autos mit einer Fahne durch. Da dachte ich, daß die Polizei schon verständigt worden war und keine weiteren Zeugen gebraucht würden.»

«Den eigentlichen Zusammenstoß haben Sie aber nicht gesehen?» fragte ich.

«Nein, wie ich schon sagte, ich sah nur das erste Auto durch die Luft fliegen ...»

«Und dann das zweite», sagte McGowan.

«Genau.»

McGowan nahm eine Karte aus seiner Brieftasche. «Bitte rufen Sie mich an, wenn Ihnen noch etwas einfällt.»

Sie sah auf die Karte und nickte. Dann sah sie zur Küche hinüber. «Oh, ich glaube, Ihr Essen ist fertig», sagte sie und entfernte sich.

«Ihre Schilderung entspricht unserer Hypothese haargenau», sagte McGowan erregt. «Was für ein verrückter Zufall!»

«So etwas gibt es nicht.»

«Was gibt es nicht?»

«Zufälle. Das Universum ist perfekt organisiert. Zufälle haben darin keinen Platz. Wir sollten dieser Frau hier und jetzt begegnen.»

McGowan sah mich an, als hege er plötzlich doch wieder Zweifel an meiner Zurechnungsfähigkeit. «Welche Farbe hat meine Aura?» fragte er.

«Ich hab nicht die blasseste Ahnung.»

«Warum nicht?»

«Weil», ich trank einen Schluck Kaffee, «ich sie nicht sehe.»

«Warum nicht?»

Ich schüttelte den Kopf und lachte. «Ich hab's dir schon mal gesagt: Es handelt sich hier nicht um Zirkusnummern! Ich bin nicht eine von diesen Kartenlegerinnen mit Neonreklame über der Tür. Von Zeit zu Zeit habe ich so etwas wie Visionen. Aber in erster Linie bin ich Detektivin. Meine übersinnlichen Fähigkeiten, wenn sie denn aktiv in Erscheinung treten, sind für mich Arbeitswerkzeuge. Genau wie die Waffe in deinem Halfter da. Es ist gut, wenn sie einem zur Verfügung stehen, aber man kann sich nicht immer darauf verlassen.»

«Du kannst also meine Aura nicht sehen?» Er war ehrlich enttäuscht.

«Tut mir leid.»

Die Kellnerin brachte unser Essen. Sie ließ die Teller auf den Tisch gleiten und sagte: «Ich wünschte, ich könnte Ihnen mehr erzählen, aber es war so dunkel, daß ich wirklich nur die Scheinwerfer gesehen habe. Beide Fahrer sind tot, nicht wahr? Ich hab's im Radio gehört. Diese Straße …» Sie schüttelte langsam den Kopf und sah dann mich an: «Diese Straße macht mir angst.»

«Vielen Dank, daß Sie uns das erzählt haben», sagte ich. «Darf ich fragen, wie Sie heißen?»

«Stacy.» Sie lächelte. «Stacy Sanders. Ich arbeite seit neun Jahren hier. Machen Sie sich keine Sorgen, ich lauf Ihnen nicht weg. Und wenn mir noch etwas einfällt, ruf ich Sie bestimmt an.»

Nach dem Essen setzte McGowan mich bei meinem Wagen ab, und ich wünschte ihm angenehme Träume. Er sah todmüde aus. Zu Hause waren drei Nachrichten auf dem Anrufbeantworter. Meine Mutter hatte angerufen, um mir zu sagen, daß sie sich mit der Firmengeschichte und den Bilanzen von Pacific Properties beschäftigte und mir so bald wie möglich Bericht erstatten würde. Janice' Vater, Paul Freeman, hatte angerufen und eine

Nummer hinterlassen, unter der ich ihn zurückrufen konnte. Und Alan Katz hatte sich gemeldet. Ich ließ das Band zurückspulen und hörte mir seine Nachricht noch einmal an.

«Hi, Elizabeth. Alan Katz. Tut mir leid, daß Sie mich vorhin nicht erreicht haben. Aber ich hätte mich sowieso bei Ihnen gemeldet. Ich habe das Bedürfnis, mit Ihnen zu reden, und das Gröbste ist schon vorbei. Es ist jetzt halb sechs. Können wir uns wieder um acht in der Raststätte treffen? Sie brauchen mich nicht zurückzurufen, ich geh gleich wieder aus dem Haus. Ich hoffe sehr, daß ich Sie heute abend sehe.»

Es war gerade acht, und so rannte ich Hals über Kopf aus dem Haus. Wahrscheinlich hat das mir das Leben gerettet.

22

Und so passierte es: Ich dachte, wenn ich mich beeile, erwische ich Katz vielleicht noch. Ich sprang in meine Jeans und raste die Treppe hinunter, immer zwei Stufen auf einmal nehmend. Es war eine Fahrt von etwa zwanzig Minuten, also war keine Zeit zu verlieren, auch wenn Katz selber nicht unbedingt pünktlich war. Ich schnappte mir die Autoschlüssel, und als ich aus der Tür rannte, merkte ich, daß ich meine Handtasche vergessen hatte.

Dann passierte alles gleichzeitig. Ich schoß aus der Tür, dachte an meine Tasche, warf mich zurück und kam auf den Zehenspitzen zum Stehen. Ich wirbelte herum und sah aus dem Augenwinkel, wie an der Straße etwas aufblitzte. Dann krachte es, und unmittelbar darauf hörte ich, wie die Kugel wenige Zentimeter neben meinem Kopf in die Hauswand einschlug.

Im Traum bin ich vor Angst oft wie gelähmt. Die Beine wollen nicht gehorchen, egal wie verzweifelt ich ihnen zu rennen befehle, oder sie fühlen sich an, als steckten sie bis zu den Oberschenkeln in Schlamm. Jetzt aber waren meine Beine schon in Bewegung, als mein Kopf noch gar nicht wieder klar war. Ich glaube, ich begriff erst, was passiert war, als ich durch das Treppenhaus auf mein Schlafzimmer zuhechtete. Kalte Angst packte mich, und ich hörte mein Herz gegen die Brust klopfen. Sein dumpfer Schlag dröhnte so laut in meinen Ohren, daß ich nichts anderes hören konnte. Diese plötzliche Taubheit machte mich noch panischer. Was, wenn jemand hinter mir her wäre, und ich könnte ihn nicht einmal hören? Ich war drauf und dran, hysterisch zu werden, als ich eine Stimme in mir sagen hörte: *Alles wird gut*. Von da an wußte ich, was zu tun war.

An der Rückseite meines Hauses gibt es ein Zimmer mit einer

winzigen Außentür, nicht viel mehr als einen halben Meter hoch. Sie führt auf einen schmalen Pfad zwischen Haus und Hecke. Der Pfad endet an einem Loch im Straßenzaun. In früheren Zeiten hatte diese Tür wohl als ein diskreter Zugang zu den hinteren Räumlichkeiten gedient. Aber ich bin mir sicher, daß niemand je einen eiligeren Rückzug durch diese Tür angetreten hat als ich in diesem Moment.

Die Hecke gab mir Deckung, bis ich an der Straße war, und ich versuchte, meine sieben Sinne zusammenzunehmen, als ich durch das Blattwerk huschte. Sobald ich jedoch den offenen Bürgersteig erreicht hatte, fühlte ich mich wieder ganz schutzlos. Ich befahl meiner Angst, sich in meine Beinmuskeln zu verziehen, und stampfte an den nachbarlichen Häusern und Bäumen vorbei. Viele meiner Nachbarn kannte ich gut, aber ich wollte sie nicht in Gefahr bringen.

Ich lief ein paar hundert Meter die Juniper Street entlang auf das *Minstrel* zu, einer Mischung aus Café und Musikkneipe, wo hauptsächlich in die Jahre gekommene Bohemiens verkehrten. Mein Kumpel Mel, der Besitzer, warf nur einen kurzen Blick auf mein puterrotes Gesicht und meinen erschöpften Körper, als ich zur Tür hereingerannt kam, und manövrierte mich mit besorgtem Gesicht in die Küche. Er reichte mir ein Glas Wasser und sagte: «Soll ich die Polizei rufen?»

Ich saß vornüber gebeugt, die Hände auf den Knien und ließ den Kopf hängen. Ich nickte, während ich noch um Atem rang. Er wählte eine Nummer und reichte mir den Hörer.

«Schüsse in drei eins drei zwei Juniper, Escondido. Ja, drei eins drei zwei!» japste ich. «Machen Sie schnell!» Ich legte auf und sah das Fragezeichen in Mels Gesicht. «Wenn man ihnen zu viel erzählt, vor allem so Sachen wie ‹Nein, nein, niemand verletzt›, kann es Stunden dauern, bis sie sich in Bewegung setzen», erklärte ich. Ich trank einen Schluck Wasser und wählte dann McGowans Pieper an. Nach dem Signalton gab ich Mels Nummer ein. Sekunden später rief McGowan zurück.

«Tom, ich bin's, Elizabeth. Vor fünf Minuten hat jemand vor meinem Haus auf mich geschossen. Ich bin jetzt im *Minstrel*

Café, Juniper. Die Polizei ist schon zu meinem Haus unterwegs. Hol mich bitte hier ab.»

«Bist du verletzt?»

«Nein.»

«Bin schon unterwegs.»

Vor meinem Haus sah es aus wie bei einem Polizeiball. Mehrere Einsatzwagen parkten in den merkwürdigsten Positionen in meiner Einfahrt und auf der Straße. Ihre blinkenden Signallichter illuminierten den Garten in einem gespenstischen Gelb-Orange. Polizisten in Uniform und in Zivil schwärmten zwischen den Wagen hin und her, durch die Büsche und den Hauseingang rauf und runter. Tom bog in die Einfahrt ein und hielt. Er langte zum Beifahrersitz herüber und faßte mich am Arm.

«Bist du okay?»

«Soll ich ehrlich sein? Ich weiß es nicht so genau. Irgendwie kommt mir alles so unwirklich vor. Ich hab so ein Gefühl wie in einem dieser Träume, die man hat, wenn man kurz vor dem Schlafengehen zu viele Chilies gegessen hat. Verstehst du, was ich meine?»

Er grinste und drückte meinen Arm.

«Ist auf dich schon mal geschossen worden, Tom?»

Er nickte. Na prima, dachte ich, dann ist er ja ein alter Hase, und nichts kann mehr schiefgehen.

Anerkennend nickte ich mit dem Kopf. «Tolle Sache, die Gesetzeshüterei! Sicher, ein gewisses Berufsrisiko ist immer dabei, aber dafür ist es auch sehr aufregend. Außerdem kann man auch bei jedem öden Schreibtisch-Job ein Messer in den Rücken kriegen. Eine offene Schießerei dagegen ist doch etwas vergleichsweise Erfrischendes.»

Ein Uniformierter war aus einem Streifenwagen vor uns ausgestiegen und kam auf uns zu.

«Das ist Rodney, mein Partner», sagte Tom. «Komm mit, er erwartet uns.»

Rodney, ein stämmiger Mann in den vierzigern, mit gesunder Gesichtsfarbe und rötlichen Haaren, die langsam grau wurden, war still, ernst und höflich. «Sie müssen Elizabeth sein. Rodney Chessman», sagte er und nickte einen knappen Gruß. Er zog seine buschigen weißen Augenbrauen hoch und hielt mir ein Formular entgegen. «Sind Sie dazu jetzt in der Lage?»

«Ja, sicher.»

«Dann lassen Sie uns mal sehen.»

Rodney gab den anderen Polizisten Zeichen, und alle folgten mir zum Hauseingang über die Terrasse, wo ich ihnen das Einschlagloch in der Hauswand zeigte. Es war etwa einen Quadratzentimeter groß. «Der Schuß kam von der Straße, und hier schlug die Kugel ein», sagte ich.

McGowan ging vor und öffnete vorsichtig die Haustür. Wir alle folgten ihm ins Haus. Wir gingen an der Wohnzimmerwand entlang, bis zu der Stelle, wo die Kugel das Mauerwerk durchbrochen hatte. Große Mörtelbrocken lagen auf dem Fußboden. Das Loch in der Wand hatte einen Durchmesser von mindestens fünfzehn Zentimetern. McGowan mußte aus seiner enormen Höhe in die Hocke gehen, um durch das Loch spähen zu können. «Und hier ist sie ausgetreten», sagte er trocken und besah sich den Schaden. Er richtete sich wieder auf, und ich folgte ihm quer durch den Raum zu einem kleineren Loch in der gegenüberliegenden Wand, wo ein verbogenes Metallstück im Putz festsaß. «Und hier ist sie steckengeblieben», sagte er abschließend.

Ich dachte an den Moment des Abfeuerns zurück, den ich aus dem Augenwinkel beobachtet hatte, und überschlug die Entfernung, die dieses kleine Geschoß zurückgelegt haben mußte. «Heilige Scheiße!» murmelte ich.

«Pardon», rief Rodney zu mir herüber, «waren die hier schon da, als Sie das Haus verließen?»

Rodney zeigte auf die Mitte des Raumes, wo eine schmutzige Fußspur über den Teppich lief, sie kam von dem gefliesten Eingang her und führte über den Wohnzimmerteppich in den Flur. An der Treppe endete sie.

Wie benommen starrte ich auf die Fußabdrücke und versuchte zu begreifen, was sie zu bedeuten hatten: Jemand war ungebeten hier eingedrungen, hatte den neuen Teppich beschmutzt, er hatte eine Waffe bei sich gehabt und mich bis in mein Haus verfolgt ...

Plötzlich drehte sich mir der Magen um. «Whitman!» schrie ich und flog die Treppe hoch. Ich hörte, wie Tom und Rodney hinter mir herkamen und mich zurückriefen.

«Whitman! Kleiner!» Ich rannte ins Schlafzimmer und machte mich auf einen grausamen Anblick gefaßt. «Whitman! Whitman!» Meine Stimme war rauh vor Verzweiflung. Bevor ich endgültig durchdrehen konnte, vernahm ich ein kleines Miau unter dem Bett. «Gottseidank!»

Als Tom und Rodney hereinkamen, erstickte die kleine Katze schon fast unter meinen Liebkosungen. Als ich zu ihnen aufblickte, merkte ich, daß mein Gesicht tränenüberströmt war. Mir war nicht bewußt gewesen, daß ich weinte. Tom kniete sich neben mich und legte seinen Arm um meine Schultern. «Jetzt ist ja alles gut», sagte er leise.

Plötzlich kam ich mir furchtbar lächerlich vor. Schließlich ist allgemein bekannt, daß Katzen sich zu schützen wissen. Für einen kurzen Moment konnte ich mir selbst über die Schulter sehen und diagnostizieren, daß ich die ersten Anzeichen eines post-traumatischen Stress-Syndroms zeigte. Das ist der wohlklingende Terminus, mit dem Psychologen die Hölle bezeichnen, durch die Menschen gehen, wenn sie eine unerwartete und unmittelbare Begegnung mit dem Tod hatten. Auch die Opfer von Gewaltverbrechen zeigen eine ganze Reihe von Symptomen – Nervosität, unkontrollierbare Angst, Scham, Minderwertigkeitsgefühle. Ich hatte das oft bei meinen Klientinnen gesehen, Vergewaltigungsopfern und Frauen von gewalttätigen Ehemännern, die die Schmach und die Schande dieser Taten gegen sich selbst richteten und sich schuldbewußt fragten, womit *sie* die Gewalt hervorgerufen hatten, statt ihre Wut nach außen zu kehren.

«Entschuldigt mich», sagte ich und sprang mit einem Satz auf die Füße. Ich ging um das Bett herum und sah, daß Tom und Rodney erschrocken zu mir aufsahen. «Es wird nur ein paar Minuten dauern, macht euch keine Sorgen, aber ich muß das jetzt verarbeiten.» Schulterzuckend sahen die beiden sich fragend an.

Ich stapelte die Kopfkissen zu einem hübschen kleinen Haufen und atmete tief durch. Langsam hob ich die Fäuste und ging mit voller Wucht auf das Bettzeug los.

«GOTTVERDAMMTES-WIDERWÄRTIGES-EKELHAFTES-ARSCHLOCH!» Ich schrie die Worte tief und rhythmisch heraus, jede Silbe ein dumpfer Hieb in die Kissen. In der dritten Runde erschienen die erstaunten Gesichter der anderen Polizisten in der Schlafzimmertür. Ich hörte Tom sagen: «Alles in Ordnung. Sie ist Psychologin und weiß, was sie tut.»

Ich atmete jetzt tief und ruhig und fühlte, wie Körper und Geist sich entspannten. Lächelnd wandte ich mich zu den Gaffern in der Tür um. «Jetzt geht's mir besser.»

Rodney, Tom und ich saßen am Küchentisch und füllten das Berichtsformular aus. «Wie spät war es ungefähr, als der Schuß abgefeuert wurde?» fragte Rodney.

Das Thema Uhrzeit erinnerte mich plötzlich an das Treffen mit Alan. «Ach, du Schande! Ich wollte mich ja um acht mit Alan treffen!» Ich sah auf die Uhr: 8:43. «Entschuldigt mich einen Moment, ich muß mal telefonieren.»

«Immer mit der Ruhe!» Tom hielt mich am Arm fest, als ich vom Stuhl aufsprang. «Wann hast du die Verabredung mit Alan getroffen?»

«Gar nicht. Er hat mir auf Band gesprochen, als ich mit dir beim Essen war. Er sagte, daß er sich heute abend noch einmal um dieselbe Zeit am selben Ort mit mir treffen wolle.»

«Dann wußte Alan also, daß du das Haus abends noch mal verlassen würdest.» Tom sah mich wie ein ungeduldiger Lehrer an, der auf eine ganz simple Antwort wartet.

«Er konnte davon ausgehen, ja.»

«Wo sollten Sie ihn treffen?» fragte Rodney.

«In der *Denny*-Raststätte an der Black Mountain Road.»

Tom griff nach seinem Funkgerät und ließ eine kryptische Botschaft los, die wohl bedeuten sollte, daß ein Streifenwagen zum Denny rüberfahren sollte.

«Wie sieht er aus?» fragte er mich.

Ich gab ihm eine kurze Beschreibung, und Tom wiederholte sie, das Funkgerät vorm Mund. Ich wußte, daß er auf der falschen Spur war, aber ich wußte auch, daß er seinen Job ordentlich machen mußte.

Das Funkgerät gab knirschende und zischende Geräusche von sich, während wir den Bericht vervollständigten. Nachdem wir fertig waren, nahm Tom es noch einmal hoch und gab konzentriert irgendeine Anweisung. Als er fertig war, sah er mich an und sagte: «Sie haben Alan in der Raststätte aufgegriffen. Wir sprechen gleich auf der Wache mit ihm.»

O Gott, dachte ich, dafür wird Alan mir ewig dankbar sein!

23

Der fast leere Parkplatz und die paar Männer von der Nachtschicht verliehen dem Police Department von Escondido etwas Unwirkliches. Wer schon einmal spät nachts durch die gähnend leeren Gänge eines durchgehend geöffneten Supermarktes gehuscht ist, kennt das gottverlassene Ambiente, das ich meine. Ich folgte McGowan in einen Raum, der nicht mehr als drei Quadratmeter haben konnte. Er war so karg, wie ein Raum nur sein kann, der nicht vollständig leer steht: kahle weiße, fensterlose Wände, ein niedriger Tisch, zwei Klappstühle. Auf einem der Stühle saß Alan Katz, aufrecht und die Hände still auf dem Tisch übereinandergelegt. Seine roten Locken leuchteten unter der unbarmherzig fluoreszierenden Deckenlampe. Seine strahlend blauen Augen sahen uns entgegen, und ein kaum merkliches Lächeln zuckte über seine Lippen, als er mich sah.

McGowan baute sich imposant vor Alan auf, stemmte die Hände in die Hüften und sagte: «Wie ich höre, Mr. Katz, haben Sie schon mit Sergeant Lewis gesprochen. Wenn es Ihnen nichts ausmacht, würde Dr. Chase Ihnen gerne noch einige Fragen stellen.»

Alan nickte. «Klar, kein Problem.»

McGowan schob mir den anderen Stuhl her und reichte mir Sergeant Lewis' Notizen. Dann beugte er sich zu mir herunter und flüsterte in mein Ohr: «Ich bin oben in meinem Büro, dritte Zelle links. Komm rauf, wenn du hier fertig bist.» Er sah Alan noch einmal einschüchternd an, verließ den winzigen Raum und schloß die Tür hinter sich.

«Sie sind Ärztin?» Alan sah mich freundlich, aber irritiert an.

«Ich hatte mal eine Psychotherapeuten-Praxis.»

«Wow – von der Psychotherapie zur Verbrecherjagd – was für eine ungewöhnliche Karriere!»

«Tja, das ist wohl wahr.»

Wir sahen uns eine ganze Weile schweigend an. Schließlich sagte ich: «Und womit verdienen Sie jetzt Ihren Lebensunterhalt, Alan?»

«Bin wieder in meinen alten Job als Bauarbeiter zurückgekehrt. Das ist zwar ein sozialer Abstieg, aber wenigstens kann ich meine Rechnungen bezahlen.»

«Was bauen Sie denn zur Zeit?»

«Kennen Sie das neue Kalifornische Kunstzentrum?»

Es gab niemanden in ganz Escondido, der das neue Kunstzentrum nicht kannte. Unsere kleine, unbedeutende Stadt hatte das mondäne San Diego zutiefst schockiert, als sie mehrere Millionen Dollar für diesen rein kulturellen Zweck bewilligte. Der Gebäudekomplex selbst sollte nicht nur durch seine Dimensionen, sondern auch durch seine kühne Konstruktion beeindrucken, und er würde einen beträchtlichen Anteil des städtischen Budgets verschlingen. Ich gehörte einer kleinen Minderheit unter den Steuerzahlern an, die dieses Projekt begrüßte und sich von dem Gezeter der anderen nicht beirren ließ. Abgesehen von den Sklaven, die die ganze Arbeit machen mußten, hatte es sicher auch eine Menge Ägypter gegeben, die sich über die immensen Baukosten für diese überflüssigen Pyramiden ereiferten.

«Sie arbeiten also an dem Kunstzentrum mit?» fragte ich interessiert.

«Ja, und es macht mir Spaß.» Alan lächelte und sah einfach wunderbar aus mit seinen Grübchen. «Eine unglaubliche Architektur! Das ist eine Arbeit, auf die ich richtig stolz bin.»

Ich warf einen Blick auf die Notizen, die McGowan mir gegeben hatte. Sie enthielten auch Alans persönliche Daten – Name, Größe, Gewicht, Paßnummer. «Hier steht, daß Sie in Escondido wohnen», sagte ich. «Ich dachte, Sie wohnen in der Silver Branch Road in Ramona.»

Er sah mich erstaunt an. «Das ist meine frühere Adresse. Woher haben Sie die?»

«Aus der Einstweiligen Verfügung, die Janice gar nicht so lange vor ihrem Tod gegen Sie erwirkt hat.»

«Ach so. Tatsache ist, daß ich da schon seit Jahren nicht mehr wohne. Das ist eine lange Geschichte. Meine Ex wohnt dort mit unserer Tochter. Als Janice sagte, daß es zwischen uns aus ist, wollte ich sie eifersüchtig machen. Also hab ich ihr erzählt, ich würde wieder zu Tanya ziehen. Sie muß das wohl geglaubt haben. Eifersüchtig hat es sie aber offenbar nicht gemacht.»

«Sie waren also gar nicht in Ramona, als die Einstweilige Verfügung dort zugestellt wurde?»

«Nein. Ich war die ganze Zeit in Escondido. Der Vollzugsbeamte, der mir das Ding schließlich und endlich überreicht hat, ist mir erst über meine Arbeitsstelle auf die Spur gekommen.»

Er sprach locker und fließend, wie jemand, der die Wahrheit sagt.

«Sie sehen heute schon besser aus, Alan.»

Das tat er wirklich. Er war nicht mehr so verzweifelt wie gestern. Seine entspannte Körpersprache zeigte, daß er sich selbst, mich und die gesamte Situation akzeptierte. Von dem aufgesetzten Selbstbewußtsein, mit dem er kokettiert hatte, war momentan nichts übrig, und das machte ihn noch charmanter.

«Mir geht's beschissen», sagte er. «Es ist momentan alles ein bißchen heftig.»

«Der Tod ist nun mal heftig.»

Er sah auf die Tischplatte und schüttelte den Kopf. «Gestern abend hatte ich nur noch den einen Wunsch, mich so richtig vollzudröhnen. Nachdem Sie weggegangen waren, hab ich eine Stunde lang im Auto mit mir gekämpft und bin dann tatsächlich ...»

Er sah mir plötzlich ganz aufgeregt ins Gesicht.

«Gerade als ich von dem Parkplatz runterfuhr, um mir Stoff zu besorgen, kam mir ein Typ entgegen, den ich aus der Drogentherapie kenne. Er hielt an, kurbelte sein Fenster runter und wollte einfach nur ‹Hallo!› sagen. Aber dann hat er mein Gesicht gesehen und nur noch gesagt: ‹Steig aus und komm mit!› Er ist dann die ganze Nacht bei mir geblieben. Wir haben geredet und geredet. Wenn ich jetzt darüber nachdenke, kommt es mir wie ein Wunder vor. Ich meine: So etwas kann doch kein Zufall sein!»

«Da müssen Sie mich nicht fragen», sagte ich. «Ich glaub nicht an Zufälle.»

«Was, überhaupt nicht? Können Sie mir dann sagen, was das Ganze hier soll?»

Im Hinblick auf Zeitökonomie entschied ich mich für die direkte Variante. «Jemand hat heute abend versucht, mich zu töten. Die Polizei hatte Sie in Verdacht. Das soll das Ganze hier.»

Alan preßte seine langen schlanken Finger auf den Mund. Seine Augen weiteten sich, und das Schwarz seiner Pupillen zerfloß wie ein Tropfen Tinte. «O mein Gott!» war alles, was er herausbrachte.

«Hat Sergeant Lewis Ihnen das nicht gesagt?»

«Das ist es also!» Man sah förmlich, wie ihm ein Licht aufging. «Nein, niemand hat mir was gesagt. Sie haben mich nur andauernd gefragt, wo ich in den letzten zwei Stunden gewesen bin. Und ich hab ihnen dauernd gesagt, wenn sie mir nicht glauben, sollen sie doch den Typ bei *Denny* fragen, der mir einen Kaffee nach dem anderen eingeschenkt hat – dieser Scheintote, wissen Sie noch?, mit der radikalen Skater-Frisur.»

Ich sah den kreidebleichen jungen Mann von gestern abend vor mir und nickte. Ein Gesicht, das man nicht vergißt!

«War heute derselbe wie gestern. Irgendwann haben sie dann tatsächlich mit ihm gesprochen und mit dem Geschäftsführer und mit ein paar von den anderen Gästen, die mich auch gesehen haben. Alle haben bestätigt, daß ich die ganze Zeit da war.»

«Na, wunderbar. Und warum wollten Sie mich treffen, Alan?»

«Also wirklich ...! Jemand hat gerade auf Sie geschossen, und Sie sitzen hier ganz ruhig und machen sich Gedanken, warum ich Sie treffen wollte. Ganz schön beeindruckend.»

Ich lachte. «Wissen Sie, ‹Gedanken machen› ist das Schlüsselwort in dieser ganzen Angelegenheit. Jemand hat Janice umgebracht und ist jetzt hinter mir her. Ich könnte Ihre Hilfe gut gebrauchen.»

«Darüber wollte ich ja gerade mit Ihnen reden. Ich habe mir nämlich schon meine eigenen Gedanken gemacht und bin fest davon überzeugt, daß Janice nicht umgebracht worden ist. Die Kreise, in denen sie sich bewegt hat, waren so ...»

Er hob eine Hand, als ob er das passende Wort einfangen wollte. «Janice war so ...»

Er hatte kein Glück.

«Vielleicht hat jemand sie dafür gehaßt, daß sie so gut war», warf ich ein.

Er fuhr sich mit den Fingern durch die roten Locken, dann legte er das Kinn in die Hand. «Nein, es muß ein Unfall gewesen sein.»

«Alan, jemand hat heute auf mich geschossen!»

«Vielleicht hatte das gar nichts damit zu tun.»

«Unsinn! Außerdem hab ich Ihnen schon gesagt, was ich von Zufällen halte. Denken Sie doch mal nach! Wie ist es zum Beispiel mit Pacific Properties? Gibt es da jemanden, der irgend etwas gegen Janice hatte?»

«Niemand hatte etwas von ihr zu befürchten, falls Sie darauf hinauswollen. Sie hat ihren Job erstklassig gemacht, aber er hat sie nicht wirklich interessiert. Um die Wahrheit zu sagen: Pacific Properties war ihr scheißegal!»

«Und Stan Ellis?»

«Ihr Boss? Er hat auf sie geschworen. Der Mann hat keinen Furz gelassen, ohne Janice vorher um ihre Meinung zu fragen.»

«Vielleicht wußte Janice zu viel. Hat sie Ihnen gegenüber jemals etwas von gefälschten Bilanzen oder falsch angesetzten Vermögenswerten erwähnt?»

Er hielt einen Moment inne, den Zeigefinger in die Luft gestreckt. «Moment mal, ja, da war was. Ich hab es erst nicht richtig verstanden, weil ich mit dem ganzen Verwaltungskram ja sonst nichts zu tun hatte. Ich war ja fast immer im Außendienst, hab die Grundstücke technisch überprüft und so. Alles andere war mir ziemlich egal – außer Janice natürlich. Das war auch mit ein Grund, warum ich gefeuert wurde. Aber wo sie es jetzt sagen, erinner ich mich. Da war irgend etwas faul ... Pacific Properties hat zu hohe Maklergebühren kassiert, so daß einige Investoren wieder abgesprungen sind ... so was in der Art.»

«Welche Rolle hat Janice dabei gespielt?»

«Ihre Rolle? Keine Ahnung. Aber ich weiß, daß sie sich ziemlich darüber amüsiert hat. Ihr eigentliches Ziel war ja, Richterin beim Obersten Gerichtshof zu werden, sie hat doch Jura studiert. Dieses Studium war ihr Leben. Die billigen kleinen Seifenopern in der Firma haben sie nicht sonderlich interessiert.»

Er seufzte und ließ den Kopf hängen. «Die billige kleine Seifenoper mit mir wahrscheinlich auch nicht.»

Er sah nur kurz zu mir herüber, aber der Schmerz und die Trauer in seinem Blick trafen mich bis ins Mark. Ich betrachtete diesen höchst attraktiven jungen Mann und dachte an Janice' Tagebuch, an die Stelle, wo sie über die Trennung von Alan schreibt und daß ein schlimmer Bruch nur langsam heilt. Ich wollte gerade etwas Tröstliches sagen, als Alan mit brüchiger Stimme fortfuhr. «Das schlimmste ist, daß ich ihr nicht mehr sagen kann, wie ... wie leid mir das alles tut.»

Seine Augen waren voller Tränen, und er wischte sie mit einem bitteren Lachen weg, bevor sie ihm über die Wangen laufen konnten. «Man hat mir immer gesagt, erst wenn ich von den Drogen ganz weg bin, kann ich meine Gefühle wieder voll wahrnehmen. Das war nicht gelogen.» Er zog eine Grimasse, die zeigte, wie peinlich ihm das Ganze war. «Jedesmal, wenn Sie mich sehen, muß ich heulen. Aber als Seelenklempnerin sind Sie das ja wohl gewohnt.»

«Unter den gegenwärtigen Umständen halte ich das für völlig normal», versicherte ich ihm.

Es wurde still in dem winzigen Raum.

«Wissen Sie, Alan», sagte ich nach einer Weile, «wenn Sie Janice sagen möchten, daß es Ihnen leid tut, dann machen Sie es einfach. Ich bin mir sicher, sie kann Sie hören, auch jetzt noch.»

Er schnaubte verächtlich. «Die Leute glauben diesen Quatsch von einem Leben nach dem Tode doch nur, weil sie sich dadurch erleichtert fühlen. Opium für die Massen, mehr ist das nicht.»

«Nun, in meinem Fall ist es wissenschaftlich begründet. Ich habe reichlich Erfahrung mit Parapsychologie – daher stammt übrigens der ‹Doktor› in ‹Doktor Chase›. Ich habe Fallstudien über Fallstudien über Fallstudien gesehen, und ich versichere Ihnen: Die Beweislage deutet massiv auf ein Leben nach dem Tode hin. Die Chancen, daß Janice Sie hört, stehen gut.»

«Die Chancen? Ich dachte, Sie glauben nicht an Zufälle.»

«Sprechen Sie mit ihr, Alan», sagte ich leise.

«Wenn Sie meinen ... na ja, vielleicht ...» Er kreuzte die Arme vor der Brust und schien unbewußt etwas an sich zu drücken.

Ich rutschte mit meinem Stuhl zurück und wollte Alan schon auffordern, mit nach draußen zu kommen, als mir ein neuer Gedanke kam. «Würden Sie hier bitte ein paar Minuten auf mich warten?»

Er war in Gedanken ganz woanders und sah mich geistesabwesend an. «Klar, kein Problem.»

«Bin gleich wieder da.»

Ich hastete die düstere Treppe hinauf. Sie mündete in einen langen Gang, der ebenfalls stockdunkel war. Eine einsame Neonröhre warf Licht auf eine Tür an der linken Seite des Ganges. Ich ging darauf zu und fand McGowan an seinem Schreibtisch, über eine Ausgabe des Magazins *Waffen und Munition* gebeugt. «Fertig?» fragte er und sah auf.

«Habt ihr zufällig ein Foto von Michael Huerte in euren Akten?»

«Muß ich mal nachsehen.»

Mit einem unterdrückten Gähnen stand er auf, zog einen großen braunen Umschlag aus einem metallenen Hängeregister neben seinem Schreibtisch und ging den Inhalt durch. «Bingo!» Er schob das Foto zu mir herüber.

Es war eine sehr unscharfe Porträtaufnahme. Huertes Augen starrten ins Leere. Wahrscheinlich handelte es sich um ein Leichenfoto, ich konnte es aber nicht genau erkennen. «Uäh!» machte ich unwillkürlich. «Danke.»

Ich lief die Treppe wieder runter. Das Foto in meiner Hand versetzte mir einen kalten Schauer, den ich bis ins Innerste spüren konnte. Ich dachte an die Treppe in meinem Haus und an die schmutzigen Fußspuren, die dort endeten. Auf einem Treppenabsatz blieb ich stehen, drehte mich um und ging zu McGowan zurück. Er sah auf und lächelte verschlafen.

«Kann ich heute nacht bei dir schlafen?»

Seine Überraschung war unverkennbar. «Du gehst ja ganz schön ran!»

«Im Gegenteil. Ich habe einfach nur Angst», gestand ich.

«Das solltest du auch», sagte er. «Selbstverständlich kannst du bei mir schlafen. Mir ist es auch lieber so.»

Ich ging wieder nach unten.

«Elizabeth», rief er mir hinterher.

«Ja?» rief ich über die Schulter.

«Vor mir bist du aber auch nicht sicher.»

«Alles nur leere Versprechungen!» rief ich zurück.

«Nie gesehen», sagte Alan, das Foto in der Hand. «Nicht sehr fotogen, der Bursche, was?»

«Wie man's nimmt. Für einen Toten, find ich, sieht er ganz gut aus.»

«Was?»

«Das ist der Mann, der am Steuer des anderen Wagens saß. Er ist dabei auch ums Leben gekommen. Sehen Sie noch mal genau hin! Kennen Sie ihn wirklich nicht?»

Alan sah sich das Foto noch einmal genau an. Er sagte nichts.

«Alan?»

Er nickte. «Ja, stimmt.»

«Was stimmt?»

«Heftig, wie Sie gesagt haben. Der Tod ist heftig.» Er gab mir das Foto zurück.

«Sie kennen ihn also nicht?»

«Nein, tut mir leid.»

24

«Ich muß erst noch mal zu Hause vorbei.»

McGowan hatte den Freeway verlassen, und wir fuhren auf der Ninth Avenue in Richtung Osten. Es war faszinierend, in einem Streifenwagen zu fahren. Alle Autofahrer verhielten sich plötzlich unwahrscheinlich höflich und zuvorkommend. Noch nie zuvor hatte ich eine vierspurige Straße gesehen, auf der sich alle an das Tempolimit hielten. Ich war drauf und dran, einem Machtrausch zu erliegen: Ganz normale Verkehrsteilnehmer, die sonst genauso rücksichtslos fuhren wie ich, rissen sich bei dem bloßen Gedanken an ein Strafmandat plötzlich zusammen und mäßigten ihre Fahrweise. Aber das Gefühl legte sich bald wieder, und das langsame Fahren begann mir auf die Nerven zu gehen.

McGowan ließ die Augen nicht vom Verkehr.

«Normal ist das nicht, wie die Leute hier fahren», sagte ich.

«Ich weiß. Wenn ich mit meinem Privatwagen unterwegs bin, erlebe ich natürlich auch die Anarchie, die unsere Straßen regiert.» Er grinste. «Und das Schöne daran ist, daß ich dann selber mitmachen kann.»

«Noch mal danke, Tom!»

«Wofür?»

«Daß du mich nicht zum Zielscheibe-Spielen nach Hause schickst.»

«Ja, das ist ausgesprochen edel von mir. Aber mal im Ernst, Elizabeth, du benimmst dich wirklich großartig. Ich bewundere deine Ruhe.»

«Das liegt an meiner kleinen Übung in Gestalttherapie von vorhin. Funktioniert immer.»

«Diese Sache mit den schlimmen Wörtern und dem Kissenklopfen? Im Ernst?»

«Ja, wirklich.»

«Machst du so was oft?»

«Nur, wenn ich's nötig habe.» Bevor er das zu einer anzüglichen Bemerkung ummünzen konnte, setzte ich schnell hinzu: «Aber natürlich tragen auch die Fortschritte in unserem Fall zu meiner Gelassenheit bei. Ich muß ja wohl auf ein Wespennest gestoßen sein, wenn es plötzlich so wichtig ist, mich aus dem Weg zu räumen.»

McGowan bremste ab und bog in die Juniper Street ein. Er gähnte geräuschvoll. «Oh, Pardon!»

«War 'n langer Tag, was?»

«Hmm. Hab aber schon längere erlebt. Hast du aus Katz was rausgekriegt?»

«Nein, nichts. Das ist einer der Gründe, warum ich noch mal nach Hause will. Mir ist klar geworden, daß ich ohne ein Kosmogramm nicht weiterkomme.»

«Kosmogramm?»

«Genau. Wirst schon sehen.»

McGowan bog in meine Einfahrt ein. Der Polizistenball hatte sich aufgelöst oder war zu einer anderen Party weitergezogen. Im matten Schein einer einsamen Terrassenlampe war noch nicht einmal das Einschußloch zu sehen. Das Haus war zwar immer noch mein Haus, aber es fühlte sich jetzt merkwürdig verlassen an, wie ein Kino, wenn der Film zu Ende ist und die Menschenmenge sich verzogen hat.

«Okay, Tom», sagte ich, als ich den Sicherheitsgurt öffnete, «gib mir Feuerschutz bis zur Haustür.»

Der Abenteuertrip bis zur Haustür verlief ereignislos, aber auf den Anblick im Haus war ich nicht vorbereitet. Zusätzlich zu den schmutzigen Fußspuren zierten große Flecken von diesem lila-schwarzen Pulver, mit dem Fingerabdrücke sichtbar gemacht werden, sämtliche Tische, den größten Teil des Fußbodens und die Wände. Das ganze Haus kam mir vor wie eine Frau, die gerade eine Gewaltattacke überstanden hatte, und ich fühlte mit ihm. Whitman kam angelaufen, rieb seinen Kopf an meinen Waden und beschwerte sich lautstark über das plötzliche Durcheinander in seinem sonst so geregelten Leben.

«Glaubst du, daß wir hier drinnen sicher sind?» fragte ich.

McGowan zog seinen Polizeirevolver, ließ ihn wie ein Westernheld um einen Finger wirbeln und zielte dann mit einer blitzschnellen Bewegung aufs Fenster. Eine prima Vorführung.

«Okay», sagte ich. «Wir werden's wohl überleben.» Ich schüttelte verächtlich den Kopf und tat so, als könne er mich mit seinen Mätzchen nicht beeindrucken. Was schlicht gelogen war.

«Da bin ich mir nicht so sicher», sagte er. «Ich persönlich stehe am Rande des Hungertodes. Hast du irgendwas zu essen im Haus?»

«Du kannst den Kühlschrank plündern. Ich erledige in der Zwischenzeit ein paar Telefonate vom Büro aus, bevor es zu spät ist, falls es das nicht jetzt schon ist.»

Ich hatte gerade die Nummer gewählt, die Janice' Vater mir tagsüber aufs Band gesprochen hatte, als McGowan aus der Küche brüllte: «Hey, ich hatte an Menschennahrung gedacht! Hier ist aber nur Kaninchenfutter und vielleicht noch was für Pferde und ...»

Am anderen Ende der Leitung begann das Telefon zu klingeln. «Ruhe, ich telefoniere!» rief ich lachend über die Schulter.

Der Anrufbeantworter der berühmten Restaurantkette, deren Präsident Paul Freeman war, begann einen stilvollen Text abzuspielen. Ich mußte einen Fluch unterdrücken, obwohl ich eigentlich nichts anderes erwartet hatte.

«Lieber sterbe ich, als daß ich Alfalfasprossen esse!» verkündete McGowan.

«Im Gefrierschrank sind noch ein paar Burritos», rief ich nach hinten. «Ich geh mal davon aus, daß du eine Mikrowelle bedienen kannst.» Dann rief ich meine Mutter an.

«Hallo?»

«'n Abend, Mom. Tur mir leid, daß ich so spät noch anrufe. Hast du schon ...»

«Das braucht dir nicht leid zu tun. Ja. Ich glaube, ich habe gefunden, was du brauchst. Sieht so aus, als hätte eine Art Tochterfirma letzten März gegen den großen Bruder Pacific Properties eine Klage eingereicht.»

McGowans Stimme erscholl plötzlich in den höchsten Tönen: «Aber hallo! Eiskrem! Warum hast du das nicht gleich gesagt?»

«Wer ist das, Liebes?»

«Ach, nur ein Freund.»

In der kleinen Pause, die nun entstand, hörte ich die Mechanik in Moms Kupplerhirn knirschen. Dann fuhr sie fort: «Ich habe alle entsprechenden Daten auf Diskette und kann sie dir schnell rüberladen, wenn du möchtest.»

«Danke, Mom, du bist klasse! Aber kannst du sie bitte ausdrucken und dann faxen? Ich brauch meinen Computer grad für was anderes.»

«Klar, Liebes. Übrigens – Dad ist wieder zu Hause. Möchtest du mit ihm sprechen?»

«Ja, klar.»

Ich hörte etwas rascheln, als das Telefon von Hand zu Hand ging, und dann die sanfte Stimme meines Vaters. «Hallo, mein Kind.»

«Hi, Dad! Willkommen zu Hause. Gibt's was Neues?»

«Nicht viel. Aber eine Sache wird dich amüsieren.»

«Sehr gut. Das kommt mir gerade recht.»

«Ich habe letzte Nacht auf dem Rückflug von dir geträumt, ein ganz merkwürdiger Traum.»

Mein Vater äußerte sich nie zu metaphysischen Dingen, bis ein «überzeugender» Beweis vorlag. Das hinderte ihn allerdings nicht daran, von Zeit zu Zeit hellseherische Träume zu haben.

«Hoffentlich war's etwas Schönes.»

«Weder gut noch schlecht, einfach nur merkwürdig. Du hattest meinen Laborkittel an und führtest im Labor einen Versuch durch. Im Hintergrund sah ich ganz deutlich einen Bunsenbrenner und die Karte mit dem Periodensystem. Du warst sehr konzentriert bei der Sache, was immer das auch sein mochte. Ich war regelrecht stolz auf dich, denn ich wußte, daß du drauf und dran warst, eine wichtige Entdeckung zu machen. Aber es war auch etwas Gefährliches dabei, so als ob du mit starken Mächten spieltest, mit Atomenergie oder etwas ähnlich Zerstörerischem.»

«Gib's zu, Dad, du hast immer noch nicht die Hoffnung aufgegeben, daß aus mir noch mal eine Wissenschaftskoryphäe wird!»

«So würde ich diesen Traum nicht interpretieren. Ich dachte eher, daß er etwas mit dem Fall zu tun hat, an dem du momentan arbeitest. Oder planst du wieder mal einen Berufswechsel?»

Mein Vater würde bis an sein Lebensende davon träumen, daß ich mich doch noch entschied, Ärztin zu werden. Aber auch mein gegenwärtiger Beruf bot mir ja gelegentlich die Möglichkeit, Leben zu retten, und das genügte mir.

«Nichts zu machen, Dad. Ich versuch mich weiterhin in übersinnlicher Verbrechensbekämpfung.»

«Ist bei dir alles in Ordnung, Elizabeth?»

«Ja, alles bestens.» Keine wirkliche Lüge, wenn ich die Antwort auf den gegenwärtigen Zeitpunkt bezog.

«Gott, ist das HIMMLISCH!» kam in diesem Moment ein Schrei aus der Küche. Im Zuge seiner Eiskremorgie war McGowan wohl an einen Punkt gekommen, wo er seiner Verzückung lauthals Ausdruck verleihen mußte. Mein Vater, taktvoll wie immer, sagte: «Gut, mein Kind, ich will dich nicht länger aufhalten. Paß auf dich auf, mein Liebling. Bis bald!»

Das Fax von meiner Mutter begann gerade aus dem Gerät zu rollen, als ich auflegte.

«Da sind noch zwei Ben & Jerry's und zwei Häagen-Dazs!» verkündete McGowan, als er in mein Arbeitszimmer kam. Er löffelte direkt aus einer großen Packung Cherry Garcia.

«Na gut, ich geb's zu. Ich habe nun mal dieses Laster.» Ich hatte mich an den Computer gesetzt und suchte in Janice' Polizeiakte nach ihrer Geburtsurkunde. Dann gab ich die Daten ein – geboren am 27.09.1965, um 18:45 Uhr, in San Diego, Kalifornien, westliche Länge 117° 10′, nördliche Breite 32° 45′ –, korrigierte die Uhrzeit um die Stunde Sommerzeitverschiebung und wartete.

«Was tust du da?» McGowan kam zu mir herüber und blieb hinter mir stehen. Ich konnte seine Nähe spüren und wußte, ohne hinzusehen, daß er mir über die Schulter und auf den Bildschirm sah. Mein Körper fuhr alle Antennen aus: erhöhte Herzfrequenz, Temperaturanstieg – die ganze Skala eben.

«Ich erstelle ein Kosmogramm.»

«Was, zum Teufel, ist ein ...»

In dem Moment erschien ein vielfarbiges Kreisdiagramm auf dem Bildschirm.

«Scheiße, was ist das?» fragte McGowan.

«Wofür hältst du es denn?»

«Keine Ahnung ... eine Tortengraphik ... mit griechischen Buchstaben ... Ich geb's auf. Nun sag schon!»

«Das ist Janice Freemans Geburtshoroskop. Diese großen Symbole hier sind die Tierkreiszeichen und die kleinen repräsentieren die Planeten. Das heißt, du siehst hier eine Abbildung der Planetenstände, wie sie sich an dem Ort und zu der Zeit von Janice' Geburt dargestellt haben.»

«O nein!» Ruckartig drehte er meinen Schreibtischstuhl herum, so daß er mir direkt ins Gesicht sehen konnte. «Das ist nicht dein Ernst, Elizabeth! *Astrologie?* Das ist doch große Scheiße!»

Ich schenkte ihm mein schönstes Lächeln, klimperte mit den Wimpern und drehte meinen Stuhl wieder um. «Das Zeug, das du jeden Tag in den Zeitungen liest, ja. Das ist in der Tat große Scheiße. Aber Astrologie als Wissenschaftsdisziplin gibt es seit über zehntausend Jahren. Das ist etwas ganz anderes, als die Welt in zwölf Tierkreiszeichen einzuteilen und dann Zeitungshoroskope mit lauter Hokuspokus und vagen Voraussagen vollzuschmieren.»

«Was ist es denn dann?»

«Schau'n wir mal. Janice war also Waage, was übrigens darauf hindeutet, daß ihr Leben von der Suche nach Ausgleich und Gerechtigkeit gekennzeichnet war. Die Planeten, die du hier siehst, zeigen, daß sie außerordentlich intelligent war, eine disziplinierte Arbeiterin, daß sie aus einer angesehenen Familie stammte und daß sie sehr leidenschaftlich und gefühlvoll sein konnte.» Zu jeder Eigenschaft zeigte ich auf den entsprechenden Planeten, so daß mein Finger kreuz und quer auf dem Diagramm herumhüpfte.

«Das alles kannst du hier sehen?»

«Und noch 'ne Menge mehr.»

McGowan fühlte sich überhaupt nicht wohl in seiner Haut. «Was denn noch? Kannst du etwa in die Zukunft sehen? Und selbst, wenn – findest du es nicht furchtbar deprimierend und beängstigend, daß alles Leben vorherbestimmt sein soll? Ich will davon jedenfalls nichts wissen!»

«Ich kann dich zu deiner Skepsis nur beglückwünschen.» Ich lehnte mich in meinem Stuhl zurück. «Es gibt so viele Scharlatane, die sich als Astrologen ausgeben. Besonders wenn sie sich zu Voraussagen aufschwingen, sollte man auf der Hut sein.»

«Aber wenn man die Zukunft gar nicht voraussehen kann, was soll das Ganze dann überhaupt?»

«Es geht darum, rauszukriegen, welche Handlungsspielräume in einem Horoskop stecken. Es gibt dir also Auskunft über Möglichkeiten innerhalb eines bestimmten Rahmens. Die Planeten und Tierkreiszeichen weisen zwar in bestimmte Richtungen, aber du bist der Fahrer, und du entscheidest, wohin die Reise geht. So ein Astrogramm kann dich nirgendwohin befördern, wo du nicht sowieso und von alleine hinwillst.»

Ich machte mir einen Ausdruck von Janice' Horoskop und erstellte ein weiteres für ihren Todestag.

«Was ist das denn jetzt schon wieder?»

«Dies Astrogramm hier zeigt, wie die Planeten standen, als Janice starb. Wenn ich es auf ihr Geburtshoroskop übertrage, krieg ich raus, was an diesem Tag in ihrem Leben los war.» Ich druckte auch diese Graphik aus und schaltete den Computer aus. «Komm mit, den Rest erledige ich in der Küche. Ich möchte noch was von dem Vanille-/Mandeleis essen, bevor wir zu dir fahren.»

Ich machte mich über das Wenige her, das McGowan übriggelassen hatte, nahm mir die beiden Horoskope vor und setzte mich an den Küchentisch, um zu erforschen, welches neue Bild sich daraus ergab. Janice' Planeten waren schwarz gedruckt, ich zeichnete die Planetenkonstellation ihrer Todesstunde in Rot dazu. Was sich nun offenbarte, machte mich fast schwindelig.

«Hast du was rausgefunden? Was haben denn all diese kleinen schwarzen und roten Zeichen in der einen Ecke da zu bedeuten?»

«Paß auf!» sagte ich und zeigte auf die Stelle der Graphik, an der sich eine auffällige Ansammlung von Planeten befand. «All diese Planeten stehen im Zeichen des Skorpions, in Janice' achtem Haus. Das achte Haus steht für den Tod – und übrigens auch für Steuerangelegenheiten. Im Zentrum dieser Ansammlung siehst du Neptun, den geheimnisvollen Planeten. In dieser Konstellation, im achten Haus, weist er auf einen Tod unter mysteriösen Umständen hin. Und jetzt würdest du gerne mal was hören, was wir noch nicht wußten, oder?»

McGowan lachte. «Da sag ich nicht nein.»

Er schien immer noch interessiert, also machte ich weiter. «Dies hier ist Mars, benannt nach dem römischen Kriegsgott. Er steht für negative Energie. Wie du siehst, ist Pluto an Janice' Todestag sehr nahe an die Marsposition herangekommen. Pluto ist nach dem griechischen Gott der Unterwelt benannt und steht ebenfalls für den Tod. Wenn zwei Planeten eine so enge Verbindung eingehen, nennt man das eine Konjunktion.»

«Ich finde, es sieht wie ein Computerspiel aus – ja, genau, wie Pac Man!»

«Du kannst es von mir aus auch so sehen. Mich jedenfalls überrascht diese Mars/Pluto-Verbindung in keinster Weise. Sie taucht oft in Unfall- und Verbrechenshoroskopen auf. Was ich hingegen nicht erwartet hatte, ist das hier.»

Ich zeigte auf einen anderen Planeten in dieser Ansammlung. Er war durch einen Kreis und ein Kreuz symbolisiert, dem universellen Zeichen für das Weibliche – Venus.

«Und was hat das zu bedeuten?»

«Da gibt es mehrere Möglichkeiten.»

«Welche zum Beispiel?»

«Die Venus wird mit verschiedenen Lebensbereichen in Verbindung gebracht, insbesondere mit Geld, Grundbesitz und materiellen Gütern.»

«Das engt den Kreis der Verdächtigen ja enorm ein!» bemerkte McGowan sarkastisch.

«Aber ich glaube, ich weiß, was sie hier in Janice' Horoskop zu bedeuten hat.»

«Und was, bitte?»

Krachend zerkaute ich eine Mandel und sah McGowan nachdenklich an. «Daß eine Frau hinter Janice' Tod steckt.»

25

Ich packte ein paar Sachen zusammen – eine ausgebeulte braune Hose und ein hautfarbenes T-Shirt für tagsüber, schwarze Jeans und einen passenden Rollkragenpulli für abends. Ich wollte mich so unauffällig wie möglich anziehen. In den kommenden ein oder zwei Tagen würde ich viel unterwegs sein, weil ich einigen Leuten Besuche abstatten wollte, und ich wollte keine allzu leichte Zielscheibe abgeben. Bei der Gelegenheit wurde mir bewußt, wie leicht ich es dem unbekannten Schützen gemacht hatte, mich in meinem blauglühenden Ensemble im Auge zu behalten.

Ich legte die Astrogramme dazu, Moms Fax und das Polizeifoto von Michael Huerte und stopfte alles in einen Aktenkoffer. Ich legte noch die Polizeiakte über den Fall Janice Freeman dazu und ihr gelbes Tagebuch. Alles, was ich noch brauchte, würde leicht in meine Handtasche passen.

Ich überlegte, ob ich Whitman mitnehmen sollte, aber es gab zu viele Kojoten da draußen, wo McGowan wohnte. Mein Kater würde sich zu Hause viel wohler fühlen. Ich füllte seinen Wassernapf nach und vergewisserte mich, daß er noch genügend Trokkenfutter im Futterspender hatte.

«Muß ich einen Schlafsack mitnehmen?»

«Ich besitze ein Gästezimmer, und als ich das letzte Mal einen Blick da reingeworfen habe, war sogar das Bett bezogen. Aber du kannst natürlich auch bei … Nero auf der Couch schlafen.»

Ich zog ein schiefes Gesicht nach dem Motto ‹ha-ha, sehr witzig› und sagte: «Ich hab schon mit blöderen Hunden die Nacht verbracht.»

Wir beschlossen, meinen knallroten Mustang in der Garage zu

lassen. McGowan war ganz begeistert von meinem Plan, in den nächsten Tagen als graue Maus durch die Gegend zu laufen, und bot mir seinen 68er Dodge Charger an, der sonst nur bei ihm herumstand.

«Fährt der denn noch?» fragte ich.

«Hab selber einen neuen Motor eingebaut», erwiderte er, als würde das meine Frage beantworten.

«Schön, aber fährt er auch?»

«Keine Sorge», sagte McGowan und grinste vielsagend.

Dann sagte lange keiner von uns mehr etwas. Ich behielt den Rückspiegel im Auge, um einen eventuellen Verfolger frühzeitig zu entdecken, aber spätestens als wir die ruhigen Straßen im Hinterland erreicht hatten, war klar, daß niemand uns folgte – es sei denn, er hielt einen Abstand von mehr als einer Meile.

McGowan hatte mich die ganze Zeit stumm beobachtet. Schließlich sagte er: «Jetzt setzt langsam der Schock ein, was?»

«Worüber? Über den Mordanschlag? Quatsch! Ich hab nur Angst, daß die Steuerfahndung hinter mir her sein könnte.»

Er unterdrückte ein Lachen.

«Du hast recht», sagte ich leise.

«Wir kümmern uns darum, wenn wir nach Hause kommen.» Ich hätte gerne gewußt, was er damit meinte, traute mich aber nicht zu fragen. Wir bogen in eine Umgehungsstraße ein, und McGowan brachte den Wagen auf Touren.

«Warst du schon mal verheiratet, Elizabeth?»

Ob er glaubte, mich mit diesem Thema aufheitern zu können? «Wer, ich? Im Prinzip nicht.»

«Was heißt hier ‹im Prinzip›?»

«Ich habe den größten Teil meiner Zwanziger mit einem Mann zusammen gelebt, aber er war irgendwie doch nicht der Richtige, folglich habe ich vorsichtshalber eine offizielle Bindung vermieden. Hat aber nichts genützt. Bin trotzdem nicht ungeschoren davongekommen. Die Trennung war genauso kräftezehrend wie eine richtige Scheidung. Meine ganze Welt brach auseinander, finanziell ging alles drunter und drüber – das ganze dicke Ende eben. Und du?»

«Ich bin doch ein viel zu komischer Kauz, um zu heiraten.»

«Das stimmt. Aber du erkennst es, und das ist doch der erste Schritt zur Besserung.» Ich lächelte ihn zuckersüß an.

Er grinste. «Nein, ich war nie verheiratet. Allerdings war ich ebenfalls einmal nahe dran. Hatte eine gute Wahl getroffen: Drei Wochen vor dem Hochzeitstermin hat meine Verlobte sich einer religiösen Sekte angeschlossen.»

«Ach, komm! Du machst Witze!»

«Über diese Geschichte wirst du mich nie Witze machen hören! Plötzlich fing sie an, dauernd in der Kirche des Auferstandenen Herrn herumzuhängen. Und ehe sie sich's versah, stand sie vor der Entscheidung Tom McGowan oder Jesus Christus – oder jedenfalls ihre Version von ihm.»

«Lieber Gott», sagte ich, «ganz schön starke Konkurrenz!»

«Ja. Den Kampf hab ich realistischerweise gar nicht erst angetreten. Ich hab ja schon Schwierigkeiten, 'ne volle Einkaufstüte heil nach Hause zu schleppen. Völlig ausgeschlossen, daß Brotlaibe und Fische sich auf mein Geheiß hin vermehren würden.»

Ich versuchte, nicht allzu unhöflich zu kichern, denn so witzig er sich auch anhörte, sah er doch verletzt aus.

«Und sie ist dann endgültig in diese Sekte abgetaucht?»

Er nickte.

«Scheiße!»

Er fuhr eine Weile schweigend weiter, ganz in seine Erinnerungen versunken. Dann sah er mich an und lächelte. «Wozu sind Frauen eigentlich überhaupt gut? Und ewig diese hochgeklappten Toilettenbrillen!»

«Na hör mal!» konterte ich. «Wenn du das schon für problematisch hältst, dann solltest du mal 'ne Zeitlang mit 'nem Mann zusammenwohnen: Tag und Nacht hängen seine Strumpfhosen zum Trocknen im Badezimmer herum. Davon kann einem richtig schlecht werden!»

Lachend bogen wir in McGowans Einfahrt ein. Ob es an Nero lag, der aus der Tür geschossen kam und uns begrüßte, oder an dem Waffenarsenal in diesem Haus, das ausgereicht hätte, um einen mittelgroßen Aufstand niederzuschlagen – jedenfalls verschwanden in diesem Moment meine letzten Reste von Angst.

Ich streichelte Nero, so gut ich das mit Aktenkoffer und Handtasche konnte. «Komm, gib mir deine Sachen», sagte McGowan und nahm sie mir ab. «Ich bringe sie ins Gästezimmer. Nimm schon mal Platz. Ich bin sofort zurück.»

Ich ging ins Wohnzimmer und bewunderte wieder einmal McGowans Bücherregal.

«Wie kommst du eigentlich zu all diesen Büchern?» rief ich in die Richtung, in die er verschwunden war.

«In meinem früheren Leben hab ich Englische Literatur an einer Highschool unterrichtet», rief er zurück.

«Das ist nicht wahr!»

«Doch, aber es wurde mir dann doch zu gefährlich.» McGowan senkte die Stimme, als er ins Zimmer zurückkam. «Jugendbanden, das ständig sinkende Bildungsniveau, minderjährige Mädchen, die mich anbaggern wollten ... Das war mir alles zu viel Stress. Da bin ich dann zur Polizei gegangen. Möchtest du etwas trinken – eine heiße Schokolade vielleicht?»

«Das ist lieb von dir, aber ich weiß, wie müde du bist ...»

«Unsinn, ich fühl mich gut. Von dem ganzen Eis bei dir zu Hause schwebe ich auf einem Zuckerhoch. Du kannst mich jetzt nicht allein lassen. Außerdem wollen wir ja auch noch für deine Sicherheit sorgen.» Er legte seine Hände auf meine Schultern und drückte mich sanft ins Sofa. «Wart einen Moment, bin gleich wieder da.»

Ich weiß nicht, was genau ich erwartet hatte, aber den abgenutzten schwarzen Lederbeutel, mit dem er wieder hereinkam, sicher nicht.

«Okay», sagte er und ließ sich neben mir aufs Sofa fallen, «das hier sollte ausreichen.»

Er zog die schlanke schwarze Glock heraus, eine fünfundvierziger Halbautomatik, und gab sie mir in die Hand, den Lauf auf den Fußboden gerichtet. «Ich hatte neulich das Gefühl, daß sie dir besonders gefiel. Ich möchte, daß du sie in den nächsten

Tagen immer bei dir trägst. Und laß sie nicht im Auto oder sonst wo liegen! Sie hat keinen Sicherheitsriegel, du mußt einfach nur ganz besonders fest abdrücken. Im Magazin sind ...»

«Dreizehn Kugeln, plus eine in der Kammer, ich weiß.» Ich zog das Magazin raus. Es war leer. «Glaubst du, daß ich auch Munition brauche?»

McGowan kramte in dem Lederbeutel und förderte schließlich eine Schachtel mit Fünfundvierzigerkugeln zutage. Dann griff er nach dem Magazin in meiner Hand.

«Nein», sagte ich und schob seine Hand beiseite. «Laß mich das selbst tun. Ruh du dich aus.» Ich stieß ihm sanft gegen die Brust, und er ließ sich in die Tiefen des Sofas fallen. Eine nach der anderen klickte ich die Kugeln ins Magazin. Sie waren ziemlich dick und schwer. Ich wurde von Mal zu Mal besser, und schließlich arbeitete ich in einem gleichmäßig fließenden Rhythmus.

«Du hast geschickte Hände», sagte er leise und beobachtete mich durch halbgeschlossene Lider.

Tatsächlich hatte das Laden dieser Waffe etwas Beruhigendes. Außerdem brauchten meine Hände etwas zu tun – und stricken hatte ich nie gelernt.

Während ich still weitermachte, ließ ich im Geiste noch einmal die Ereignisse des Tages Revue passieren, bis ich laut zu denken begann: «Ich werde morgen noch einmal den Mann mit der roten Aura aufsuchen. Ach, da fällt mir ein: Ich muß ja auch noch das Fax mit den Machenschaften von Pacific Properties lesen, das meine Mutter geschickt hat. Irgendwas stimmt mit diesem Stan Ellis nicht. Wenn ich bloß wüßte, welche Frau da in Janice' Todeshoroskop herumspukt! Ich bin mir ganz sicher, daß es zwei Männer waren, die ich in meinem Traumflug gesehen habe – und keine Frau. Hab ich dir eigentlich schon von meinem Astralausflug erzählt?»

McGowan antwortete nicht. Ich sah zu ihm hinüber. Er war eingeschlafen, den Kopf in die Sofakissen geschmiegt, seine Brust hob und senkte sich ruhig und gleichmäßig. Seine großen Augen mit den dichten, langen Wimpern waren sogar im Schlaf wunderschön. Ich hätte sie gerne berührt, wagte aber nicht, ihn aufzuwecken.

«Komm mit, Nero!» sagte ich leise. «Laß uns auch zu Bett gehen.»

26

Als ich am nächsten Morgen aufwachte, war McGowan schon zur Arbeit gefahren. Barfuß wanderte ich durch das leere Haus und fand ein Schlüsselbund und einen Zettel auf dem Küchentisch. Was McGowan mir aufgeschrieben hatte, war sehr fürsorglich, auf gewisse Weise sogar zärtlich: *Denk an die Glock!*

Zum Duschen ließ ich mir so viel Zeit, als hätte ich heute weiter nichts vor – eine klare Botschaft meines Unterbewußtseins, daß ich dem heutigen Tag nicht gerade mit Freude entgegensah. McGowans Handtücher waren kuschelweiche, smaragdgrüne Kolossalgebilde, gegen die die streng funktionalen Gästehandtücher in meinem Bad mir jetzt regelrecht peinlich waren. Auch die Laken auf dem Gästebett waren dick, warm und kostbar, eine Qualitätsklasse, die mir immer zu teuer gewesen war. Ich wikkelte mich in das samtweiche Badelaken und mußte zugeben, daß McGowan wohl die bessere Hausfrau von uns beiden war.

Ich ging in die Küche zurück und machte mir einen Kaffee. Die Frühstücksauswahl im Kühlschrank überforderte mich: Eier, Schinken, Erdbeeren, Muffins, Roastbeef und Putenbrust in Scheiben, ein Rest Lasagne, Joghurt und eine Honigmelone. Damit war es entschieden: McGowan war tatsächlich die bessere Hausfrau. Da ich aber noch keinen Hunger hatte, schnitt ich nur ein Stück von der Melone ab, schenkte mir eine Tasse Kaffee ein und setzte mich an den Küchentisch, um zu lesen, was die Nachforschungen meiner Mutter über Pacific Properties ergeben hatten.

In einer kürzlich erschienenen Ausgabe von *Financial Planning* hatte sie einen Artikel mit dem Titel «Aufruhr im Paradies: Schwere Beschuldigungen gegen Pacific Properties erhoben» gefunden. Ich mußte laut lachen und rief: «Nummer sieben!» Den Grund für meine plötzliche Heiterkeit muß ich wohl erklären. Ich hatte vor einiger Zeit damit angefangen, Zeitungsartikel zu sammeln, die diese abgegriffene Phrase ‹Aufruhr im Paradies› im Titel führen. Der hier war der siebte in diesem Jahr. Der Untertitel lautete: «Immobilienmogul Alexander Spiro im Kampf gegen verärgerte Investoren». Offenbar war das Generalmanagement von Pacific Properties – nicht Janice' Boss, Stan Ellis, sondern dessen Boss, Alexander Spiro – von zweihundert Investoren wegen «widerrechtlich angeeigneter Gelder» verklagt worden. Sie hatten geltend gemacht, daß Spiro mehr als 1,5 Millionen Dollar in seine eigene Tasche gewirtschaftet hatte, die eigentlich ihnen, den Gesellschaftern einer Tochterfirma, zustanden. Ein Gericht in San Diego hatte den Investoren recht gegeben, Pacific Properties hatte Berufung eingelegt. Gegenwärtig stand der Fall also zur Neuverhandlung an.

Ich legte den Artikel beiseite und schenkte mir noch einen Kaffee ein. Dann wählte ich die Nummer, die Janice' Vater mir gestern auf Band gesprochen hatte.

«Mr. Freemans Büro, Laurel am Apparat», sagte eine freundliche, kultivierte Stimme.

«Hallo, Laurel. Mein Name ist Elizabeth Chase. Mr. Freeman hat mich gestern um einen Rückruf gebeten.»

«O ja, guten Tag. Er hat mir gesagt, daß er Ihren Anruf erwartet. Er ist heute nicht im Büro, aber er hat mich gebeten, Ihnen seine Privatnummer zu geben. Er ist sehr daran interessiert, so bald wie möglich mit Ihnen zu sprechen.»

Sie gab mir eine Nummer mit der Vorwahl von Rancho Santa Fe. Janice' Vater war heute also zu Hause.

Jetzt hatte ich so ungefähr alles getan, was ich tun konnte, ohne das Haus zu verlassen. Ich zog meine ausgeleierten braunen Sachen an und machte das Gästebett. Dann nahm ich die Schlüssel vom Küchentisch und verstaute pflichtbewußt die Glock in meiner Handtasche. Ich war schon fast aus dem Haus, als mir die Toiletten einfielen. Ich wollte doch sichergehen, daß auch wirklich alle Brillen hochgeklappt waren.

Im Flur überlegte ich, ob ich McGowans kugelsichere Weste anziehen sollte. Vermutlich würde er etwas dagegen haben, wenn ich mir Sachen von ihm auslieh, ohne vorher gefragt zu haben. Außerdem sah die Weste furchtbar schwer aus, und draußen war es wieder unerträglich heiß.

«Hey, Nero, willst du mitkommen?»

Der Hund döste auf dem Fußboden vor sich hin und hob nicht mal den Kopf. Er öffnete lediglich die Augen und sah schläfrig zu mir auf. «Wer? Ich?» schien er zu fragen.

«Na gut. Aber begleite mich wenigstens bis zum Wagen!»

Als ich die Haustür öffnete, kam mir ein Schwall heißer Luft entgegen. San Diego County hatte wieder einen ungewöhnlich heiß-feuchten Tag vor sich. Nero rührte sich nicht. Ich nahm das als ein gutes Zeichen. Wenn vor der Tür irgendwelche mordlustigen Gesellen auf mich warteten, hätte der Hund doch wenigstens angeschlagen – oder? Mit der Vorstellung, daß mir Kugeln um die Ohren fliegen könnten, rannte ich zur Garage. Dabei machte ich die ganze Zeit «tock-tock-tock», als wollte ich Hühner anlocken. Jeder Job hat wohl seine demütigenden Momente.

Bevor ich den Wagen aus der Garage fahren konnte, mußte ich erst diverse Kisten und Sportgeräte aus dem Weg räumen. Vor zwanzig Jahren mußte der Wagen wohl einen leuchtenden Kupferton gehabt haben, der aber inzwischen zu einem undefinierbaren Braun oxidiert war. Er paßte ausgezeichnet zu meinem unscheinbaren Outfit.

Obwohl er schrottreif aussah, fuhr er sich ganz wunderbar. Ich schoß aus der Einfahrt, und im Nu stand der Tacho auf sechzig. Das heisere Schnurren des V-8-Motors hatte etwas Beruhigendes. Anerkennend klopfte ich auf das Armaturenbrett. «Okay, mein Lieber, für heute sind wir Partner!»

Die Uhr über dem Empfangstresen bei Pacific Properties zeigte an, daß ich genau zum richtigen Zeitpunkt gekommen war. Alle Mitarbeiter hatten vermutlich ihre erste Tasse Kaffee vor sich auf den Schreibtischen stehen, waren aber sicher noch nicht so sehr in die Arbeit vertieft, daß sie nicht gestört werden wollten.

Der junge Mann mit der Samtstimme erkannte mich sofort wieder und verständigte Stan. Als ich mich heute auf dem Empfangssofa niederließ, versuchte ich gar nicht erst, gegen meine Lesesucht anzugehen. Ich griff mir eine der dekorativ ausgebreiteten Illustrierten – eine dicke, fette Ausgabe von *Vanity Fair*. Aber leider hatte ich gerade erst das glamouröse Titelbild umgeblättert, als der Rezeptionist mir zurief, ich möge ihm bitte folgen. Ich ärgerte mich über die Unterbrechung, vor allem, weil mir das alle paar Wochen passiert, wenn ich im Supermarkt in der Kassenschlange vor einem Zeitschriftenregal stehe. Ich sehe einen unwiderstehlichen Aufmacher und stelle mich in der längsten Schlange an, aber kaum habe ich unter all den Anzeigen für flachere Bäuche und Nackenmassagen den entsprechenden Artikel gefunden, bin ich an der Reihe. Manchmal habe ich schon Angst, langsam daran verrückt zu werden, daß das richtige Leben mich ewig am Lesen hindert. Das bringt mich richtig in Rage, schließlich handelt es sich hier um die intellektuelle Variante eines coitus interruptus. Allerdings muß ich zugeben, daß sich die Intellektualität der Artikel, bei denen ich zuletzt unterbrochen worden bin, sehr in Grenzen hielt – es ging um Außerirdische, die verschiedene Präsidenten der Vereinigten Staaten beraten haben sollen, und um Frauen, die angeblich Wolfbabies geboren hatten.

Der Rezeptionist führte mich in Stans Büro. Ich klopfte an und hörte eine Stimme von drinnen rufen: «Kommen Sie rein!» Ich drehte den Türknauf und trat zögernd ein.

Stan trug Tenniskleidung und hatte in einem seiner schwarzen Ledersofas das *Wall Street Journal* gelesen. Er stand auf und lächelte mir entgegen.

«Guten Morgen, Elizabeth. Wie geht's denn so?»

«Geht so», sagte ich. «Allerdings habe ich da noch ein paar Fragen. Ich werde nicht viel von Ihrer kostbaren Zeit in Anspruch nehmen.»

«Oh, nur keine Eile! Wie Sie sehen, will ich gleich Tennis spielen, aber erst um zehn. Also entspannen Sie sich, lassen Sie sich ruhig Zeit!» Er tätschelte meine Schulter und setzte sich wieder. Ich nahm in einem schwarzen Sessel zu seiner Rechten Platz.

Keine rote Aura heute morgen. Er wirkte heute viel selbstsicherer als das letzte Mal. Sogar sein Renommiergehabe war heute moderater. Vielleicht wirkte sich aber auch bloß die legere Kleidung auf sein Verhalten aus.

«Kommen Sie mit Ihren Ermittlungen voran?»

«Ich denke, ja.»

«Können Sie darüber sprechen, oder ist noch alles streng geheim?»

«Nun, äh ...»

«Es ist ja so, Elizabeth, wenn man Tag für Tag so eng mit jemandem zusammenarbeitet, und dann stellt sich heraus, er ist möglicherweise ermordet worden ... dann, dann möchte man gerne mehr darüber wissen, verstehen Sie?»

«Trotzdem halte ich es für besser, wenn ich mich nicht dazu äußere, bis der Fall abgeschlossen ist», sagte ich.

«Verstehe.»

«Sie sagten mir neulich, daß Janice unter anderem die Investoren betreut hat. Ich glaube, Sie bezeichneten sie als eine ‹talentierte Diplomatin› oder dergleichen. Hatte sie irgend etwas mit dem Gerichtsverfahren zu tun, das jetzt in die Berufungsverhandlung geht, *Pacific Properties GmbH III gegen Alexander Spiro*?»

«Ich wünschte, das wäre so gewesen», sagte er und schüttelte bedauernd den Kopf. «Diese ganze unschöne Sache wäre überhaupt nicht nötig gewesen. Nein, Janice hatte damit nichts zu tun, und ich versichere Ihnen: Wenn sie etwas damit zu tun gehabt hätte, wäre es gar nicht erst zum Prozeß gekommen!»

Er beugte sich konspirativ vor, ehe er weitersprach. «Ganz unter uns gesagt: Janice hatte nicht nur hohe ethische Grundsätze, sie war auch unheimlich clever. Sie hat unserem Generalmanager, Alex Spiro, geraten, das Geld zu reinvestieren. Aber Spiro mußte wieder mal seinen Dickschädel unter Beweis stellen und eine einsame Entscheidung treffen. Seiner Meinung nach handelt es sich nämlich um Gelder, die unter die Rubrik ‹Management-Kosten› fallen. Und das, was Sie heute auf den Wirtschaftsseiten der Zeitungen lesen können, ist dabei herausgekommen – ein Haufen Investoren, die von Pacific Properties die Schnauze voll haben.»

«Und Janice hatte mit alldem gar nichts zu tun?»

«Überhaupt gar nichts. Alle Fragen, mit denen sie in diesem Zusammenhang konfrontiert wurde, leitete sie an die zuständigen Anwälte weiter. Und für die war das natürlich ein gefundenes Fressen.»

Sein Gesicht wurde immer roter. «Bei unserem Finanzvolumen sind eineinhalb Millionen natürlich nur Peanuts. Summen dieser Größenordnung entnehmen wir unseren Barrücklagen. Sie fließen jedes Quartal zwischen uns und unseren Investoren hin und her. Rein rechtlich gesehen hat Pacific Properties nichts zu fürchten. Aber Janice hat immer wieder alle hier im Hause darauf hingewiesen, daß Spiros Anmaßungen und Rücksichtslosigkeiten höchst geschäftsschädigende Auswirkungen haben können. Genau das ist ja nun auch der Fall. Wir kriegen nur noch negative Presse, und Janice hat immer ganz klar gesehen, wie wichtig ein guter Ruf ist. Sie wird uns in vielerlei Hinsicht fehlen, das kann ich Ihnen versichern!»

Das hörte sich alles ganz schön an, und ich hätte ihm gerne Glauben geschenkt. Allerdings hatte ich sowohl eine Kopf- als auch eine Bauchmeinung dazu. Der Kampf, den die beiden sich lieferten, hörte sich etwa so an. Kopf: «Gib dem Mann eine Chance! Hör auf ihn! Er ist ein guter Mensch. Was er sagt, klingt vernünftig. Er macht sich Sorgen.» Mein Bauch hingegen funkte in einem fort Warnsignale. Ein vernehmliches Grummeln aus meiner Magengegend unterbrach die Stille, die zwischen Stan und mir eingetreten war.

«Sind Sie hungrig? Ich kann Ihnen Croissants anbieten und ...»

«Nein, danke. Ich habe gerade gefrühstückt», log ich verlegen.

Stan Ellis griff nach dem Tennisschläger, der auf dem Sofa lag, und fing an, die Bespannung zu prüfen. «Spielen Sie Tennis?» fragte er.

Ich schüttelte den Kopf.

«Irgendeinen Sport treiben Sie aber», sagte er und entblößte dabei seine unglaublich weißen Zähne. «Ihr Körper ist in einer großartigen Verfassung.»

Das stimmte zwar, aber bei den Klamotten, die ich heute trug, konnte man das nicht sehen. Ich dachte an das konservative Kostüm, das ich neulich getragen hatte. Auch das gab nicht viel von meinen Körperformen preis. Vielleicht wollte er mich durch Schmeicheleien für sich einnehmen.

«Was tun Sie, um fit zu bleiben?» fragte er.

«Yoja», sagte ich. Er sah mich verwundert an und schien auf eine Erklärung zu warten. «Ich mag all diese Konkurrenz-Sportarten nicht. Ich wäre bestimmt nicht besonders schlecht darin, aber mir fehlt einfach der Killer-Instinkt. Außer bei Scrabble. Scrabble spiele ich gnadenlos.»

«Bestimmt besser als ich», sagte er mit einem dezenten Blick auf seine Armbanduhr.

«Ich möchte Sie nicht aufhalten, Mr. Ellis, aber eine Sache wäre da noch. Es ist zwar einigermaßen unwahrscheinlich, aber ...», ich holte das Foto von Michael Huerte aus meiner Handtasche, «kennen Sie diesen Mann?»

Stan nahm das Foto, sah es sich genau an und schüttelte den Kopf. «Nein, tut mir leid. Wer ist das?»

«Genau das versuche ich gerade herauszufinden.»

Beim Personalbüro machte ich halt. Carrie Aimes saß an ihrem Schreibtisch. Der sonnenblumengelbe Blazer paßte überhaupt nicht zu ihrem magentaroten Haar. In dem Modevokabular einer meiner Freundinnen würde Carries Stil unter ‹schrill› laufen. Sie sah auf und lächelte, als sie mich reinkommen sah.

«Hi», sagte sie. «Hat Alan Katz Sie zurückgerufen?»

«Ja, hat er.»

«Wie geht's ihm denn?»

«Die Nachricht von Janice' Tod hat ihn sehr getroffen.»

«Das ging uns allen so. Was kann ich denn noch für Sie tun?»

Ich reichte ihr das Foto von Huerte und fragte: «Hat dieser Mann einmal bei Pacific Properties gearbeitet?»

Sie starrte auf das Foto und schüttelte den Kopf. «Nein, ich kenne ihn nicht.»

«Kann er nicht einer von den Handwerkern sein, die sich um Ihre Objekte kümmern, oder vielleicht ein Gärtner?»

«Das glaube ich nicht.»

Ich glaubte, einen leisen Zweifel aus ihrer Stimme zu hören. «Carrie, wenn Ihr Leben davon abhinge – so wie meines momentan –, würden Sie dann mit Sicherheit sagen, daß dieser Mann zu keiner Zeit und in keinster Weise etwas mit Pacific Properties zu tun gehabt hat?»

Sie merkte, wie ernst es mir mit dieser Frage war. «In keinster Weise ... das ist natürlich ... Ich könnte mir höchstens eine indirekte Verbindung zu Pacific Properties vorstellen.»

«Wie meinen Sie das?»

«Nun, Sie wissen ja inzwischen, daß Pacific Properties' Immobilienbesitz sich über die ganze Westküste und Hawaii erstreckt. Nach unseren Miet- und Pachtverträgen sind die Mieter verpflichtet, sich selbst um die Grundstücks- und Gebäudewartung zu kümmern. Ich meine, dieser Mann könnte von einem unserer Mieter als Gärtner beschäftigt worden sein. Für diese Art Jobs werden ja gerne Südamerikaner genommen, vor allem illegale Einwanderer, die für Hungerlöhne arbeiten. Aber das werden Sie nie herausbekommen. Sie müßten ja die Mieter von ungefähr neunhundert Grundstücken befragen! Sehen Sie mal!»

Sie beugte sich zu einer der unteren Schreibtischschubladen hinunter und kam mit einem dicken Verzeichnis wieder hoch. «Das ist eine Adressenliste. Möchten Sie die haben?»

Ich nahm das Verzeichnis in die Hand und blätterte darin herum. Seite für Seite war von oben bis unten mehrspaltig mit kleingedruckten Adressen bedruckt. Mir wurde ganz schwindelig. Ich reichte die Liste zurück. «Da wäre es ja einfacher, eine Wagenladung Sand mit der Pinzette umzugraben. Trotzdem vielen Dank.»

Carrie begleitete mich zum Ausgang. Wir plauderten über die Kunstwerke an den Wänden und näherten uns bereits dem Empfangsbereich, als meine Antennen plötzlich ausfuhren.

Zuerst konnte ich nicht orten, woher das merkwürdige Gefühl kam, bis mein Blick auf eine geschlossene Tür fiel. Irgend etwas hinter dieser Tür brüllte mich geradezu an, und das Geschrei wurde lauter, je näher wir dieser Tür kamen.

«Was ist da drinnen?» fragte ich und tippte mit meinem Zeigefinger an die Tür. Wie ich vermutet hatte, reagierte mein Finger auf die Berührung heftig.

Carrie blieb stehen, drehte sich um und sah mich verblüfft an. «Komisch, daß Sie gerade nach diesem Zimmer fragen. Das war Janice' Büro.» Sie machte keine Anstalten, es mir zu zeigen, sondern gestikulierte mich weiter Richtung Ausgang. Zweimal öffnete ich den Mund, um ihr zu sagen, daß ich mich gerne einmal in Janice' Büro umsehen würde, aber irgend etwas hinderte mich daran, es zu tun. Zögernd folgte ich Carrie. Keiner von uns sagte mehr etwas.

An der Tür schüttelte ich ihr die Hand und dankte ihr noch einmal für ihre Hilfe. Sie schien angenehm überrascht über meine formelle Höflichkeit. «Sagen Sie ruhig Bescheid, wenn wir Ihnen noch irgendwie helfen können, oder wenn Sie doch noch unser Adressenverzeichnis haben möchten».

27

Die Glöckchen bimmelten wieder, als ich Pia Mias Boutique betrat. Pia stand an der Kasse und telefonierte. Heute trug sie ein eng anliegendes, trägerloses Sommerkleid. Ihre sonnengebräunte Haut setzte sich effektvoll von dem kühlen weißen Stoff ab. Ihre schwarzbraune Mähne hatte sie zu zahllosen Zöpfchen geflochten und mit einem weißen Band elegant im Nacken zusammengebunden. Sie winkte mir zu, als sie mich reinkommen sah, und murmelte hastige Abschiedsfloskeln in den Hörer. Als ich auf die Kasse zutrat, legte sie auf.

«Hallo-allo! Was für eine nette Überraschung!»

«Ich hab ja gesagt, ich komme wieder.»

Sie lächelte. «Was kann ich denn heute für Sie tun? Ich hab gerade ein paar traumhafte Hosenröcke reingekriegt.»

«Leider habe ich heute keine Zeit zum Einkaufen. Aber ich wollte mich noch mal für Ihre Hilfe von gestern bedanken, nicht nur für das Ensemble, das wirklich ganz zauberhaft ist, sondern daß ich mit Ihrer Hilfe diese unschöne Adresse im Hinterhof gefunden habe.»

«Ah ja, gern geschehen.» Sie zwinkerte mir zu. «Sie tragen ja die Lapis!»

Ich griff mir an die Ohrläppchen und war total überrascht. «Tatsächlich!» lachte ich. «Sie sind schon wie ein Teil von mir. Auch dafür noch mal danke! Unerwartete Geschenke sind immer etwas Besonderes.»

«Haben Sie denn erreicht, was Sie wollten?»

«Nicht ganz. Sagen Sie, Pia», ich nahm Michael Huertes Foto aus der Handtasche und zeigte es ihr, «kommt dieser Mann Ihnen bekannt vor?»

Sie warf nur einen kurzen Blick auf das Foto, sah mir dann forschend ins Gesicht und fragte: «Sind Sie Polizistin?»

«Privatdetektivin.»

«Und offenbar keine schlechte», sagte sie amüsiert. «Ja, das ist einer von den Typen, die da im Hinterhaus wohnen.»

«Er wohnt nicht mehr dort», sagte ich. «Er ist tot.»

«Ach so.»

Dann zeigte ich ihr das aktuellste Foto, das ich von Janice besaß, das Farbfoto, auf dem sie, halbnackt, so wunderbar lächelt. «Haben Sie diese Frau schon einmal gesehen?»

Pia nahm mir das Foto aus der Hand und sah es sich gründlich an. «Nein, leider nicht», sagte sie schließlich, die Augenbrauen anerkennend hochgewölbt. «Sie ist wunder- wunderschön.»

«Sind Sie sicher, daß sie hier nie aufgetaucht ist, vielleicht mit einem von den Jungs aus dem Hinterhaus?»

Sie sah mich durchdringend an. «Unmöglich! An eine Frau wie sie würde ich mich erinnern. Und, glauben Sie mir, die Vögel da hinten haben keine Freundinnen, die auch nur annähernd so aussehen!»

«Da haben Sie wohl recht. Trotzdem versuche ich herauszufinden, was dieser Typ», ich zeigte auf Huertes Foto, «mit dem Tod dieser Frau zu tun hat. Aber niemand scheint etwas über diesen Mann zu wissen. Wie ist es mit Ihnen? Wissen Sie irgend etwas über ihn?»

Pia sah noch einmal auf Huertes Foto. «Eigentlich nicht.»

«Außer was?»

«Nun ja, der da war eigentlich okay. Wir sind uns manchmal über den Weg gelaufen, wenn wir mittwochs den Müll rausbrachten. Er war ein ziemlicher Charmeur. Ein bißchen schmuddelig, aber nett. Manchmal hat er mir ziemlich übertriebene Komplimente gemacht, aber er blieb immer höflich.»

«Hat er Englisch gesprochen?»

«Ja, sicher, sehr gut sogar. Ich fand, daß er ein richtig guter Nachbar war, bis all die anderen Freaks da einzogen. Aber vielleicht brauchte er das Geld und konnte bei der Wahl seiner Mitbewohner nicht wählerisch sein.»

«Wann sind die anderen denn eingezogen?»

«Weiß nicht. Vor ungefähr einem Jahr wohl.»

Die Glöckchen klingelten. Wir sahen beide zur Tür hinüber. Eine Frau mit einem Strohhut und einer Einkaufstüte kam herein. Sie machte sich an einem der vorderen Kleiderständer mit Shorts und T-Shirts zu schaffen. «Ich komme gleich zu Ihnen», rief Pia.

«Mehr kann ich Ihnen nicht sagen», sagte sie mit gerunzelten Augenbrauen. «Vielleicht sollten Sie mal mit dem Vermieter sprechen.»

«Wissen Sie denn, wer das ist?»

«Ja, natürlich, derselbe wie bei mir. Ihm gehört der halbe Block hier. Ich gebe Ihnen seine Nummer.»

Sie fingerte durch eine Adressenkartei neben der Kasse und zog eine Karte daraus hervor. «Hier. Sie können mein Telefon benutzen.»

Ich wartete ab, bis es siebenmal am anderen Ende geläutet hatte und wollte schon wieder auflegen, als der Hausbesitzer, ein gewisser Bernie White, sich meldete. Er klang alt und verschroben, wurde aber in dem Moment munter, als er von Huertes Tod hörte. Mr. White schien bis dahin nicht gewußt zu haben, daß Huerte gestorben war. Das Haus, so sagte er, sei auf monatlicher Kündigungsbasis an Michael Huerte und dessen Bruder José vermietet. José sei vor einiger Zeit ausgezogen, und Michael habe seither ein paar neue Mitbewohner.

«Wissen Sie, was für Leute das sind?» fragte ich.

«Nein, nix. Huerte hat immer pünktlich seine Miete bezahlt, in bar. Und mit wem er zusammenwohnt und mit wem nicht, interessiert mich einen Scheißdreck.»

«Sagen Sie, Mr. White, haben Sie vielleicht noch den Mieterfragebogen? Hat Michael Huerte dort einen Arbeitgeber, eine Heimatadresse oder etwas in der Art angegeben?»

«Mieterfragebogen?» Er lachte krächzend in den Hörer. «Was ist das denn für 'n hochgestochener Kram? Haben Sie sich das Haus mal angesehen? Nein, Huerte hat früher immer mal den einen oder anderen Job für mich gemacht, den Hof aufgeräumt, Sachen transportiert, so was. Dann brauchte er eines Tages eine Wohnung, und er war ein anständiger Kerl, also hab ich ihm das Haus vermietet. Später hat er dann einen Vollzeitjob bei einer stinkreichen Familie gefunden. Er war nicht arbeitsscheu und konnte gut zupacken. Hatte, glaub ich, noch Verwandte in Mexiko.»

«Hat Huerte den Namen der Familie, bei der er dann gearbeitet hat, mal erwähnt?»

«Nein, nix. Kann mich jedenfalls nicht erinnern.»

Für den unwahrscheinlichen Fall, daß White doch noch etwas einfallen würde, gab ich ihm die Nummer des Police Departments mit McGowans Durchwahl und dankte ihm für seine Hilfe.

«Gott, das tut mir leid, mit Huerte», sagte er, bevor er auflegte. «War 'n anständiger Kerl.»

Nach dem Telefonat machte ich mir ein paar geistige Notizen. Monatliche Kündigungsfrist. Bruder José ausgezogen, «vor einiger Zeit». Neue Mitbewohner. Vollzeitjob bei einer wohlhabenden Familie. Immer pünktlich die Miete bezahlt. In bar.

Pia war in den vorderen Teil des Ladens gegangen. Das weiße, schulterfreie Kleid umspielte ihren Körper und betonte die Perfektion ihrer Haltung. Pia war ein Musterbeispiel für schöne Körperhaltung. Ihre Halslinie, vom Nacken bis zum Kopf hinauf, war so makellos wie die einer griechischen Statue. Sie bewegte sich mit der Grazie einer Wildkatze. Sie schien keine einzelnen Schritte zu machen, sondern zwischen den Kleiderständern dahinzugleiten.

Die Kundin hatte Pia bemerkt und sah nervös auf. «Ich wollte mir die Sachen nur anschauen», hörte ich sie sagen. Sie befühlte noch ein paar Kleidungsstücke, bevor sie fluchtartig den Laden verließ.

«Was hab ich nur an mir?» fragte Pia mit gespielter Verzweiflung, als sie wieder zu mir zurückkam. «Ich scheine die Kunden regelrecht zu verscheuchen!»

«Nehmen Sie es nicht persönlich», sagte ich. «Das ist ein ganz normales Kundenverhalten. Sind Sie eigentlich Tänzerin?»

Pia lächelte. «Das war ich früher mal. Vor Hunderten von Jahren bin ich mit meiner Truppe in San Francisco aufgetreten. Jetzt bin ich nur eine alternde Verkäuferin.»

«Nein», sagte ich. «Sie tanzen noch immer. Bei Ihrer Art, sich zu bewegen, glaube ich, daß Sie Ihr ganzes Leben lang tanzen werden.»

«Sie versuchen doch nur, mir noch ein paar Ohrringe abzuschmeicheln!»

Wir lachten beide.

«Es gibt ja so ein Sprichwort», sagte sie. «‹Das Leben ist ein einziger Tanz …›»

«Stimmt.» Ich erinnerte mich und vervollständigte den Text: «‹Manche Leute kennen alle richtigen Schritte und können sie doch nicht machen.› Das, meine liebe Pia, ist aber nicht Ihr Problem.»

«Ihres aber auch nicht.»

28

Ein weißer Toyota Pickup machte mich schon seit ein paar Meilen nervös. Plötzlich hatte ich ihn im Rückspiegel gehabt, und es sah ganz so aus, als ob seine Überholmanöver auf der vierspurigen Interstate 5 alle nur dazu dienten, sich auf der linken Fahrspur direkt hinter mich zu setzen. Noch waren drei Wagen zwischen uns, aber er holte auf, gerade so, als wäre er das Gesetz und ich ein Übeltäter. Dann wechselte er auf die Fahrbahn zu meiner Rechten. Spur für Spur arbeitete er sich auf die ganz rechte Fahrbahn vor. Der Abstand zwischen uns wurde größer. Mit einem Seufzer der Erleichterung sah ich ihn im Rückspiegel zwei Ausfahrten südlich von Rancho Santa Fe die Interstate verlassen.

Ich mußte lachen. «Du hast keinen Verfolgungswahn, Elizabeth», sagte ich mir. «Es ist nur so, daß alle hinter dir her sind.»

Ich hatte die schönen alten Straßen von Rancho Santa Fe an diesem Morgen fast für mich allein. Toms vorsintflutlicher Dodge, ein Macho-Relikt aus den Sechzigern, wurde seinerzeit eigentlich ganz treffend als «Muskelmaschine» bezeichnet. Auch heute noch, zumal in dieser hochherrschaftlichen Gegend, war er ein Fremdkörper, hatte aber inzwischen Oldtimercharakter. Er war laut und schnell, und ich begann, mich in ihn zu verlieben, als wir durch die Orangenhaine und die gepflegte Landschaft donnerten. Ich gab mich so dem Fahrgenuß hin, daß ich um ein Haar an der Einfahrt der Freemans vorbeigerast wäre.

Ich parkte neben einer nagelneuen weiß-goldenen Limousine, die so auf Hochglanz poliert war, daß sie mich blendete.

Wieder begegnete mir der Gärtner auf dem Weg zur Haustür. Wahrscheinlich war es wirklich ein Vollzeitjob, dieses Grundstück zu pflegen.

«Hola, que tal?» fragte ich im Vorbeigehen.

Sein tiefbraunes Gesicht verwandelte sich in lauter Lachfalten, als er mir freundlich zuzwinkerte. *«Bien! Bien! Esta usted?»*

«Bien, gracias», sagte ich und nickte. Dann war ich auch schon an der Haustür.

Diesmal war es Paul Freeman, der auf das wohltönende Klingeln reagierte. «Guten Morgen», sagte ich.

Er erschrak ganz offensichtlich, als er mich sah, aber er kaschierte das mit einem höflichen Lächeln. «Ach du liebe Zeit, ich hatte gedacht, Sie würden anrufen. Kommen Sie doch bitte rein.» Er war auf eine Art gekleidet, die man als «wohlhabend-leger» bezeichnen konnte. Leinenshorts von Armani und ein T-Shirt in warmen Erdtönen. Zusammen hatten die beiden Teile wahrscheinlich mehr gekostet als mein teuerstes Kleid. «Es ist heute zu heiß, um draußen zu sitzen. Lassen Sie uns ins Wohnzimmer gehen.»

Im Haus war es wunderbar kühl. «Ich wollte Ihnen von einem Anruf erzählen, den ich gestern bekam.» Er sprach über die Schulter, als wir durch den Flur gingen. Allein dieser Eingangsbereich war so weitläufig wie in anderen Häusern eine Dreizimmerwohnung. Trotzdem war alles wohlproportioniert, die sicherlich wertvollen Möbelstücke stimmten in den Größenverhältnissen mit der majestätischen Weite des Raumes überein.

«Das ist ja ein ganz bezauberndes Stück», sagte ich und zeigte auf einen antiken Dielenschrank, der mit länglichen, engelhaften Figuren bemalt war. Die Malerei sah mir nach Tempera aus, und der Stil erinnerte an El Greco.

«Oh, danke. Sechzehntes Jahrhundert. Wir haben es aus einem Kloster bei Rom. Es ist eins meiner Lieblingsstücke.»

«Aber ich hab es zuerst entdeckt.»

Paul und ich drehten uns um und starrten erschrocken auf Annie, die breitbeinig im Gang stand. Mein erster Impuls war zu fliehen, aber dann fiel mir ein, daß ich mit der Lady etwas zu besprechen hatte.

«Ich muß mich noch für neulich entschuldigen», sagte sie zerknirscht. «Jetzt nehme ich meine Medizin wieder schön brav ein. Mein Arzt hat sogar die Dosis erhöht angesichts der seelischen Belastung. Ich hoffe, Sie verzeihen mir.»

Sie sah heute tatsächlich viel besser aus. Ihre Augen waren weicher, und ihr Haar hatte eine bedeutend glaubwürdigere Farbe, nachdem der dunkle Haaransatz offenbar nachgetönt worden war. Jemand hatte es ihr zu einem Gebilde auftoupiert, das wie eine Haube auf ihrem Kopf saß. Das raffiniert geschnittene, rostbraune Kostüm, das sie trug, verhüllte ihre Ansammlung von Problemzonen.

«Ich weiß, daß es eine schwere Zeit für Sie ist», sagte ich.

«Quatsch! Ich bin depressiv. Und ohne meine Antidepressiva habe ich mich nicht unter Kontrolle.»

«Ich nehme Ihre Entschuldigung gerne an», sagte ich. «Ich kann Sie gut verstehen.»

«Besonders bedaure ich, daß ich Sie als Hexe bezeichnet habe», fuhr sie fort. «Das war unbarmherzig und unchristlich.» Sie sah mich dabei zwar nicht an, aber wenigstens brachte sie den Mut auf, es überhaupt zu sagen.

«Wie immer man meine besonderen Fähigkeiten auch nennen will – sie sind mir von Gott gegeben», sagte ich. «Und Sie können mir glauben, daß ich sie nur für gute Zwecke einsetze. Zumindest bemühe ich mich darum.»

Wir nahmen alle drei Platz, Paul und Annie in einem kunstvoll geschnitzten Rosenholzsofa und ich in einem himmlisch bequemen, reich bestickten Ohrensessel.

Zuerst wandte ich mich an Paul. «Sie haben also einen Anruf bekommen.»

«Ja. Alan Katz hat gestern bei mir im Büro angerufen.»

Ganz gegen ihre sonstige Gewohnheit verzichtete Annie darauf, bei der Erwähnung dieses Namens Gift und Galle zu spukken. Sie saß ganz ruhig da und hörte einfach nur zu.

«Was wollte er denn von Ihnen?» fragte ich.

«Ich glaube, er wollte sich nur von mir bestätigen lassen, daß Janice wirklich tot ist. Er hatte es offenbar nicht gewußt, bis er es von Ihnen hörte.»

«Und hat er irgend etwas gesagt, das Licht auf die ganze Sache werfen könnte?»

«Nein.» Paul schüttelte den Kopf. «Er schien nicht die geringste Ahnung zu haben, was passiert ist.»

Ich tat so, als würde ich nachdenken, in Wahrheit unterzog ich Paul Freeman einer genauen Beobachtung. Es war nicht schwer, zu erkennen, von wem Janice ihre Schönheit geerbt hatte. Sein akuter Kummer hatte seinem phantastischen Aussehen nichts anhaben können, und die Zeit hatte sein glänzendes Haar nicht ergrauen lassen, sondern es versilbert.

«Trotzdem haben Sie daraufhin mich angerufen. Was hat er denn noch gesagt?» fragte ich nach einer Weile.

«Ich wollte Ihnen einfach nur sagen, daß ich aus der Art, wie er mit mir sprach – er war vollkommen erschüttert –, den Eindruck gewonnen habe, daß er für Janice' Tod in keinster Weise verantwortlich zu machen ist. Das ist meine tiefe Überzeugung.»

«Was sagen Sie dazu?» fragte ich, an Annie gewandt. «Sie haben das, als ich zuletzt hier war, doch anders gesehen.»

«Ach, da hab ich wohl übertrieben. Alan Katz ist einfach nur ein Verlierer. Und er hat ein uneheliches Kind.» Letzteres verkündete sie in einem Ton, der darauf angelegt war, mich zu schockieren. «Aber ich glaube nicht, daß er zu einem Mord fähig wäre. Trotzdem war ich immer der Meinung, daß er für Janice nicht gut genug war.»

Es war an der Zeit, die Bombe platzen zu lassen und dabei zu beobachten, ob einer von beiden sich überrascht zeigen würde. «Gestern abend hat jemand versucht, mich umzubringen», sagte ich.

Paul fuhr sichtbar ein Schreck in die Glieder, aber war Annies Entsetzen echt? Ich konnte es wirklich nicht beurteilen. «Das darf doch nicht wahr sein!» – «Wer, um Himmels willen, tut denn so was?» brach es simultan aus den beiden heraus.

«Ich konnte ihn nicht genau erkennen.» Letzten Endes entsprach das der Wahrheit, und es konnte nicht schaden, die beiden glauben zu lassen, ich hätte den Attentäter gesehen.

Paul Freeman beugte sich besorgt zu mir vor. «Meinen Sie

nicht, daß Sie unter diesen Umständen die Polizei einschalten sollten?»

«Ist bereits geschehen», sagte ich zu seiner Beruhigung. Mich selber beruhigte das weniger. Aber wahrscheinlich waren meine Erwartungen an die Polizeiarbeit einfach zu hoch. Immerhin war über die Ereignisse der letzten Nacht ein Bericht angefertigt und abgelegt worden. Das war doch schon was!

Als nächstes wollte ich sie mit dem Foto von Huerte auf die Probe stellen. Ich holte das Bild aus der Brieftasche und bemerkte, daß es schon Knicke an den Rändern hatte. «Hat einer von Ihnen schon mal diesen Mann gesehen?»

Beide beugten sich vor und besahen sich das Foto genau. «Ich kenne ihn ganz bestimmt nicht», sagte Paul und schüttelte dabei nachdenklich den Kopf.

«Würd ich auch sagen», sagte Annie.

«Wer ist das?» fragte Paul.

«Janice' Unfallgegner. Er ist auch tot.»

Daraufhin beugten beide sich noch weiter vor, der Faszination des Todes erlegen. «O Gott», murmelte Annie.

Gerne hätte ich Annie gefragt, ob sie eine von diesen raffgierigen Erbinnen aus gutem Hause war, die so verrückte Dinge taten wie Rabattmarken sammeln, in Second Hand-Läden einkaufen und Nachfahren ermorden, um sich das ungeteilte Familienvermögen unter den Nagel zu reißen. Aber leider mußte ich mich zusammenreißen.

«Ich denke, das ist dann alles für heute.» Ich steckte das Foto ein und stand auf.

«Es tut mir leid, daß wir Ihnen nicht weiterhelfen konnten», sagte Paul, als er und Annie mich zur Tür begleiteten. Mitten in der Antiquitätenausstellung dieses Hauses blieb ich stehen, um ein silbergerahmtes Foto zu bewundern, das auf dem schwarzen Flügel stand. Ein perfektes Schwarzweißporträt von Janice im Profil, den – wie immer fotogenen – Blick zuversichtlich in die Ferne gerichtet.

«Das können Sie haben», sagte Annie.

«O nein, das …»

Sie fegte den Rahmen vom Flügel und reichte ihn mir. «Ich bestehe darauf. Wir haben noch eins davon, nicht wahr, Paul? Das ist das Mindeste, was ich für Sie tun kann, nach meiner Vorstellung neulich.»

«Danke.»

Wie sie dann so in der Tür standen, der souveräne, lässig gepflegte Geschäftsmann und die fette Südstaatenerbin, grub sich ihr Bild in mein Hirn ein und ich wunderte mich wieder einmal über dieses ungleiche Paar.

Draußen verließ ich den gepflasterten Weg und ging auf den Gärtner zu. Im Schatten eines riesigen Eukalyptusbaumes hockte er auf den Knien und pflanzte ganze Büschel tiefblauer Lobelien in ein Blumenbeet. Er mußte gegen die Sonne anblinzeln, als er zu mir aufsah.

«*Pardon*», sagte ich und kniete mich neben ihn. In der Hand hatte ich das Foto von Huerte. «*Conoce a este hombre?*»

Er sah sich das Foto aufmerksam an. Ich hatte den Eindruck, daß er Huerte erkannte, aber vor der Maske des Todes zurückschreckte.

«*No*», sagte er. «*Dispensa, no conosco a este persona.*»

Verdammt!

Natürlich war es nichts als eine wilde Vermutung gewesen, aber Huertes Vermieter hatte gesagt, daß Huerte bei einer wohlhabenden Familie gearbeitet hat. Offenbar aber nicht bei den Freemans.

«*Gracias*», seufzte ich.

29

Ich war drauf und dran, in ein Loch zu fallen. Ich fühlte mich demoralisiert und entmutigt, und nichts passierte. Was unklar war, wurde nicht klarer, und die wenigen Mosaiksteinchen, die ich hatte, wollten sich zu keinem Bild zusammenfügen. Es kam mir so vor, als hätte ich in diesem Fall bisher nichts erreicht – außer daß ich mich selbst in Gefahr gebracht hatte. Wie hatte doch der weltberühmte Hellseher, Lenny Lenton, gesagt? Irgendein Geschwafel über positives Denken. Vielleicht sollte ich mal so eine Wahrsager-Hotline anrufen und mich beraten lassen. Zumindest Linda würde das komisch finden. Plötzlich wurde mir bewußt, daß ich heute wohl schon zwanzigmal an sie gedacht hatte. Und genauso plötzlich war mir klar, daß ich nicht weiterkommen würde, wenn ich jetzt nicht Linda anriefe.

Ich fuhr auf eine Tankstelle kurz hinter Rancho Santa Fe. Der Dodge hatte auf der kurzen Strecke den halbvollen Tank verbraucht, und nachdem ich Benzin nachgefüllt hatte, rief ich Linda unter ihrer Privatnummer an.

«Hal-lo.»

Was für eine Wohltat, ihre Stimme zu hören! Allein um diese Stimme zu hören, hätte ich auch 3,99 Dollar die Minute investiert, wenn Linda nicht zu Hause gewesen wäre und ich es doch noch bei der Hotline hätte versuchen müssen.

«Hi, Linda, ich bin's.»

«Ist meine Botschaft also bei dir angekommen.»

«Nein. Ich bin gestern und heute gar nicht zu Hause gewesen. Ich … äh … mußte mal ein bißchen raus. Wann hast du denn angerufen?»

«Ich hab nichts von anrufen gesagt», sagte sie und kicherte.

«Ich hab gesagt, ‹dann ist meine Botschaft also bei dir angekommen›. Ich hatte sie nur gedanklich losgeschickt, das reicht bei uns beiden ja, wie man sieht. Also los, erzähl mir von dem Schlamassel, in dem du steckst.»

«Wollen wir uns nicht lieber treffen?»

«Meine Güte!» sagte sie leise. «Du hörst dich ja schlimm an!»

«Bei *Kung Food* in einer halben Stunde? Ich zahle.»

Linda hatte einen Tisch im Freien ergattert, was nicht so einfach war. *Kung Food* war ein Geheimtip unter Vegetariern. Sie saß im Schatten der jasminüberwucherten Pergola – majestätisch, wie immer. Keine Ahnung, wo sie immer diese wunderbar fließenden Gewänder in prachtvollen Farben aufstöberte, die nie ausbleichten und sogar noch bügelfrei waren. Vielleicht färbte sie ihre Kleidung auch selbst. Linda war groß und schön und sah aus, als stammte sie aus einer anderen Zeit, einer Zeit, in der die Welt noch von Frauen beherrscht wurde, einer Zeit, in der alle Macht und Weisheit noch von Frauen ausging. Sie strahlte etwas Gebieterisches und zugleich Geheimnisvolles aus. Und immer war sie hilfsbereit und freundlich.

Sie stand auf, als sie mich sah, und nahm mich in die Arme. Das tat gut.

Nachdem wir einen kurzen Moment engumschlungen ohne etwas zu sagen dagestanden hatten, schob Linda mich auf Armeslänge von sich weg, um mich zu begutachten. «Ts-ts-ts.» Besorgt schüttelte sie den Kopf. «Bißchen viel Angst und Stress um dich rum, was? Setz dich, das krieg ich in den Griff!»

Wir setzten uns, und Linda schloß die Augen. Dann holte sie tief und geräuschvoll Luft und atmete genauso laut wieder aus. Ich beobachtete ihr Gesicht. Wieder atmete sie tief ein und aus und wiederholte es ein drittes Mal. Sie arbeitete, und ich konnte die Energieströme so deutlich fühlen, als ob alle uns umgebenden Moleküle miteinander zu tanzen anfingen. Jetzt schloß auch ich die Augen und sah Farbfelder, die sich mischten und wieder auseinanderdrifteten. Zum ersten Mal an diesem Tag kam ich innerlich zur Ruhe, mir wurde warm und behaglich. Die Welt war wieder in Ordnung.

Eine kleine brünette Kellnerin mit dicken langen Zöpfen kam an unseren Tisch. In diesem Restaurant verkehrten viele Menschen mit übersinnlichen Fähigkeiten, so daß eine Frau in Trance für sie nichts Besonderes war. Sie respektierte Lindas Meditation, beugte sich zu mir runter und fragte mich leise: «Was kann ich Ihnen bringen?»

«Kamillentee und ein Honig-Nuß-Brötchen», sagte Linda genießerisch und ohne die Augen zu öffnen.

«Zweimal, bitte», sagte ich.

Ein paar Minuten später öffnete Linda wieder die Augen. «Au Mann, Elizabeth, du brauchst eine Riesendosis weißes Licht, zehnmal pro Stunde. Du steckst wirklich in der Scheiße, Liebste.»

«Das ist gut zu hören.»

Sie zuckte mit den Schultern. «Was erwartest du von mir? Soll ich dir etwa was vormachen?»

«Nein. Hilf mir. Ich weiß nicht weiter.»

«Ich sehe einen Mann und ein Gebäude, ein großes Gebäude, so groß wie eine Kathedrale, es ist aber keine Kathedrale. Es sieht unfertig aus, ich glaube, es befindet sich noch im Bau.»

«Das Kunstzentrum von Kalifornien.»

Linda sah mich kurz an und zuckte mit den Schultern. «Der Mann hat einen Schlüssel für dich. Aber bedenke, daß dies eine Vision ist, der Schlüssel kann alles mögliche bedeuten. Klar ist jedenfalls, daß dieser Mann etwas hat, das dir hilft.»

«Alan Katz.»

Linda nahm einen Schluck Eiswasser aus den bereitstehenden Gläsern. «Da ist aber auch noch ein anderer Mann, und zwar ein Koloß von einem Mann. Auch er wird dir helfen. Er ist für dich so etwas wie ein Engel ... ein Engel, der dich führt. Seine Aura ist fast reinweiß, und er ist wie ein Fels in der Brandung.»

«Ach, der. Ja, er ist wirklich ein Engel.»

Ich nahm das silbergerahmte Foto aus der Tasche. «Was ist mit ihr?»

Linda lächelte, als sie das Foto in die Hand nahm. Dann war sie eine volle Minute still, ein- oder zweimal nickte sie amüsiert mit dem Kopf. «Ist das das tote Mädchen?»

«Hmm.»

«Sie ist sehr froh, daß du dich um ihre Angelegenheiten kümmerst. Sie möchte, daß du weitermachst. Sie sagt, du seist auf der richtigen Spur.»

«Aber ich habe überhaupt keine Spur!»

«Das stimmt nicht. Du hast es bald geschafft.» Dann sah Linda wieder schweigend auf das Foto. «Ach, und noch etwas: Sie möchte, daß du den Mann mit dem Schlüssel sehr herzlich von ihr grüßt und ihm sagst, daß sie ihn versteht und ihm verzeiht.»

«Alan.»

«Ja, Alan.»

30

Als ich an diesem Abend zu McGowan zurückfuhr, machte ich einen Umweg über das Kunstzentrum, in der Hoffnung, dort noch irgendwelche Bauarbeiter anzutreffen. Aber es war schon nach fünf, und die Baustelle lag wie ausgestorben da. Still und leer hoben sich Stützpfeiler und -mauern in den Himmel, der untergehenden Sonne entgegen – das gigantische Skelett einer postmodernen Bestie.

McGowans Streifenwagen stand nicht in der Einfahrt, als ich bei seinem Haus ankam. Ich fuhr den Dodge in die Garage. Innerhalb der vier Wände röhrte der Motor, daß es in den Ohren weh tat. Ich drehte den Zündschlüssel und hörte Nero im Haus wie wild bellen. Ich konnte nur hoffen, daß der Hund mich in guter Erinnerung hatte. Als ich die Tür aufschloß, machte ich vorsichtshalber lauter schwachsinnige «Guter Hund»-Geräusche. Nero hatte ein gutes Gedächtnis. Er begrüßte mich enthusiastisch, sprang an mir hoch und zog sich sofort wieder zurück, als wüßte er ganz genau, daß sich so was nicht gehörte.

Neros glückliches Hecheln war das einzige Geräusch im Haus. Ich hatte mit McGowan an diesem Tag noch nicht ein Wort gewechselt. Ich war enttäuscht und merkte, daß ich es für selbstverständlich gehalten hatte, heute abend mit ihm zu essen. Ich ging in die Küche und fand wieder einen Zettel.

Herzlichen Glückwunsch! Wenn Du dies liest, bedeutet das, daß sie Dich heute nicht am Arsch gekriegt haben. Rodney mußte aus familiären Gründen nach Hause. Habe seine Schicht übernommen. Orangensoufflé und Zitronentörtchen im Kühlschrank. Nettes Fernsehprogramm heute abend. Bin gegen halb zwölf zurück. Bis dahin versuch bitte, anständig zu bleiben! T.

Der Zettel vertrieb meinen Blues, und das Orangensoufflé leistete dabei volle Unterstützung. Beim Aufbacken entwickelte es sich zu einem federleichten Gebilde, wie Ambrosia aus dem Meer, einer Schaumkrone gleich. So etwas kochte ich für mich zu Hause nie. Es schmeckte großartig, aber ich fühlte mich immer noch einsam. Die Lage war bedenklich, und ich mußte mich ernsthaft um mein Seelenheil kümmern. Mit anderen Worten: Ich war reif für ein Schaumbad. Wie ich McGowan inzwischen einschätzte, würde es irgendwo im Gästebad ein ganzes Sortiment von Badesalzen, Öl-, Duft- und Schaumbädern geben.

Ich räumte das Geschirr gleich nach dem Essen in die Spülmaschine – auch so eine Sache, die ich zu Hause an einem ganz normalen Arbeitstag wohl nicht getan hätte. Dann ging ich zum Badezimmer, machte die Tür auf und blieb wie angewurzelt stehen.

Sie waren überall. Über dem Waschbecken, der ganze Duschvorhang war voll, über den Handtüchern hingen sie, sogar der Fußboden war mit ihnen bedeckt. Egal, wohin ich guckte: Strumpfhosen, Strumpfhosen, Strumpfhosen! Ich hielt die Luft an und sah mich staunend um. Dann sammelte ich die glitschigen Dinger mit ausladenden Bewegungen ein, wie jemand mit einer Spinnenphobie, der unentwegt imaginäre Spinnweben wegwischt. Ich fragte mich, woher McGowan solche Massen von diesen grausigen Teilen hatte. Dies war natürlich die Strafe für die hochgeklappten Klobrillen. Und ich hatte gedacht, er würde sie nicht einmal bemerken.

Als das Bad wieder benutzbar war, ließ ich heißes Wasser in die Wanne laufen. Und wie vermutet standen die exquisitesten Badezusätze in dem Schränkchen unter dem Waschbecken. Ich ließ mich in die warmen Fluten sinken und verbrachte die folgenden zwanzig Minuten mit meiner privaten Version von Rebirthing. Am Ende entstieg ich dem Mutterleib ohne jegliches Trauma.

Ich hatte nicht daran gedacht, Nachthemd oder Pyjama mitzubringen, also mußte ich mir nun doch etwas ausleihen, ohne vorher zu fragen. Ich ging an McGowans Kleiderschrank und entschied mich für ein neongelbes T-Shirt mit der Aufschrift POLICE, die in großen schwarzen Lettern quer über das Rückenteil lief. Ich zog es über und besah mich im Badezimmerspiegel. An mir war es ein weites, wadenlanges Kleid. Hundert Prozent Baumwolle, V-Ausschnitt, total cool. McGowan würde fortan auf dieses Kleidungsstück verzichten müssen. Ich überlegte, was ich ihm im Austausch dafür anbieten konnte. Vielleicht sollte ich ihm sein Horoskop erstellen.

Ich legte mich im Wohnzimmer aufs Sofa, um zu meditieren, über den Fall nachzudenken oder sonst etwas Konstruktives zu tun. Aber ich war so müde, daß ich in einen unruhigen Schlaf fiel. Ich begann, ganz normalen Unsinn zu träumen. Irgend etwas von einer chemischen Reinigung, ich mußte mich beeilen, noch rechtzeitig dorthin zu kommen, weil ich sonst für eine große Feier nichts anzuziehen hatte. Die Frau hinterm Tresen sagte, ich müßte draußen im Hinterhof auf mein Kleid warten. Sie führte mich durch eine Tür und dann einen langen Gang entlang. An einer Seite des Gangs stand ein Feldbett, und die Frau sagte, ich solle hier warten. Widerspruchslos gehorchte ich und legte mich hin, so wie man in Träumen oft die bizarrsten Dinge fraglos akzeptiert.

Und dann bekam ich das Gefühl, daß ich einfror. Es handelte sich um ein Schlafstadium zwischen Schlafen und Wachen, die höllische Mitte, die genau dazwischen liegt. Ich kannte das schon. Meist trat ich dann aus dem Traum heraus, ohne in einem neuen zu landen. Trotzdem schlief ich dann nicht traumlos, und ich wachte auch nicht auf. Ich steckte einfach nur fest.

Ich wußte, daß ich den langen Gang wiederfinden mußte. In dem Moment, als ich das dachte, war ich wieder in dem Traum. Ich ging den Gang entlang. Ich sah meinen Körper auf dem Feldbett liegen. Eine Menschenmenge hatte sich darum geschart. Die Leute starrten mich an und machten Bemerkungen darüber, wie erstaunlich gut konserviert meine Leiche war, und wie ungewöhnlich es sei, daß überhaupt keine Würmer und Insekten meinen Körper zerfressen hatten, obwohl ich doch schon seit Wochen tot war. Ich bemühte mich verzweifelt, diesen Traum zu durchbrechen, mich zu bewegen, aufzuwachen. Ich wollte es so dringend wie ein Ertrinkender, der unbedingt an die Wasseroberfläche kommen muß, um wieder atmen zu können.

Ich schreckte hoch und sah in McGowans Gesicht, wenige Zentimeter vor mir. Er hatte sich zu mir runtergebeugt und hielt mich an den Schultern fest.

«Ich hab schlecht geträumt», sagte ich, noch ganz benommen. «Ich hab geträumt, ich sei tot und könnte nicht aufwachen.»

Er sagte nichts, beugte sich noch weiter runter und drückte seinen Mund auf meinen Mund. Seine Lippen waren warm und weich und kamen mir merkwürdig vertraut vor. Dann begann er, mich richtig zu küssen, diese Art von Kuß, den man von Kopf bis Fuß spürt, aber hauptsächlich in der Mitte. Das Traumgefühl verschwand im Nu. Ich hatte keinerlei Zweifel mehr, daß ich lebendig war und es mir ausgezeichnet ging. McGowan ließ seine Hände unter das T-Shirt und auf meinem Körper nach oben gleiten, eine Berührung, die mein vegetatives Nervensystem aufs heftigste begrüßte. Auch meine Schenkel reagierten höchst erfreut, als er sie zu erkunden begann. Als nächstes traten meine Hände in Aktion und wollten unbedingt herausfinden, was sich unter *seinem* T-Shirt befand. So ging es eine ganze Weile weiter, eine aufregende Entdeckung nach der anderen.

«Tom», sagte ich und löste mich für einen Moment von seinen Lippen, ohne ihn loszulassen. «Gibt es in deinem gutbestrumpften Gästebad auch Kondome neueren Datums?»

Er murmelte etwas und angelte nach seinem Uniformgürtel, den er gerade erst abgelegt hatte. Es war eins dieser unförmigen Geräte mit Millionen kleiner Fächer und Taschen.

«Alle lebenswichtigen Sachen hab ich hier drin», sagte er. Ohne hinzusehen schnippte er eine Lederlasche auf und holte eine kleine Dose aus einem der vorderen Fächer. «Tränengas», diagnostizierte er. Als nächstes erwischte er das Pistolenhalfter. «Waffe.» Aus einem anderen Fach förderte er etwas Metallisches zutage. «Handschellen», sagte er und gab sie mir. Seine Augen tanzten, als er sagte: «Die können wir auch benutzen.»

Ich lachte.

«Na gut, dann nicht.» Er grinste und fingerte weiter an dem Gürtel herum.

«Aah!» machte er schließlich und hielt eine kleine quadratische, eingeschweißte Folie in der Hand.

* * *

Ich war wieder in dem langen Gang. Ich fand auch das Feldbett wieder, aber jetzt war es leer. Ich sah mich in dem Gang um, und da stand plötzlich Janice. Ihr blondes Haar hatte mehr Glanz und ihr lebendiges Gesicht war noch schöner als auf den Fotos. Sie stand ganz am Ende des Gangs und winkte mich zu sich.

Ich ging auf sie zu. Im Näherkommen wurde mir klar, daß es sich um einen Gang im Bürogebäude von Pacific Properties handelte. Wir gingen auf Janice' altes Büro zu. Sie holte einen Schlüssel aus der Tasche und öffnete die Tür. Ich folgte ihr hinein. Sie ging zu ihrem Schreibtisch auf der linken Seite des Zimmers. Sie griff in die oberste Schublade und holte eine Aktenmappe heraus. Dann drehte sie sich um und sah mich eindringlich an. Sie legte mir die Aktenmappe in die Hände und sagte: «Das ist es.» Anschließend telefonierte sie. Sie klemmte den Hörer zwischen Kopf und Schulter, schrieb etwas auf ein Blatt Papier und gab es mir. Ich sah auf den Zettel und versuchte, ihre Notiz zu lesen, aber sie schien in einer anderen Sprache geschrieben zu sein. Erst nach einer Weile erkannte ich, daß es sich nicht um Buchstaben, sondern um Zahlen handelte.

Etwas krachte, und ich wachte erschrocken auf. Ich lag in McGowans Riesenbett, er jedoch nicht. Das Geräusch war aus seinem Badezimmer gekommen.

«Was war das?» rief ich.

«Hab nur die Brille runtergeklappt. Tut mir leid, ich wollte dich nicht aufwecken.»

Als McGowan zurückkam, sah ich seine weiße Aura.

«Mein Engel», sagte ich.

31

Es stimmte zwar, daß McGowan in den letzten Tagen entsetzlich viel gearbeitet hatte, dennoch fand ich, daß er über die Maßen tief und fest schlief. Seit etwa einer Stunde beobachtete ich das rhythmische Heben und Senken seines Brustkastens. Es war einfach unfair! Ich selbst hatte sehr unruhig geschlafen und war immer wieder aufgewacht, was natürlich zum Teil an der neuen Situation lag. Es war schon eine ganze Zeit her, seit ich zuletzt mit einem Mann im Bett gewesen war. Der größere Teil meiner Unruhe kam jedoch aus mir selbst. Seit dem Traum konnte ich es kaum abwarten, in Janice' Büro zu kommen. Aber vorher mußte ich erst noch den Schlüssel finden, von dem Linda gestern gesprochen hatte.

Nach und nach hielt die Morgendämmerung Einzug in das Schlafzimmer, die Schatten bekamen Farbe, und ich verabschiedete mich langsam von dem Wunsch, noch ein bißchen herumzuliegen und auf Morgensex zu spekulieren. Ich ließ meine Augen über den Herkules an meiner Seite wandern und konnte es immer noch nicht fassen. Gleichzeitig merkte ich, daß ich mit den Gedanken schon ganz woanders war. Trotzdem fiel es mir schwer, mich von ihm loszureißen.

Jetzt war es an mir, einen Zettel zu hinterlassen. *Der frühe Vogel ...*, schrieb ich. Das war nicht besonders sentimental, aber morgens war ich nie besonders auf der Höhe. *Es war schön ... Und danke für die Waffe!*, setzte ich hinzu und hoffte, daß ihm das gefallen würde.

Glücklicherweise fingen Bauarbeiter schon frühmorgens mit der Arbeit an. Ich jagte den Dodge ins Zentrum von Escondido und erreichte die Stadtmitte, bevor die Rushhour begann. Das

Kunstzentrum von Kalifornien würde hier eines Tages einen ganzen Block einnehmen, direkt neben dem Rathaus. Momentan war das künftige Kulturmekka noch ein riesiges Stahlgerüst, an dem sich jedoch schon erste architektonische Besonderheiten abzuzeichnen begannen, wie etwa spitze Giebel und abgerundete Übergänge zwischen den einzelnen Gebäudeteilen. Während der letzten Wochen hatte ich es kontinuierlich aus der Baugrube herauswachsen sehen, wie einen Traum, der langsam Wirklichkeit wird.

Ich parkte am Straßenrand und war mir nicht sicher, wie ich vorgehen sollte. Es war schon wieder sehr heiß, und beim Aussteigen fluchte ich über meine dunklen Klamotten. Das Geräusch von Preßlufthämmern und Kreissägen erfüllte die Luft. Arbeiter mit allen möglichen Utensilien waren auf allen Gerüstebenen am Werk, andere machten sich an dem Betonfundament zu schaffen. Ich ging auf einen Mann zu, der außen am Gerüst lehnte und herzhaft in ein Doughnut biß.

«Ich suche einen Alan Katz», sagte ich.

Der Mann grinste. «Seine Freundin, was?»

Ich schüttelte den Kopf.

«Dann nimm mich doch!»

Ich lächelte gelangweilt. Er lächelte zurück und sagte: «Okay, ich sag ihm Bescheid.»

Er stieg eine halbfertige Treppe hinauf, die auf einer nach oben hin offenen Etage endete. Er ging etwa noch fünfzig Schritte weiter, in eine Ecke der gigantischen Ebene, und sprach dort eine Gruppe von Kollegen an. Dann drehte er sich zu mir um und rief: «Komm her!»

Ich ging auf der Erde an dem Gebäude entlang, auf die Ecke zu, wo die Arbeiter standen. Der Boden war uneben. Lockere Erdklumpen gaben unter meinen Füßen nach und machten meinen Gang unsicher. Ich mußte aufpassen, um nicht zu stolpern. Auf halbem Weg begann das Gejohle. Animalische Laute. Wie das Geheul von Kojoten bei Vollmond. Ich dachte, Ruhe würde die Meute beschwichtigen und ging einfach weiter. Aber je näher ich kam, desto mehr eskalierte die Stimmung da oben.

Als ich direkt unter der kleinen Versammlung angekommen war, stemmte ich die Hände in die Hüften und sah mir die Gesichter von unten an. Sie sahen alle wie nette, vernünftige Leute aus. «Warum tut ihr das?» fragte ich.

Alan trat von hinten aus der Gruppe heraus. «Ich hab Ihnen doch gesagt, daß Sie umwerfend aussehen!» rief er zu mir herunter.

«Trotzdem verstehe ich nicht, warum ihr euch wie wilde Tiere aufführen müßt, wenn eine Frau vorbeikommt!»

«Wahrscheinlich liegt das daran, daß wir wilde Tiere *sind*», rief einer der Arbeiter. Einige nickten bestätigend, ein paar sagten: «Genau!», einer oder zwei röhrten: «Das sind wir.» Wenn sie das sagten, mußte ich es ja wohl glauben.

«Ich muß mit Ihnen sprechen, Alan. Wenn's geht, allein.»

Das mußte die Meute mit erneutem Geheul und Geschrei kommentieren. «Ich komm runter», rief Alan. In dem wildgewordenen Chor war er kaum zu verstehen.

Wir gingen ein Stück weiter und setzten uns auf einen Zementblock. «Sie besitzen den Schlüssel für das Problem», sagte ich.

«Wie bitte? *Was* besitze ich?»

«Den Schlüssel zu dem Mord an Janice. Sie läßt Sie übrigens herzlich grüßen.»

Er sah mich von der Seite an. «Komisch, daß Sie das sagen», murmelte er.

«Wieso?»

«Wissen Sie noch, worüber wir neulich geredet haben? Ob sie mir verzeiht und so weiter ... Es kam mir zu blöd vor, richtig zu ihr zu sprechen, aber ich habe ihr einen Brief geschrieben, in dem ich ... nun ja, ich habe ihr geschrieben, wie leid es mir tut, daß zwischen uns alles so gekommen ist. Ich hab keine Ahnung, ob das bei ihr in irgendeiner Form ankommt, aber ich fühl mich seitdem viel besser. *Viel* besser.»

Sollte ich ihm Lindas Botschaft von Janice übermitteln? Vielleicht andeutungsweise. «Ich glaube, der Brief ist bereits bei Janice angekommen.»

Alan trug einen gelben Sicherheitshelm, und sein rotes Haar

kringelte sich darunter bis auf seinen blauen Hemdkragen hinab. «Ist Ihnen nicht heiß unter dem Helm?»

Er sah mich an und grinste. Seine Grübchen waren auch heute wunderbar. «Der Helm ist nicht halb so schlimm wie die hier.» Er streckte seine Füße vor. Er trug extrastarke Arbeitsstiefel, Stiefel, mit denen man sicher durch die Hölle und zurück gehen konnte. «Trotzdem möchte ich weder Helm noch Stiefel missen. Dieser Beruf kann tödlich sein.»

«Stimmt», sagte ich. «Genau wie meiner neuerdings.»

«Ja, aber Sie gehen den Leuten auch ziemlich auf die Nerven mit Ihrer Schnüffelei.»

«Genau wie Janice, scheint's.»

Er sah mich überrascht an. «Glauben Sie das wirklich? Ich denke immer noch darüber nach. Und ich wünschte, ich könnte Ihnen weiterhelfen.»

«Das können Sie», sagte ich. «Wie gesagt, Sie sind im Besitz des Schlüssels. Sie wissen etwas, was ich nicht weiß. Was kann das sein? Lassen Sie uns einfach miteinander reden. Erzählen Sie mir was über die Frauen in Janice' Leben. Zum Beispiel ihre Stiefmutter. Würden Sie, ohne groß darüber nachzudenken, Lou Ann Freeman für den Typ Frau halten, der imstande ist, die eigene Stieftochter aus Habgier aus dem Weg zu räumen?»

«Wer? Lou Ann?» Alan nahm den Helm ab und lachte gutmütig. Er fuhr sich mit der Hand durch die verschwitzten roten Locken. «Nein, Lou Ann ist dumm, aber nicht böse.»

«Sie scheint Sie nicht besonders zu mögen. Vor allem Ihre Einstellung zu familiären Pflichten scheint sie zu stören.»

Alan lehnte sich zurück und lachte. «Familiäre Pflichten? Quatsch! Darum geht's doch überhaupt nicht. Soll ich Ihnen mal erzählen, wie ich sie kennengelernt habe? Janice hat mich eines Tages zum Dinner mit zu ihren Eltern nach Hause genommen, und als sie uns miteinander bekannt machte, sagte Lou Ann: ‹Katz – was für ein interessanter Name! Schreibt er sich mit K wie die Katze oder mit C wie in Cohn?› Sie haßt mich, weil ich Jude bin.»

«Das kommt vielleicht noch hinzu. Sie haben gesagt, daß Sie

mit einer Ex-Freundin eine Tochter haben. Erzählen Sie mir was von ihr.»

Seine Augen wurden lebendig. «Sie ist einfach süß!»

«Nicht über Ihre Tochter – über Ihre Ex-Freundin. Heißt sie übrigens Tanya?»

«Ja, warum fragen Sie das?»

«Ich frage mich, ob sie Janice kannte, oder ob es irgendeinen Grund für sie gab, Janice zu hassen.»

Alan zog die Mundwinkel skeptisch nach unten und sagte: «Sie war natürlich nicht gerade begeistert von Janice, aber die Vorstellung, sie hätte sie getötet, ist einfach absurd. Vielleicht hat sie mal gesagt, daß sie Janice am liebsten umbringen würde, aber so was ist doch nur ein Spruch. Nein, das ist totaler Unsinn.»

«Tanya kannte Janice also?»

«Nicht direkt. Sie wußte, daß es Janice gab. Ich habe Janice kennengelernt, als es mit Tanya gerade endgültig zu Ende ging.»

«Mit anderen Worten, Tanya hat Janice gehaßt wie die Pest.»

«Okay, ja, stimmt. Aber ich kann mir nicht vorstellen, daß Tanya clever genug wäre, so einen Autounfall zu inszenieren. Vergessen Sie es! Unmöglich! Tanya bellt, sie beißt nicht. Wenn Sie Tanya sehen würden, wüßten Sie, was ich meine.»

Ich rief mir das Bild vor Augen, das ich in Ramona von dieser Frau bekommen hatte, wie sie an ihrem Bong genuckelt und mich in ihrem hochnäsigen New Jersey-Akzent angeschnauzt hat.

«Ich habe sie gesehen. Ihr Bellen klingt gefährlich.»

«Nein, Tanya ist harmlos. Natürlich war sie damals wütend, aber das ist längst vorbei.»

Ich war mir da nicht so sicher.

«Dann lassen Sie uns über Pacific Properties sprechen», schlug ich vor. «Erzählen Sie mir noch einmal, was Sie da gemacht haben. Wann haben Sie dort angefangen? Was genau waren Ihre Aufgaben? Warum sind Sie weggegangen?»

Alan zögerte und sah mich irritiert an. «Darf ich mal fragen, warum Sie glauben, daß ich den Schlüssel zu diesem Fall besitze?»

«Machen Sie sich darüber bitte keine Gedanken. Erzählen Sie einfach weiter, egal, ob Ihnen etwas wichtig oder unwichtig vorkommt. Überlassen Sie es mir, das zu beurteilen. Bitte, Alan! Pacific Properties ...»

«Also gut. Im Januar 91 bin ich von Hawaii hierher gekommen. Hab mich fürchterlich in Janice verliebt. Nahm jede Menge Drogen. Hab versucht, das vor Janice zu verheimlichen, aber das konnte ich auf die Dauer nicht durchhalten. Einmal hab ich mich auch mit Janice' Boss zusammen bekifft, was mir vermutlich keinen Pluspunkt in der Personalakte eingebracht hat ...»

«Sie haben sich zusammen mit Stan Ellis bekifft?»

«Ja, ganz schön peinlich, was?»

Ich dachte daran, wie ich Stan Ellis zum ersten Mal nach Alan gefragt hatte. Es war merkwürdig gewesen, wie Stan vorgegeben hatte, Alan nicht zu kennen. Er hatte dabei den direkten Blickkontakt mit mir vermieden und ganz offensichtlich nach einer ausweichenden Antwort gesucht.

«Wann war das?» fragte ich.

«Bei so 'ner Betriebsfeier. Wir standen draußen und rauchten 'ne Tüte Gras. Da hat er mich gefragt, ob ich wüßte, wo er was Härteres herkriegen könne. Ich hab mir nichts dabei gedacht. Fand ihn in Ordnung und hab ihm die Adresse von 'nem Bekannten in PB gegeben ...»

«In Pacific Beach? Wie heißt er?»

«Jay.»

«Jay – und weiter?»

«Keine Ahnung, wie er mit Nachnamen heißt.»

«Lange, krause Haare?»

Alan war überrascht. «Sie kennen ihn?»

Mein Herz begann, wie wild zu klopfen. Ich mußte jetzt nachdenken. Jemand rief Alan zur Baustelle zurück. Alan sah sich um. «Ich glaub, ich muß wieder an die Arbeit», sagte er.

«Einen Moment noch, Alan, einen Moment noch! Wie schnell

haben Sie Ihren Job verloren, nachdem Sie Stan und Jay zusammengebracht haben?»

«Keine Ahnung. Einen Monat, vielleicht auch zwei ... ich kann mich nicht gut an diese Zeit erinnern. Ich war meistens ziemlich benebelt. Warum? Was spielt das für eine Rolle?»

«Wußte Stan, daß Janice Ihre Freundin war?»

«Ja, klar! Alle wußten das.»

Stan hatte vorgegeben, es nicht zu wissen. Wieder eine Lüge. Welchen Grund sollte Stan haben, eine Detektivin glauben zu machen, er wisse weder von Alan Katz noch von dessen Beziehung zu Janice Freeman?

«Warum hat Pacific Properties Sie rausgeschmissen?»

Alan trat gegen einen Erdklumpen. «Ich war einfach untragbar. Ich stand ständig unter Drogen und schlief mit Stans bester Kraft.»

«Aber Stan Ellis hat selber Drogen genommen. Was sollte er also dagegen haben, daß Sie es auch taten? Inwieweit hat Ihr Drogenkonsum sich tatsächlich auf Ihre Arbeitsleistungen ausgewirkt? Genug, um Sie rauszuschmeißen?»

Die Rufe von der Baustelle wurden jetzt drängender. «Ich muß jetzt wirklich los», sagte Alan.

«Glauben Sie, daß Carrie Aimes, die Personalsekretärin von Pacific Properties, mir darüber Auskunft geben kann?»

«Weiß ich nicht», sagte er, stand auf und schlug sich den Schmutz aus der Hose. «Aber Sie können sie schön von mir grüßen. Wir unterhalten uns ein anderes Mal weiter. Vielleicht können wir ja mal zusammen Essen gehen, oder so.» Er lächelte mich entschuldigend an und wandte sich zum Gehen.

Ich sah ihm hinterher. Das Verhältnis seiner Schultern zu seiner Taille war eine Sensation, und sein rhythmischer, kraftvoller Gang brachte das zudem noch auf eine schwindelerregende Weise zur Geltung. Ich philosophierte darüber, warum ich diese geballte Männlichkeit zwar bewundern konnte, mich aber nicht bemüßigt fühlte, ihr hinterherzujohlen. War es Vererbung oder Erziehung?

32

«Ich bin's schon wieder.»

Ich lächelte den jungen Mann am Empfangstresen an und winkte ihm im Näherkommen zu. «O, hi!» sagte er. «Wünschen Sie, noch einmal mit Mr. Ellis zu sprechen?»

«Nein, mit Carrie Aimes. Sie erwartet mich.»

Bevor ich mich nach San Diego auf den Weg gemacht hatte, hatte ich sie angerufen und auf ihr Band gesprochen, daß ich das Verzeichnis der Pacific Properties-Grundstücke nun doch gerne haben wolle.

«Carrie Aimes führt gerade ein Bewerbungsgespräch», sagte er. «Aber ich rufe sie gerne an und sage ihr, daß Sie hier sind.»

Wieder saß ich auf dem Ledersofa vor dem Illustriertensortiment. Heute konnten die bunten Titelblätter mich nicht reizen. Ich hatte selber genügend Neuigkeiten, Skandale und Spekulationen im Kopf. Ich sah auf das Meer hinaus und legte mir einen Schlachtplan zurecht.

«Es wird noch ein Weilchen dauern», sagte der Rezeptionist, als er den Hörer auflegte. «Wollen Sie warten?»

«Will ich.»

Ich bleibe hier einfach sitzen und denke in Ruhe über alles nach, dachte ich. Aus irgendwelchen Gründen hat Stan Alan loswerden wollen. Stan wollte auch Janice loswerden, aber sie hatte es ihm nicht leicht gemacht, einen plausiblen Entlassungsgrund zu erfinden. Alan war rausgeschmissen worden, bevor er Ellis gefährlich werden konnte. Aber Janice hat sich noch lange genug in ihrem Job gehalten, um etwas herauszufinden, das sie das Leben gekostet hat.

Hinten im Gang erschien jetzt eine Frau. Man sah ihr die ambitionierte Geschäftsfrau schon von weitem an: marineblaues Kostüm, teurer, aber dezenter Schmuck, bequeme, aber teure und vor allem perfekt auf das Kostüm abgestimmte Pumps. Ohne jemanden anzusehen oder anzusprechen schritt sie durch die Eingangshalle und zur Tür hinaus. Blick und Körperhaltung drückten Niederlage aus. Sie mußte gerade in dem Bewerbungsgespräch abgelehnt worden sein. Unmittelbar darauf rief der Rezeptionist mir zu: «Carrie kann Sie jetzt empfangen.» Er stand auf, um mich zu Carries Büro zu begleiten.

Als ich eintrat, heftete Carrie Aimes gerade ein paar Papiere in einen Ordner zurück. «Bedaure, daß Sie warten mußten. Wir führen momentan gerade die Bewerbungsgespräche zur Neubesetzung von Janice' Position.»

«Schon jemand in Sicht?»

«Janice ist schwer zu ersetzen. Stan sagte mir, daß Sie mit hellseherischen Mitteln arbeiten. Stimmt das? Das ist ja wohl die Härte!»

«Die Härte? Nun ja, in letzter Zeit war's wirklich ein bißchen hart.»

«Sie wollen jetzt also neunhundert Adressen überprüfen, um herauszufinden, ob der Mann, dessen Foto Sie mir gezeigt haben, auf einem Grundstück von Pacific Properties gearbeitet hat?» Carrie holte das Verzeichnis aus ihrem Schreibtisch. «Ich komm da nicht mit. Warum bringen Sie den Betrunkenen, der den Unfall mit Janice hatte, mit unserer Firma in Zusammenhang?»

Eine gute Frage. Ganz offensichtlich steckte da ein kluger Kopf unter dem magentaroten Haar.

«Ich bin nicht befugt, in diesem Stadium der Ermittlungen über den Fall zu sprechen», sagte ich wenig überzeugend.

«All diese Adressen zu überprüfen ... das dauert doch eine Ewigkeit!» Sie schob mir das Verzeichnis rüber.

«Vielleicht heuere ich neunhundert Freunde an, und wir schaffen es an einem Tag.»

«Gute Idee. Würd ich an Ihrer Stelle auch tun.» Sie lachte auf eine Art, die deutlich machte, daß sie sich einen feuchten Dreck dafür interessierte, was ich mit meiner Zeit, diesen Adressen und meinen Freunden anstellte.

«Ach, übrigens, Alan Katz läßt Sie grüßen», sagte ich. Ich fing an, mir wie ein Grußbote vorzukommen.

«Armer Alan», seufzte sie. «Wie geht es ihm?»

«Gut, glaube ich. Es scheint auch ein Leben nach Pacific Properties zu geben.»

«Ach wirklich? Das sollten Sie mal Janice Freeman erzählen!» Sie schlug sich die Hand vor den Mund. «Oh, pardon! Das war ein schlechter Witz. Tut mir leid.»

Ihr Telefon klingelte, bevor ich etwas sagen konnte. «Hallo? O, guten Tag, Mr. Spiro», sagte Carrie Aimes unterwürfig.

Es handelte sich offenbar um ein wichtiges Gespräch. Ich sah und nutzte meine Chance. Ich suchte Carries Blick, zeigte auf die Tür und flüsterte: «Danke! Ich geh schnell. Auf Wiedersehen.» Ich winkte ihr zu und war auch schon draußen.

Im Gang merkte ich, wie mein Adrenalinspiegel sprunghaft stieg. Ein bebrillter Mann kam den Gang entlang, wir nickten uns wortlos zu, als wir aneinander vorbeigingen. Als er am anderen Ende des Gangs um eine Ecke verschwand, rannte ich auf Janice' Büro zu. Die Tür war geschlossen, aber der Knauf ließ sich drehen. Ich schlüpfte hinein und schloß die Tür hinter mir.

Der Raum sah in groben Zügen so aus, wie ich ihn in meinem Traum gesehen hatte. Schreibtisch und Aktenschrank standen allerdings anders, so als ob ich rückwärts oder spiegelverkehrt geträumt hätte. Man sah, daß hier schon seit einiger Zeit nicht mehr gearbeitet worden war. Janice' persönliche Sachen waren zusammengepackt worden. Ein paar Körbe waren voll davon und säumten die hintere Wand. Ich ging auf ihren Schreibtisch zu und öffnete die oberste Schublade. Die Mappe lag exakt an der Stelle, von der Janice sie in meinem Traum hochgenommen hatte. Ich nahm mir nicht einmal die Zeit, nachzusehen, um was es sich handelte, sondern steckte sie schnell in meine wunderbar geräumige Handtasche.

Ich blätterte in Janice' Tischkalender, ohne zu wissen, wonach ich suchte. Praktisch jede Seite enthielt Namen und Telefonnummern. Ich fühlte Panik in mir aufsteigen, wie wenn man bei einem Multiple-Choice-Test nicht mehr weiter weiß. Du mußt etwas ankreuzen – aber was? Schließlich fand auch der Kalender noch ein Plätzchen in meiner Tasche.

Dann sah ich plötzlich eine Traumsequenz wie ein Standfoto vor mir: Janice am Telefon.

Ich sah mir das Telefon auf ihrem Schreibtisch genau an. Es stand auf einer Konsole und hatte eine Quartz-Digitalanzeige. Ich nahm den Hörer ab und tippte auf die Wahlwiederholungstaste, um zu sehen, bei welcher Nummer Janice zuletzt angerufen hatte. Eine siebenstellige Zahl erschien auf dem Anzeigendisplay. Ich kritzelte die Nummer schnell auf ein Stück Papier und steckte es ein. Dann ging ich zu dem Aktenschrank hinüber.

«Was tun Sie da?»

Stan und Carrie standen in der Tür. Sie waren absichtlich so leise reingekommen, daß ich sie nicht bemerken konnte.

«Tut mir furchtbar leid», sagte ich zerknirscht. «Ich weiß, ich hätte vorher fragen sollen. Aber Carrie war am Telefonieren, und ich wollte ja auch einfach nur mal in Janice Freemans Orbit eintauchen und sehen, ob ich noch etwas von ihrem Energiefeld spüren kann.»

Carrie und Stan tauschten amüsierte Blicke.

«Wissen Sie, dieses Büro ist der geeignetste Ort, um Janice' Schwingungen aufzufangen», plapperte ich weiter und hoffte, daß ich genau so lächerlich wirkte wie ich daherredete.

Stan schmunzelte und sagte: «Schwingungen oder nicht, Miss ...»

«Chase.»

«Miss Chase. Pacific Properties unterliegt strengen Sicherheitsbestimmungen. Speziell in diesem Büro befinden sich eine Menge vertraulicher Finanzunterlagen. Daher ist es uns leider nicht möglich, nichtautorisierte Personen ohne Aufsicht hier hereinzulassen. Wie ich Ihnen früher schon sagte, Miss Chase, haben wir einen Ruf zu verlieren. Sie werden das sicher verstehen.»

«O ja, das verstehe ich. Und außerdem», sagte ich und versuchte, eine hirnlose New Age-Nervensäge abzugeben, «außerdem ist Janice' Seele schon transformiert. Sie hat – wie soll ich sagen? – ihre Lichtgestalt angenommen.»

33

Die kleine schauspielerische Einlage in Janice' Büro hatte mich hungrig gemacht, also hielt ich an einem kleinen mexikanischen Restaurant und gönnte mir zum Frühstück ein Burrito. Ich weiß, es ist unamerikanisch, aber der Geruch von Eiern mit Schinken verursacht bei mir morgens regelrecht Übelkeit. Wohingegen mir der Duft von gebackenen Tortillas, Chilisoße und Koriander zu allen Tageszeiten angenehm ist. Richtige mexikanische Burritos – nicht die amerikanische Plastikvariante – sind saftig und ziemlich unhandlich. Als ich das Teil unter Kontrolle hatte, breitete ich die Beute aus Janice' Büro vor mir aus.

Die Aktenmappe aus ihrem Schreibtisch war enttäuschend: ein Farbfoto, 11 x 13, mit der Abbildung eines Fast Food-Restaurants, ein Pachtvertrag, eine Grundbucheintragung und die Fotokopie eines Schecks in Höhe von 9500 Dollar zugunsten von Pacific Properties, ausgestellt am 1. Juni von «Family Restaurants, Inc.», ein handschriftlicher Vermerk wies die Zahlung als «Pacht f. Juni» aus. Alles in allem eine Akte, wie es sie in einer Immobilienfirma zu Tausenden geben mußte. Eine Sache fiel mir allerdings auf: Das Restaurant auf dem Foto war eine *Royal Burger*-Filiale. Das war die Restaurantkette, deren Präsident Janice' Vater war. Ich sah mir den Grundbucheintrag genauer an. Es ging um das Grundstück 150 Main Street, Ramona. Zufall? Als nächstes ging ich das Adressenverzeichnis durch, um zu sehen, ob besagtes Restaurant darin aufgeführt war. Ich fand es.

Einer plötzlichen Eingebung folgend fragte ich den Mexikaner nach einem Telefon. Er zeigte nach hinten, wo ein Münztelefon an der Wand hing. Ich rief Janice' Vater in der Konzernzentrale von *Royal Burger* an. Diesmal war er im Büro, und seine Sekretärin stellte mich durch.

«Nur ein paar kurze Fragen, Mr. Freeman. Royal Burger betreibt doch eine der größten Fast Food-Ketten, wenn ich mich nicht irre …»

«Sechstausend Filialen in den USA, zehntausend weltweit.»

«Wie funktioniert das? Gehören die betreffenden Grundstücke alle dem Konzern, betreiben Sie Franchising oder …»

«Der Anteil von Franchising beträgt nur etwa fünfunddreißig Prozent, der Rest befindet sich in Firmenbesitz. Wir sind sehr wählerisch, wenn es darum geht, Restaurants unter unserem guten Namen firmieren zu lassen.»

«Nun, angesichts von zehntausend *Royal Burgers* weltweit kann ich mir nicht vorstellen, daß Sie mit jedem einzelnen Restaurant, das auf Franchisingbasis Ihren Namen führt, besonders vertraut sind. Vielleicht können Sie mir aber etwas über das *Royal Burger* in Ramona sagen. Gibt es für dieses Restaurant einen Franchisingvertrag mit Family Restaurants, Incorporated?»

«Merkwürdig, daß Sie ausgerechnet das fragen!»

«Wieso?»

«Janice hat mich dasselbe gefragt, und zwar wenige Tage vor ihrem Tod.»

Wir schwiegen beide eine Weile.

«Und», fuhr Paul Freeman fort, «ich werde Ihnen jetzt genau das gleiche antworten, was ich Janice gesagt habe. Wir haben eine Filiale in Ramona, aber sie befindet sich in unserem Besitz. Ich kenne keine Family Restaurants, Incorporated.»

Ich blätterte in der Akte. «Haben Sie bitte einen Moment Geduld», bat ich.

«Nur mit der Ruhe», sagte er freundlich.

Der Pachtvertrag wies Pacific Properties als Besitzer und die Family Restaurants, Incorporated als Pächter aus. Der Grundbucheintrag war ebenfalls eindeutig, auch er nannte Pacific Properties als Grundeigentümer. «Mr. Freeman», sagte ich, «es muß sich da Ihrerseits um einen Irrtum handeln. Dieses Grundstück befindet sich im Besitz von Pacific Properties.»

«Das ist nicht wahr. Ich habe das Janice zuliebe selbst überprüft. Der Irrtum muß woanders liegen.»

«Ob wir es hier tatsächlich mit einem Irrtum zu tun haben? Ich danke Ihnen jedenfalls für die Auskunft, Mr. Freeman.»

Als nächstes wählte ich die Nummer, die auf Janice' Telefondisplay aufgeleuchtet war, als ich die Wahlwiederholungstaste gedrückt hatte. Ich war gespannt, wer sich melden würde. Auf jeden Fall würde es schwierig werden, dem anderen zu erklären, was ich von ihm wollte. Ich war gerade dabei, mir ein paar einleitende Worte auszudenken, als eine Stimme in der Leitung ertönte.

«Police Department von San Diego.»

Eine Frauenstimme, kurz angebunden und deutlich unter Stress. Einen Moment lang war ich sprachlos.

«Hallo?»

«Ja», sagte ich schnell. «Mit wem spreche ich?»

«Inspektor Reynolds.»

«Inspektor Reynolds, ich rufe im Zusammenhang mit dem Fall Janice Freeman an.»

«Wer sind Sie?»

«Mein Name ist Elizabeth Chase. Ich ermittle in dem Todesfall Janice Freeman. Ich weiß, daß sie erst kürzlich zu Ihnen telefonisch Kontakt aufgenommen hat. Könnten wir uns vielleicht treffen, um darüber zu sprechen?»

«Ich will Ihnen die Wahrheit sagen, Chase. Der Name Janice Freeman kommt mir zwar bekannt vor, aber ich könnte momentan nicht sagen, woher. Sie sagen, sie sei tot?»

«Ja.»

«Ich muß erst meine Telefonprotokolle durchsehen. Ich rufe Sie zurück. Geben Sie mir Ihre Nummer!»

«Ich kann in einer halben Stunde bei Ihnen sein. Es ist sehr wichtig.»

Reynolds zögerte. «Nun gut», sagte sie nach reiflicher Überlegung.

* * *

Früher einmal war das Police Department von San Diego in einem schönen alten Gebäude am Harbor Drive untergebracht gewesen, mit Blick auf die Ozeanriesen, die auf die Weltmeere hinausfuhren, und auf die tiefblaue Bucht. In den achtziger Jahren dann schossen die Grundstückspreise so schnell und so gewaltig in die Höhe wie die Kriminalitätsrate, und der malerische Standort erwies sich als zunehmend unökonomisch und strategisch falsch. Heute sitzt das Police Department im südöstlichen Teil der Innenstadt von San Diego, in einem siebenstöckigen Klotz aus blauem Glas und grauem Zement, weiter vom Wasser entfernt, aber näher am Geschehen. Von innen ist es ein undurchdringliches Labyrinth von Zimmerfluchten und Korridoren.

Ich saß mit Inspektor Reynolds in einem der schlecht beleuchteten Höhlen dieses Kaninchenbaus und versuchte, mir die letzten Tage im Leben der Janice Freeman vorzustellen. Reynolds war eine körperlich extrem fitte Polizistin in den Dreißigern, mit kurzen blonden Haaren und stechenden blauen Augen. Ich hatte mich bemüht, sie durch Witz und Esprit für mich einzunehmen, aber genauso gut hätte ich versuchen können, einen feuchten Holzscheit anzuzünden. Ich versuchte, das nicht persönlich zu nehmen. Diese Frau hatte offenbar nicht den geringsten Sinn für Humor – wahrscheinlich ein Geburtsfehler, so wie manche Leute die Zunge nicht einrollen können. Ich mußte mich schwer beherrschen, nicht selber unhöflich zu werden.

Reynolds' Telefonprotokolle enthielten keinen Eintrag über ein Telefonat mit Janice. Aber in ihrem Tischkalender hatte Janice einen Termin bei Reynolds für den 8. Juni um 14:00 Uhr vorgemerkt. Einen Tag, nachdem sie starb.

«Kam es Ihnen denn nicht merkwürdig vor, daß sie diesen Termin nicht wahrgenommen hat?» fragte ich.

«Ach, Sie wissen doch, wie das ist», sagte Reynolds wegwerfend. «Bürger Joe will unbedingt mit einem Polizisten sprechen, weil er irgend jemanden wegen irgendwas verdächtigt ... Da draußen laufen so viele Verrückte herum, Chase! Gelegentlich kommt es vor, daß Bürger Joe tatsächlich etwas Illegales beobachtet hat, meist ist das jedoch nicht der Fall. Wir versuchen, höflich zu sein und reagieren auf jede Meldung, jeden Anrufer, jeden Terminwunsch. Aber wir geraten nicht gerade in Panik, wenn ein Termin mal nicht zustande kommt. Das passiert alle Tage.»

«Es gibt also keinerlei Unterlagen darüber, was Janice Freeman von Ihnen gewollt hat?»

«Nein, tut mir leid.»

«Haben Sie denn wenigstens eine Vermutung?»

Sie zuckte mit den Schultern. «Weiß der Himmel! Ich bin bei der Sitte. Wenn sie zu mir durchgestellt worden ist, muß es sich um eins von fünf Delikten gehandelt haben: Prostitution, Alkohol, Tabak, Waffen oder Drogen.»

«Und wie ist es mit unlauterem Finanzgebaren?» fragte ich und blätterte in der Akte aus Janice' Schreibtisch. Dieser Scheck über 9500 Dollar kam mir mittlerweile höchst dubios vor.

«Nein. Wirtschaftsdelikte werden vom Department für Wirtschaftskriminalität bearbeitet. Wenn die Verstorbene zu mir durchgestellt wurde, geh ich mal davon aus, daß es um Sex oder Drogen ging, eins von beidem. Oder vielleicht sogar beides.»

Ich dankte Reynolds und sagte ihr, daß ich schon alleine den Ausgang finden würde. Großer Irrtum. Meine Antennen waren leider nicht mit Radar ausgestattet. Ich ging mehrmals im Kreis und fand den Ausgang erst, als ich mich an ein paar Uniformierte gehängt hatte, die sich lauthals darüber unterhielten, daß sie draußen einen Kaffee trinken wollten.

Den Dodge vollzutanken, dauerte eine Ewigkeit. Ich stand an einer unüberdachten Zapfsäule der Arco-Station von Ramona und fühlte, wie mir der Schweiß über den Bauch rann. Endlich gab der Zapfhahn ein schmatzendes Geräusch von sich – der Tank war voll und mein Portemonnaie hinterher so gut wie leer.

Das *Royal Burger* war nicht schwer zu finden. Es gab nur drei Restaurants im winzigen Stadtzentrum von Ramona. Beim Reinkommen freute ich mich – ganz gegen meine sonstige Gewohnheit – über die Klimaanlage. Die Abkühlung tat gut. Ich mag die Hitze, und künstliche Temperaturen sind mir ein Greuel, aber die Luftfeuchtigkeit war in den letzten Tagen zum Ersticken hoch gewesen, ganz anders als die leichte, trockene Hitze, die wir Wüstenbewohner sonst gewohnt sind. Die ganze Woche über hatte die Luftfeuchtigkeit von Tag zu Tag noch zugenommen. Heute war sie praktisch unerträglich. Ich hoffte auf einen dramatischen Klimaumschwung.

Es war, um es einmal vorsichtig auszudrücken, nicht viel los in dem Laden. Ein kindlicher junger Mann von der Sorte, die beim Alkoholkaufen erst mal den Ausweis vorzeigen muß, stand am Eingang zur Küche. «Hi!» rief ich ihm zu. «Ich möchte gerne den Manager sprechen.»

«Ich bin sein Assistent, Ma'am. Sie können mit mir sprechen.»

Bilde ich mir das nur ein, oder ist dieses «Ma'am» meist wirklich eine höfliche Ohrfeige? Ich weiß, daß es Respekt ausdrücken soll, aber jedesmal, wenn ich mit «Ma'am» angesprochen werde, fühle ich mich ins Endlager für gebrauchte Frauen katapultiert. Und wie kommt es, daß «Sir» («Ja, Sir!») nicht denselben säuerlichen Beigeschmack hat?

Das alles schoß mir durch den Kopf, und ich versuchte, dem jungen Mann nicht mit allzu viel Ablehnung zu begegnen. Ich hoffte für ihn, daß er mit spätestens zweiundzwanzig von einer Freundin zumindest in diesem Punkt aufgeklärt würde. «Ich würde Ihnen gerne ein paar Fragen zum Geschäft stellen», sagte ich. «Es herrscht offenbar Unklarheit darüber, wer den Besitztitel für dieses Unternehmen hält.»

«Ich kann Ihnen alles sagen», sagte er eifrig. Wie gut, daß der Kleine offensichtlich Probleme mit seinem Aussehen oder mit seinem Alter oder womöglich mit beidem hatte! Er schien mich deshalb mit seinem Wissen beeindrucken zu wollen und legte alle Fakten offen auf den Tisch – ohne das geringste Gefühl für die Vertraulichkeit, der die Finanzangelegenheiten eines Unternehmens üblicherweise unterliegen. Er fragte mich noch nicht einmal, für wen ich arbeitete.

Wir setzten uns in eine der leeren Nischen und klärten zunächst einmal, daß das Foto tatsächlich das Restaurant zeigte, in dem wir saßen. Er sah sich den Grundbucheintrag an und sagte, daß er dieses Dokument noch nie gesehen habe. Dann sah er sich den Scheck an und stieß einen Pfiff aus.

«Nein, Ma'am.»

«Elizabeth.»

«Hä? Oh … ähm … nein. Dieses *Royal Burger* hier ist kein Franchise-Unternehmen. Es gehört direkt der Firma, also Royal Burger. Wir bezahlen keine Pacht. Und von diesen Familienrestaurants hab ich auch noch nie was gehört, dasselbe gilt für Pacific Properties. Was unsere Unkosten angeht … nun, da sind natürlich zum einen die Gehälter, die laufenden Betriebskosten und natürlich die monatliche Gewinnabgabe an die Konzernzentrale. Aber …»

Er brach ab und schien ins Grübeln zu kommen.

«Aber was?»

«Na, mal angenommen, wir würden tatsächlich Pacht zahlen, dann wären 9500 Dollar doch eine völlig irre Summe, finden Sie nicht?»

Der Scheck stammte von einer der größten Banken Kaliforniens, aus einer Filiale im nahegelegenen Poway. Ich nahm mir vor, auf dem Rückweg in die Stadt dort vorbeizufahren. Erst mal hatte ich aber einen weiteren Besuch in Ramona zu absolvieren.

34

Wieder mußte ich in der Straßenkarte nachsehen, bevor ich mich Richtung Silver Branch Road auf den Weg machen konnte. Dann kramte ich die andere Karte aus meiner Handtasche, die kosmische. Die Planetenansammlung im Zeichen des Skorpions sprang mich regelrecht an, vor allem die Venus. Zuerst hatte ich angenommen, sie stünde für Janice' Stiefmutter. Tanya, Alans Ex-Freundin, war die einzige andere Frau, von der ich wußte, daß sie in Janice' Kosmos eine Rolle spielte, aber sie schien mir zu wenig mit Janice zu tun zu haben. Und dann wohnte sie auch noch in den Außenbezirken des Universums! Aber Janice' Kosmos wurde immer überschaubarer, jedenfalls für mich. Ich ließ den Motor an und steuerte den Wüstenhighway an.

Diesmal erschien mir der Weg noch weiter. Vielleicht lag das daran, daß ich meine Cassetten nicht dabei hatte, und das Autoradio konnte nur einen Country & Western-Sender empfangen, und selbst der war noch verzerrt. Ich dachte schon, ich sei zu weit gefahren, als ich das Haus endlich entdeckte. Es lag so einsam und verloren da, inmitten der Wüste und umgeben von alldem Schrott und Müll, daß es mir fast das Herz brach. Ich lenkte den Dodge auf die leere, ungepflasterte Einfahrt.

Ich stand auf dem schmalen Betonstreifen, der als Terrasse diente, und rief durch das Fliegengitter: «Hallo! Ist jemand zu Hause?»

Ohne daß sich etwas bewegt hätte, sah ich plötzlich, daß jemand mich mit großen Augen durch das Gitter beobachtete. Sie trug einen schmutzigen weißen Pullover und rosa Jeans, die in der Taille zu eng und unten zu kurz waren. Ihr Pony mußte dringend nachgeschnitten werden, und ihre schulterlangen Haare waren schon lange nicht mehr gebürstet worden. Ich schätzte sie auf sieben Jahre.

«Hallo, kleines Fräulein», sagte ich.

«Mom und Jay sind nicht zu Hause», sagte sie kaum hörbar.

Mom und Jay. Jay! Das war doch derselbe Name wie von dem Typen, den Alan mit Janice' Boss in Kontakt gebracht hatte, als der härtere Drogen haben wollte! Kraushaar! Jay, der böse Gnom aus dem Junggesellenhaushalt, der mir am Strand aufgelauert hatte! Natürlich konnte der Name auch Zufall sein.

«Jay ist der Freund von deiner Mom, nicht?»

Das kleine Mädchen nickte.

«Kommen die beiden bald wieder?»

Sie zuckte die kleinen Schultern.

In dem Moment kam eine graue Katze um die Ecke geschlichen und begann, sich an meinen Waden zu reiben. «Oh, dich kenn ich doch», sagte ich und beugte mich runter, um die Katze zu streicheln. «Sieh mal an, du hast deine Babies ja schon bekommen!» Ich kraulte sie unterm Kinn, und sie machte einen langen Hals, damit sie mehr davon hatte. «Kann ich die Kätzchen mal sehen?» fragte ich das Mädchen.

«Jay hat sie ins Klo gespült.»

«Was?»

«Sie sind ja hinten bei ihr rausgekommen, also hat er sie ins Klo gespült», erklärte sie mir, aber sie schien selbst nicht besonders von der Richtigkeit dieser Maßnahme überzeugt zu sein.

«Wo sind deine Mom und ihr Freund denn jetzt?» Ich hoffte, daß sie mir meine Wut nicht anmerkte.

«Weiß nicht.»

«Du weißt es nicht? Sind sie vielleicht einkaufen gegangen? Oder zur Arbeit?»

«Weiß ich nicht.» Sie schien Angst zu haben, daß sie etwas Falsches sagen könnte.

Ich wurde weicher im Ton und fragte noch einmal: «Okay, Kleines, weißt du denn, wann sie wiederkommen?»

«Nein», sagte sie so leise, daß ich sie kaum noch hören konnte.

«Haben sie dir das nicht gesagt?»

«Nein.»

Mit einem vernehmlichen Schnaufen verschaffte ich mir Luft. Wie konnte man nur ein kleines Kind so im Ungewissen lassen?! Ich nahm mir vor, mich mit einer Kinderschutzorganisation in Verbindung zu setzen, aber nicht mehr heute nachmittag.

«Kann ich dich hier allein lassen? Bist du okay?»

«Hmm.»

«Gibt es einen Nachbarn oder irgend jemanden, zu dem du gehen kannst, falls du Hilfe brauchst?»

Sie schürzte die kleinen feuchten Lippen und machte eine vage Bewegung. «Glaub schon.»

«Na gut. Ich heiße übrigens Elizabeth. Und du?»

«Katie.»

«Okay, Katie, ich geh jetzt wieder weg, aber ich komm bald wieder. Hast du schon Mittag gegessen?»

«Ich hab 'ne Tüte Kokos-Krispies.» Zum ersten Mal huschte ein winziges Lächeln über ihr trauriges Gesicht.

Am liebsten hätte ich sie mitgenommen, aber das hätte meine Arbeit torpediert. Katie hatte sich bis jetzt allein durchgeschlagen, sie würde auch noch einen weiteren Nachmittag überstehen. Zumindest betete ich dafür.

«Soll ich dir nachher was mitbringen?»

Sie brauchte nicht lange zu überlegen. «Barbie?» fragte sie hoffnungsvoll.

Ich mußte lachen. «Ich werd mal sehen, was ich tun kann. Bis später!»

Ich war schon wieder am Dodge, als mir einfiel, daß ich Katie nach Huerte fragen könnte. Ich ging zurück. Sie stand noch genauso an der Tür wie eben. Ich nahm das Foto aus meiner Brieftasche und zeigte es ihr.

«Sag mal, Katie, hast du diesen Mann schon mal gesehen?»

Sie kniff die Augen zusammen und dachte angestrengt nach. «Nein, hab ich nicht», sagte sie schließlich mit Bestimmtheit.

Etwa zehn Meilen östlich von Ramona, hoch oben in den Bergen zwischen San Diego County und der dürren, heißen Anza Borrego-Wüste, liegt Julian, ein entzückendes kleines Touristennest im Westernlook, mit Pferdewagen, hölzernen Gehwegen und einem Saloon mit Schwingtüren. Gleich hinter Julian fangen die Naturparks des Cleveland National Forest an, einer der größten Schätze dieses Bundesstaates und ein magischer Ort. Viele alte Eichen sind hier noch zu finden und schöne Ponderosa-Kiefern. Mindestens zweimal pro Jahr fahre ich hier rauf, um aus der Großartigkeit der unberührten Wildnis Kraft zu schöpfen. Da ich jetzt ganz in der Nähe war, wollte ich die Gelegenheit nutzen. Während ich auf Tanya wartete, konnte ich etwas für Körper und Seele tun. Ich beschloß, mir in Julian etwas zu essen zu kaufen und es mit in die freie Natur zu nehmen.

Zuerst stoppte ich am ‹General Store›, wie das Kleinstadtkaufhaus sich hier nannte. Ich hielt es für ziemlich unwahrscheinlich, hier fündig zu werden, trotzdem fragte ich eine Verkäuferin mit nostalgischer Kittelschürze nach Barbiepuppen.

«Aber natürlich haben wir Barbies!» sagte sie prompt und zeigte mir eine dieser Plastikberühmtheiten mit der unmöglichen Figur.

«Tatsächlich», sagte ich kopfschüttelnd. Nun gut, dachte ich, wenn Katies Herz nun mal daran hängt ...

Als nächstes hielt ich vor einer Bäckerei. Applepie à la mode ist die Spezialität des Ortes. Von da aus ging ich noch zu einem Lebensmittelladen an der Ecke und sah mich nach etwas Transportablem um – Crackers, Käse und eine Nektarine. Ich stopfte alles in meine Handtasche. Bevor ich in den Wald hinauffuhr, benutzte ich noch das Münztelefon des Ladens, um McGowan etwas auf seinen Anrufbeantworter zu sprechen. Ich sagte ihm, wo ich war, was ich vorhatte und daß er mich nicht vor Einbruch der Dunkelheit zurückerwarten sollte, weil ich nicht wußte, wo Alans Ex-Freundin jetzt steckte und wie lange sie wegbleiben würde. Dann rief ich noch auf der Polizeiwache an und hinterließ eine gleichlautende Botschaft für McGowan beim Diensthabenden.

Es war jetzt später Nachmittag. Als ich durch die dicht bewaldeten Berge die Serpentinenstraße hinauffuhr, merkte ich, wie meine Wahrnehmung so scharf und und meine Sinne so klar wie selten wurden. Ich war mir plötzlich sicher, daß ich exakt da war, wo ich sein sollte, und daß ich exakt das tat, was ich tun sollte. All die Zweifel und Unsicherheiten, die mich in den letzten Tagen gequält hatten, waren wie weggeblasen. Statt dessen erfüllte mich jetzt absolute Ruhe, und ich konnte akzeptieren, was immer auch kommen mochte. Ich mußte grinsen: Lenny Lenton wäre jetzt stolz auf mich gewesen.

Es hatten sich eine Menge Fakten angesammelt, genug, um sich jetzt ganz hektisch über sie herzumachen und sie zu einem sinnvollen Gesamtbild zusammenzufügen. Aber dies war nicht der Moment dafür. Jetzt brauchte ich Ruhe und Frieden, um Kraft zu sammeln. Das war jetzt viel wichtiger als die Fakten. Darüber hinaus würden die Fakten mir nicht weglaufen. Wenn die rechte Zeit dafür gekommen war, würden sie alle noch hübsch da sein und sich widerstandslos sortieren lassen.

Ich war jetzt im Cleveland National Forest und nutzte das letzte Tageslicht, um die Weisheit der Kiefern in mir aufzusaugen. Hier in fast 1400 Metern Höhe war die Luft viel klarer als in der Stadt, und es war deutlich kühler. Unter einer gigantischen alten Eiche setzte ich mich im Lotussitz auf den weichen Waldboden und wollte mit meiner Mahlzeit beginnen, als mir plötzlich Janice' Tagebuch einfiel. Ich holte es aus der Tasche. Irgend etwas darin schrie förmlich nach meiner Aufmerksamkeit.

Das Buch öffnete sich auf einer eingeknickten Seite. Als ich sie mir anschaute, erkannte ich die Passage wieder, die ich beim ersten planlosen Blättern zuerst gelesen hatte. Sie begann mit: «*Er bringt mich noch um. Ich liebe Sex, aber mit diesen Marathons bis vier Uhr morgens muß endlich Schluß sein …*» Jetzt, da ich über Alans Drogenproblem Bescheid wußte, bekam Janice' Bemerkung einen neuen Sinn.

Dann fiel mein Blick auf einen Namen weiter unten auf der Seite. Auch diese Passage hatte ich schon einmal gelesen:

Wie es scheint, ist Alan ein Mann mit Vergangenheit. Er hat eine Tochter aus einer früheren Verbindung. Sie ist jetzt sechs, und er fängt immer wieder davon an, wie süß sie ist ... Manchmal erzählt er mir nachts von den Sorgen, die er sich um die Kleine macht. Er sagt, daß sie nicht in den besten Verhältnissen lebt ... Wenn ich Alan richtig verstanden habe, treibt die Mutter des Mädchens sich mit irgendeinem Dealer in Ramona rum. Sie soll ziemlich heruntergekommen sein. Ihr Name ist Tanya.

Auf dieser Seite hatte sich das Buch ganz zu Beginn der Ermittlungen geöffnet, und zwar in dem Moment, als ich gerade darüber nachdachte, daß Bücher sich manchmal an genau der Stelle öffnen, die man braucht.

Was ich zuerst über Alan gelesen hatte, ließ ihn als den Hauptverdächtigen erscheinen. Aber Tanyas Name befand sich auf derselben Seite.

Ich starrte auf das Tagebuch und fühlte mich plötzlich beobachtet. Der Wind, der durch die Baumkronen rauschte, war das einzige Geräusch weit und breit, und trotzdem fühlte ich die Nähe eines anderen Wesens. Es war sehr nah. Genau über meiner Schulter. Ich konnte es so deutlich spüren, als ob ...

Janice? Ich drehte mich herum.

Ein blauer Eichelhäher schoß mit lautem Schrei von einem Kiefernzweig herunter und stürzte sich auf ein unschuldiges kleines Eichhörnchen, das am Fuße der alten Eiche auf den Hinterbeinen hockte und an einem Brocken Futter knabberte. Darauf hatte der Vogel es abgesehen. Es folgte ein kurzer Kampf, trockene Blätter brachen krachend entzwei, und der Eichelhäher erhob sich siegreich in die Lüfte. Diese farbenprächtigen Vögel genießen hier einen besonderen Schutz, und sie sind wunderschön anzusehen. Ansonsten aber sind sie ziemliche Rüpel.

Dieser kleine Zwischenfall hatte der Situation ihren Zauber genommen, und ich wußte, daß es jetzt Zeit war zu gehen. Ich sammelte meine Sachen zusammen und ging zum Auto zurück.

Erst als ich den Berg hinunterfuhr, merkte ich, wie dunkel es schon geworden war. Im Osten brauten sich Sturmwolken zusammen. Im Westen tauchte die untergehende Sonne den Horizont hinter all dem Sommersmog in ein dramatisches Rot, ein blutiges Tuch über dem Antlitz einer wunden Erde.

35

Es war schon vollkommen dunkel, als ich Tanyas Haus erreichte. Wir hatten fast Vollmond, aber der Mond, der in diesen Tagen im Zeichen des Skorpions stand, würde erst später am Abend aufgehen und etwas Licht spenden. Die starken Scheinwerfer des Dodge trafen auf Tanyas Briefkasten. Ich bremste ab und bog in die Einfahrt ein. Zwei kleine grüne Punkte blitzten im Dunkeln auf, als die Lichtstrahlen auf die graue Katze trafen. Sie stand in der Einfahrt, als ob sie mich begrüßen wollte. Eine freistehende Garage mit Blechdach stand direkt neben dem Haus. Ich parkte den Dodge hinter der Garage, um ihn vor neugierigen Blicken zu schützen. Der Gedanke, den Wagen zu verstecken, kam mir plötzlich und in letzter Sekunde. Wie gut er war, sollte sich erst später erweisen.

Ich warf mir die Handtasche über die Schulter, stieg aus und bahnte mir einen Weg durch den Müll. Das Haus lag still und dunkel da. Jemand hatte die Tür vor dem Fliegengitter geschlossen. Ich klopfte zweimal, ohne daß jemand reagierte.

«Katie! Katie! Bist du zu Hause?»

Ich wartete ein paar Sekunden und klopfte noch einmal. «Katie!»

Ich trat von der Betonterrasse herunter und versuchte, einen Blick durch das Wohnzimmerfenster zu werfen, aber es war so dunkel im Haus, daß ich nichts sehen konnte. Nicht einmal Konturen zeichneten sich ab, ringsherum war alles schwarz. Vielleicht war jemand vorbeigekommen und hatte die Kleine abgeholt, zum Abendessen oder ins Kino.

Die stille, feuchte Nachtluft lastete schwer auf diesem Haus. Zu schwer und zu still. Die Dunkelheit, die dieses Haus umgab, war mehr als nur die Abwesenheit von Licht. Sie war ein Zustand, ein permanenter Zustand. Einen kurzen Moment lang fühlte ich den vertrauten alten Horror in mir aufsteigen, der mich als Kind immer bei dem ‹Bösen Haus› überkommen hatte.

Etwas berührte mich und gab einen Laut von sich – die Katze, die sich wieder an meinen Waden rieb. «Gott, hast du mich erschreckt», flüsterte ich und streichelte sie. «Wo ist Katie? Wo ist deine kleine Freundin hingegangen?» Die Katzte miaute, und es hörte sich besorgt an. Aber wahrscheinlich bildete ich mir das nur ein.

Ich versuchte es noch einmal mit Klopfen, dann drehte ich am Türknauf. Geräuschlos ging die Tür auf. «Katie?» rief ich durch das Fliegengitter. Schwaden von kaltem, abgestandenem Rauch eindeutiger Herkunft waberten mir entgegen. Meine Augen hatten sich inzwischen an die Dunkelheit gewöhnt, und ich konnte den Eingangsbereich und das dahinter liegende Wohnzimmer erkennen.

«Katie?»

Ich wußte, daß sie irgendwo da drinnen war. Ich *wußte* es einfach. Und das machte mir angst. Wieder wurde ich Zeugin einer erregten Debatte zwischen meiner linken und rechten Gehirnhälfte. Die logische Seite wies sehr zutreffend darauf hin, daß es sicherere Orte gab, an denen man einen Freitagabend verbringen konnte, und daß ein weiteres Vordringen im übrigen den Tatbestand des Einbruchs oder des Hausfriedensbruchs erfüllen würde. Dies sei ein Job für die Polizei und nicht für mich, et cetera, et cetera. Die andere Hälfte sagte: *Hör auf, dir unnütze Gedanken zu machen, Katie braucht dich, du kannst es schaffen!* Ich stand da und hörte mir selbst zu, wog die Argumente ab, und ohne eine Entscheidung zu treffen, setzte mich etwas in Bewegung. Meine Füße fingen von ganz alleine an, in das Haus hineinzugehen.

Drinnen suchte ich zuerst nach einem Lichtschalter. Nichts. Ich probierte es an der anderen Wand. Nichts. Vorsichtig tastete ich mich durch den Eingang nach vorne, mit ausgestreckten Händen und tastenden Fingerspitzen. Als ich so durch die Dunkelheit tapste, fiel mir plötzlich ein, wie sehr ich es als Kind gehaßt hatte, auf all diesen albernen Geburtstagsparties mit verbundenen Augen Blinde Kuh zu spielen.

Ein Schritt, zwei Schritte, drei, vier ...

Beim achten Schritt stieß ich mit dem Schienbein gegen etwas Hartes. Ich beugte mich vor und ertastete einen Tisch. Dort fand ich auch eine Lampe. Ich knipste sie an.

Im trüben Licht einer 40-Watt-Birne erschien das Wohnzimmer vor meinen Augen, genauso, wie ich es in Erinnerung hatte: unglaublich zugemüllt und vollgestellt. Auch das Bong stand noch auf dem Beistelltischchen, unter all den Illustrierten, schmutzigen Tellern und überquellenden Aschenbechern. Niemand schien in der Nähe zu sein.

Direkt unter der Lampe lag etwas Interessantes: der Quittungsabschnitt eines Barschecks, ausgestellt vom Department für Sozialleistungen, San Diego County – auch Wohlfahrt genannt. Der Empfänger war ein Jason Pit. Jay. *Jay ist der Freund von deiner Mom, nicht?* Irgendeine verwandtschaftliche Beziehung zu Rob Pit? Wie viele Pits mochten wohl im San Diego County wohnen? Wieder nur ein Zufall?

Es gibt keine Zufälle.

Ich wandte mich nach links. Der Lichtkegel endete, wo der Flur begann.

«Katie?»

Ich mußte all meinen Mut zusammennehmen, um in den dunklen Flur zu gehen. Wieder bewegte ich mich nur langsam vorwärts, immer nach einem Lichtschalter tastend. Meine Hand glitt an der rechten Wand entlang. Plötzlich griff sie ins Leere – eine offene Tür. Sie führte in ein Zimmer, in dem ich endlich einen Lichtschalter fand. Als ich ihn anknipste, tauchte eine Neonröhre an der Zimmerdecke den Raum in grelles Licht. Er war klein und fensterlos. Die Einrichtung bestand aus einem Doppelbett. Überall lagen Pappkartons herum. Auf dem Bett lag ein offener Koffer. Sonst war nichts in dem Raum. Nicht einmal ein Schrank. Und auch keine Katie.

Der Koffer war entweder halb voll oder halb leer. Frauenkleider – schulterfreie Oberteile, ein Bikini-Unterteil – lagen auf dem Bett verstreut, zusammen mit Kinderzeug – kleine Hosen, kleine T-Shirts, winzige Sandalen.

Ich machte das Licht wieder aus und ging in den dunklen Flur zurück. Er war ziemlich eng. Diesmal streckte ich beide Arme aus, so daß meine Hände an beiden Wänden entlangfuhren. Auf der linken Seite kam wieder eine offene Tür. Auch in diesem Zimmer fand ich sofort den Lichtschalter. Eine kleine Lampe über dem Waschbecken beleuchtete ein kleines, schmutziges Badezimmer. Der Duschvorhang hatte schon eine Schmodderschicht angesetzt. Die Badewanne war leer.

«Katie?» rief ich, hauptsächlich um mich selbst durch den Klang einer menschlichen Stimme zu beruhigen. Tanya hatte gepackt. Wo wollte sie hin? Und warum? Vielleicht brauchte sie noch etwas für die Reise und war mit Katie zum Einkaufen gefahren. Vielleicht schnüffelte ich hier ohne jeden Grund herum. Vielleicht bildete ich mir nur ein, daß das Mädchen meine Hilfe brauchte.

Wahrscheinlich war es so.

Ich machte das Licht wieder aus, trat in den Flur zurück und setzte meinen Weg durch das dunkle Haus fort. Am Ende des Flures traf ich rechter Hand auf eine geschlossene Tür. Der Riegel war so hoch angebracht, daß ein Kind ihn nicht erreichen konnte. Als ich ihn öffnete, dachte ich, dies müsse wohl das Schlafzimmer für die Erwachsenen sein, wo sie Dinge taten, die Kinder nicht sehen sollten.

Das erste, was mir entgegenschlug, war der Geruch. Nicht ganz so ätzend wie Ammoniak, aber genauso unangenehm und genauso durchdringend. Ein metallischer, säuerlicher Geruch, wie abgestandener synthetischer Zitrusduft. Der Raum wurde nur spärlich von ein paar Pflanzenlichtern erleuchtet, die über einer Reihe von prächtig gedeihenden Hanfpflanzen in einer Zimmerecke angebracht waren. Ein gutes Dutzend Glasbehälter mit einem Fassungsvermögen von jeweils ungefähr 80 Litern stand aufgereiht vor einer Wand und erstreckte sich über die ganze Zimmerlänge. Sie sahen aus wie die Wasserflaschen, die man sich vom Getränkeservice bringen lassen kann, nur daß diese hier kein Quellwasser aus den Bergen enthielten. Durch Gummiröhrchen, die auf den Flaschenhälsen saßen, tropfte eine rötliche chemische Substanz in die riesigen Glasbehälter. Auf einem metallenen Klappstuhl in der Mitte des Raumes lag ein T-Shirt. Es war ein schwarzes T-Shirt mit den ausgebreiteten Adlerschwingen des Harley-Davidson-Emblems quer über der Brust.

Es gibt keine Zufälle.

Kalt lief es mir den Rücken hinunter. Überall wäre ich jetzt lieber gewesen als hier. Für eine Flucht war es aber zu spät. Ich hörte Stimmen im Flur.

36

Ich war wieder acht Jahre alt. Jemand zählte bis zehn, und ich mußte mich verstecken, und zwar schnell. Dieses Methlabor war einmal ein Schlafzimmer gewesen. Der Kleiderschrank stand gleich neben mir. Ich sprang hinein, drückte mich in eine dunkle Ecke und zog die Tür gerade in dem Moment zu, als Jay und Tanya das Labor betraten. Im nächsten Moment wurde ich wieder erwachsen, und die Waffe in meiner Handtasche fiel mir ein.

«... gehst nirgendwo hin, du Nutte!»

Ich erkannte Jays Stimme. Heute abend klang sie noch gemeiner und bedrohlicher als sonst. Ich konnte Tanyas Antwort nicht verstehen, aber mir war so, als hörte ich sie wimmern. Ich war mir aber nicht sicher, weil die Schranktüren alle Geräusche dämpften. Jay hingegen sprach vor Wut so laut, daß ich ihn gut verstehen konnte.

«Du willst mich doch wohl nicht mit dem ganzen Scheiß hier sitzenlassen, hä?»

Ich glaube, Tanya sagte irgend etwas von «mal für eine Weile mit Katie aus allem rauskommen». Es schien jedenfalls nicht das zu sein, was Jay hören wollte.

«Vergiß es, du verlogene Schlampe!»

«Nur für kurze Zeit, Jay! ... scheißegal ... kannst alles haben ... meine Mutter besuchen ...»

Die Stimmen wurden leiser, und in den folgenden Minuten konnte ich überhaupt nichts mehr verstehen. Inzwischen hatte ich die Glock in meiner Handtasche gefunden und hielt sie schußbereit in der Hand. Obwohl ich zitterte, war ich innerlich ganz ruhig. Gerne hätte ich meine relative Gelassenheit auf meine meisterhafte, zengleiche Geisteshaltung zurückgeführt, aber ehrlicherweise mußte ich zugeben, daß es hauptsächlich die Waffe war, die mir ein Gefühl von Sicherheit gab.

Wie alle aus meiner Generation habe ich viel zuviel ferngesehen. Folglich konnte ich nicht verhindern, daß mir jetzt immer wieder ein ausgesprochen lächerliches Bild vor Augen kam: Ich sah mich kraft- und effektvoll aus dem Schrank springen, mit gezückter Waffe die Drogendealer auf Distanz halten und so das Happy End einleiten. Nur daß ich leider überhaupt keine Lust dazu hatte. Genauso gut hätte ich vor einen fahrenden Zug springen können. Meine Mutter hat immer zu mir gesagt: Wenn du nicht weißt, was du tun sollst, dann tu am besten gar nichts. Daran hielt ich mich während der folgenden zehn Minuten.

Mir ging eine Menge durch den Kopf, während ich mich da in den dunklen Schrank drückte. Gleichzeitig versuchte ich, einen Wadenkrampf wieder loszuwerden. Ich machte mir klar, wie schlau diese ganze Sache eingefädelt war. Jay und Janice' ehemaliger Boss hatten ein fast perfektes Arrangement getroffen. Haus und Grundstück waren bezahlt, keine Bank, kein Pachteintreiber würden sich je mehr dafür interessieren. Jay konnte also der Produktion von kristallinen Methamphetaminen ungestört und in aller Ruhe nachgehen. Sein Partner, Stan Ellis, hatte die daraus erzielten Gewinne bislang erfolgreich durch die Geldwaschanlage eines legalen, wenn auch etwas unüberschaubaren Immobilienkonzerns gejagt. Was für ein Team! Ich überschlug ihren Profit. McGowan hatte gesagt, daß ein Pfund Crystal heutzutage einen Straßenverkaufswert von etwa 20 000 Dollar hat und daß ein gutes Labor etwa vierhundert Pfund im Monat herstellen konnte. Ob dieses Labor so viel hergab? Mit Sicherheit! Ich rechnete ein bißchen herum und landete bei etwa acht Millionen Dollar in einem erfolgreichen Monat, also fast 100 Millionen im Jahr. Das Ganze wurde dann sicher noch durch zwei geteilt, damit die beiden sich gegenseitig in der Hand hatten, und dennoch ...

Konnte ein Mensch für diese Summe zum Killer werden? Oft töteten Menschen schon für weit weniger.

Huertes Bungalow in Pacific Beach mußte die Vertriebszentrale für die Küstenregion gewesen sein. Das würde erklären, wieso Huerte immer pünktlich seine Miete bezahlt hatte – und in bar. Huerte hatte in Rob und Jay Pit zwei erstklassige und vor allem zahlungskräftige Mitbewohner gefunden.

Ich fragte mich, wie Janice ihrem Boss wohl auf die Schliche gekommen war. Vermutlich war ihr zuerst etwas Irreguläres in der Buchführung von Pacific Properties aufgefallen. Als nächstes hatte sie dann das Geistergrundstück in Ramona entdeckt, das tatsächlich dem Konzern ihres Vaters und nicht Pacific Properties gehörte. An dem Punkt wird sie sich gewundert haben, woher das Geld für die «Pacht» tatsächlich stammte. Wie aber war sie dahinter gekommen, um welche Gelder es sich dabei handelte? Wie war sie auf diese Elendshütte in der Silver Branch Road gekommen? Vielleicht hatte Alan ihr dasselbe erzählt, was er mir erzählt hatte, nämlich daß Stan nicht nur selbst Drogen nahm, sondern sich um direkten Kontakt zu Dealern bemüht hatte. Vielleicht hatte Stan sich auch selbst verraten, indem er Janice von seiner Bekanntschaft mit Jay erzählte, oder indem er ihr ein paar nette Drogen zur Entspannung anbot.

Janice hatte jedenfalls genug Beweismaterial gesammelt, um sich mit einer Polizistin des Rauschgiftdezernats in Verbindung zu setzen. Ob Janice wohl selbst einmal in diesem Haus gewesen war? Ich hatte das Gefühl, daß ich in Janice' Fußspuren steckte, daß ich alles tat, was sie getan hatte.

Ein lauter Krach riß mich aus meinen Gedanken. Ich hörte, wie jemand auf jemanden einschlug. Als nächstes landete etwas laut und hart auf dem Fußboden. Darauf folgte ein verzweifeltes Schluchzen.

«Beschissene, verlogene Nutte!»

«Du machst mir angst, Jay!» Tanyas Stimme wurde vor Angst immer lauter. Sie sprach jetzt sehr hoch und klar. «Du machst alles kaputt!» schrie sie. «Du kannst Leute nicht einfach umlegen, wenn sie dir in die Quere kommen! Du bist ja total paranoid! Du machst alles kaputt, du Großmaul!»

«Die Blonde kannte unsere Adresse, Tanya.» Jay sprach mit tödlicher Entschlossenheit. «Mann, sie war hier! Sie wußte Bescheid! Natürlich wollte sie zu den Bullen gehen! Alles, was ich habe, war in Gefahr. Alles, was *du* hast, du dumme Sau! Du dumme, beschissene, verlogene Nutte!»

Dann hörte ich wieder Schläge.

«Aber du brauchtest nicht auch noch Michael umzubringen!» Tanya schluchzte jetzt hemmungslos und bekam kaum noch Luft.

«Ist es schlimm, Baby? Ist es richtig schlimm für dich, daß der Typ, der dich gefickt hat, nun tot ist?» schnarrte Jay brutal und genoß Tanyas Qualen.

«Er hat mich nicht gefickt.»

«Du lügst, du beschissene Nutte!»

Es hörte sich an, als ob er jetzt nach ihr trat, und Tanya begann zu würgen. Ich spürte einen starken Impuls, jetzt tatsächlich aus dem Schrank zu springen und die Gewaltorgie zu beenden, aber eine einzige ungezielte Kugel konnte dieses Labor zur Gifthalde machen – mit uns mittendrin. Ich zwang mich, einen kühlen Kopf zu bewahren, nicht länger Tanyas Not im Vordergrund zu sehen und statt dessen ein paar Fakten klarzukriegen. Wie hatte Pia doch neulich Michael Huerte beschrieben? Als einen netten, gutaussehenden Mann mit einem Hang zu übertriebenen Komplimenten. Ob er nun mit Tanya ins Bett gegangen war oder nicht – er mußte mit ihr vor Jays Augen geflirtet und so sein eigenes Todesurteil gefällt haben. Mit der Inszenierung des Autounfalls hatten Jay und Stan sich dann gleich zwei unbequeme Zeitgenossen auf einen Schlag vom Halse geschaffen. Bravo!

Jemand schlug mit seinem ganzen Körpergewicht gegen eine Wand. Tanya winselte um Gnade. Es lag nicht mehr der letzte Rest von Kampfesgeist in ihrer Stimme, nur noch nackter Horror. «Hör auf! Du bist viel zu high, Jay! Hör auf! Du machst alles kaputt! Das liegt an den Drogen, Baby! Du bist zu *high*!»

«Du bist doch diejenige mit dem beschissenen Drogenproblem! Du Scheiß-nym-pho-ma-nin!» Jay schlug jetzt hart und rhythmisch auf Tanya ein, jede Silbe ein wuchtiger Schlag. Das alles fand nicht viel mehr als einen Meter entfernt von mir statt. Mir drehte sich der Magen um.

Dann hörte ich Glas klirren, und mir blieb fast das Herz stehen. Ich hatte eine schreckliche Vision davon, wie dieses Labor explodierte. Schweiß bildete sich auf meiner Oberlippe. Mein Herz klopfte wie verrückt.

Ich weiß nicht, ob aus Angst oder wegen des Gestanks – jedenfalls setzte ein lebenserhaltender Schluckreflex bei mir ein, und ich schluckte meine hochkommende Galle. Der Gestank breitete sich sogar in dem Kleiderschrank sehr schnell aus. So, dachte ich, muß es in der Hölle riechen: nicht nach Pech und Schwefel, sondern nach Crystal.

«Okay, mit dir bin ich fertig!» hörte ich Jay schnauben. Dann wurde es still.

37

Mein Zeug war durchgeschwitzt und klebte mir am Körper. Mir war so heiß, daß ich bestimmt Fieber hatte. Minutenlang hatte ich gegen den Brechreiz angekämpft, und jetzt fiel mir sogar das Atmen schon schwer. Was mich dann aber endgültig bewog, aus dem elenden Schrank zu kommen, war ein horrormäßiger Anfall von Klaustrophobie. Ich gab mir einen Ruck und sprang dann mit gezogener Waffe heraus.

Das Zimmer war leer. Das milderte mein Dilemma nicht gerade. Schließlich konnte ich nicht einfach durch den Flur spazieren und zur Haustür gehen. Wahrscheinlich hatten Jay und Tanya ihren Zweipersonenkrieg mittlerweile aufs Wohnzimmer verlegt. Dort aber befand sich der einzige mir bekannte Ausgang aus dieser Todesfalle. Ich stand noch da und überlegte, was ich tun sollte, als ich Gewehrschüsse hörte.

Sie kamen vom Hinterhof. Einem weiteren Schuß folgte ein ausgedehntes, tiefes Grummeln – Donner. Die Glasbehälter an der Wand vibrierten.

Ich war mir sicher, daß es in einem Desaster enden würde, wenn ich versuchen wollte, das Haus auf demselben Wege zu verlassen, wie ich reingekommen war. Schon der Flur vor dem Schlafzimmer hatte etwas Bedrohliches, wie ein gähnender Abgrund, ein Höllenfeuer oder jedenfalls etwas, das den sicheren Tod bedeutete. Jay würde bestimmt zurückkommen. Ich spürte die Nähe des Todes in diesem Flur, und ich war mir sicher, daß sie von Jay ausging.

Mit einem Satz war ich am anderen Ende des Schlafzimmers, wo ein großes Fenster nach Norden rausging. Es war die einzige Möglichkeit. Die Scheibe ließ sich widerstandslos aufschieben.

Glücklicherweise gab es hier kein Fliegengitter. Ich zog meine Handtasche fest über meine Schulter, hievte mich hoch, streckte ein Bein nach draußen und rollte mich ab. Ich landete in einem Haufen stinkender Papiere und Pappkartons.

Die nächtliche Dunkelheit war jetzt meine Verbündete. Vorsichtig bewegte ich mich durch die Schachteln, Kisten und Autoteile. Die Sicht war schlecht, aber so viel ich anhand der schemenhaften Schatten ausmachen konnte, lag der ganze ausgedehnte Hinterhof voll von unzähligen Schrott- und Müllteilen. Ich ging schnell. Nichts passierte. Dann stand ich plötzlich vor einem Holzzaun, mindestens drei Meter hoch, der sich um den ganzen Hof zog.

Ich war drauf und dran, panisch zu werden, aber dann beruhigte ich mich mit dem Gedanken, daß Jay, der Gnom, ja offenbar gar nicht hinter mir her war. Jetzt erst wurde mir klar, daß er meine Anwesenheit überhaupt noch nicht bemerkt hatte. Ich duckte mich hinter ein aufgeschlitztes Sofa und überlegte, wie ich den herumliegenden Schrott zu einer Leiter auftürmen konnte, um über den Zaun zu klettern. Ich hatte mich gerade entschlossen, mit dem Sofa anzufangen, als sich Jays haarige Silhouette in dem erleuchteten Laborfenster abzeichnete.

Ich hatte das Fenster offengelassen!

Ein langer Gewehrlauf ragte aus Jays Umrissen heraus. Damit suchte er den Hof ab. Als er sich von mir wegdrehte, konnte ich ein Zielfernrohr erkennen. Mit Sicherheit ein Laserskop!

Zwar hatte ich die Glock, aber das war eine Handfeuerwaffe und nicht geeignet für ein Zielschießen über größere Distanzen. Ich bin kein schlechter Schütze, aber ich hatte mit McGowans Waffe ja nie trainiert. Jetzt im Dunkeln auf Jay zu schießen, würde bedeuten, meine Position durch den Feuerblitz meiner Waffe preiszugeben. Und wenn ich nicht traf, würde er leichtes Spiel mit mir haben. Kurz gesagt: ich konnte meine Waffe vergessen.

Jay bewegte sich jetzt selbstsicher durch den Unrat auf den hinteren Teil des Hofes zu. Genau auf mich zu.

So leise wir möglich kroch ich um das Sofa herum und begann, mich noch weiter nach hinten zu schleichen. Ein paar Mülltonnen und ausgeschlachtete Autokarosserien gaben mir Schutz, und ich kam ganz gut voran, als das schlimmste passierte, was überhaupt passieren konnte: Ich stolperte und fiel hin. Noch im Fallen war mir klar, daß meine Landung eine Menge Krach machen würde. Mein Herz hämmerte mit ohrenbetäubender Lautstärke, und im nächsten Moment lag ich im stinkenden Müll auf dem Bauch, unfähig mich zu bewegen.

Ich weiß nicht, wie lange ich so dagelegen habe. Dieser Alptraum hatte unerträgliche Ausmaße angenommen. Irgendwann merkte ich, daß ich wieder hören konnte, und zwar deutlicher denn je. Da waren Fußschritte, ganz in meiner Nähe. Ich stieß ein leises Gebet aus: «O Gott, jetzt bist du dran!»

Etwas klapperte laut am anderen Ende des Hofes, als ob eine Blechdose auf etwas Metallisches traf. In meiner Nähe bewegte sich etwas, dann ein Gewehrschuß – und das Kreischen einer Katze. Irgend etwas fiel etwa zwanzig Meter von mir entfernt auf den Boden. Jays Fußschritte bewegten sich in die Richtung, aus der das Geräusch gekommen war. Ich kam auf die Knie, atmete tief durch und kroch in die entgegengesetzte Richtung. Ein paar Meter vor mir sah ich die Karosserie eines alten Lieferwagens. Mit ausgestreckten Händen eilte ich schutzsuchend darauf zu.

Plötzlich stieß ich auf etwas Weiches, Feuchtes, Warmes. Um ein Haar hätte ich geschrien. Tanya lag mit dem Gesicht nach oben, ihre Brust war eine einzige klaffende Austrittswunde. Ich mußte mir mühsam bewußt machen, daß ich mit der menschlichen Anatomie keine Probleme hatte. *Du bist nicht zimperlich, Elizabeth! Außerdem kannst du dir hinterher ja die Hände waschen.*

Dies war also kein gutes Versteck. Ich sah mich um und entdeckte das Vorderteil eines Volkswagenbusses. Gebückt rannte ich darauf zu. Ich zwängte mich in das dunkle Loch hinter dem herausgerissenen Armaturenbrett und bekam den Schreck meines Lebens.

Wieder ein Körper, diesmal lebendig. Katie sah mit weit aufgerissenen Augen zu mir auf. Sie zitterte vor Angst, aber sie stand nicht unter Schock. Ich sah sie eindringlich an und preßte den Zeigefinger auf meine Lippen. Sie nickte, als wollte sie sagen: «Ich weiß.» Ich beugte mich über sie, und wir beide duckten uns, eng aneinandergedrückt.

Die Schritte kamen zurück.

Plötzlich erstrahlte der ganze Wüstenhimmel in einem massiven silbernen Blitz. Der Hof mit all dem Schrott und Müll lag einen Moment lang in gleißendem Licht – das Standfoto aus einem Horrorfilm in Schwarzweiß. Der folgende Donner zerfetzte unsere Ohren. Die Luft war schwer von angestauter Feuchtigkeit. Ich weiß nicht, wie heiß es wirklich war. Ich weiß nur, daß ich niemals vorher so geschwitzt habe.

Vielleicht war es der Blitz, der Jay den Rest gegeben hatte. Er schoß jetzt wild durch den Hof, in gleichbleibendem Rhythmus, aber völlig ungezielt. Immer wieder schepperten Kugeln in die Autoteile oder schlugen dumpf in irgendwelche Möbelstücke ein, manchmal ganz in unserer Nähe, manchmal weiter entfernt. Meist hörten wir nur das Gewehrfeuer, wieder und wieder und wieder und wieder. Nach einer qualvollen Ewigkeit hörte die Schießerei auf. Mir war so, als hörte ich ein ganz bestimmtes Geräusch: das Klicken einer leergeschossenen Waffe. Ihm folgte der spitze Fluch eines schlechten Verlierers: «Verdammte Scheiße!»

Dann war es einen Moment still. Jay murmelte noch einmal «Scheiße» und rief dann laut: «Pia, bring mir die zwei-zwanziger Patronen!»

Hatte ich richtig gehört?

«Pia! Nachschub!» Er war wütend, aber er drückte sich sehr klar aus.

Einen kurzen Moment wartete er, bevor er wieder losschrie: «Verdammte Scheiße!» Dann setzte er sich in Bewegung. Ich lehnte mich aus dem Volkswagen und beobachtete, wie er im Haus verschwand.

«Bleib hier», flüsterte ich Katie zu. «Ich komm wieder und hol dich.» Dann fiel mir die Barbiepuppe ein. Ich zog sie aus meiner Handtasche und gab sie ihr.

Ich ging so nah wie möglich an das Haus heran. In ungefähr acht Metern Entfernung duckte ich mich hinter ein anderes Autogerippe. Von hier aus konnte ich in das Labor sehen. Durch das offene Fenster sah ich die Glasbehälter einen neben dem anderen an der Wand stehen. Dann kam Jay in das Zimmer gestürmt. Und hinter ihm Pia.

Heute abend trug sie Jeans und ein leichtes, ärmelloses T-Shirt. Ihre langen braunen Haare waren unter einer Baseballkappe versteckt. Aber ihre makellose Körperhaltung, ihre ballerinenhafte Grazie hatte nichts von ihrer Eleganz eingebüßt.

Ich starrte sie ungläubig an. Wie konnte ich mich in Pia so getäuscht haben? Zu spät erkannte ich jetzt, daß ihre Schönheit mich geblendet hatte. Sie hingegen hatte das sehr wohl erkannt und mit mir gemacht, was sie wollte. Ich trug sogar noch die Ohrringe, die sie mir geschenkt hatte. Vielleicht waren sie doch dem Teufel aus der Krone gefallen ...

Ich brachte die Glock wieder in Position. *Okay, Pia, jetzt laß uns ein Tänzchen wagen!*

Jay ging auf den Schrank zu und öffnete ihn. Ironie des Schicksals, dachte ich, als ich sah, daß ich mich vorhin an genau der Stelle versteckt hatte, wo er seine Munition aufbewahrte. Pia griff in das oberste Regal und half ihm, die Patronen zu suchen.

Einen Moment lang hatte ich das Gefühl, daß alles unwirklich war. Wie durch einen Schleier sah ich, daß Pia eine Schachtel runterholte, sie öffnete und Jay die Patronen rüberreichte. Alles lief wie ein Stummfilm vor mir ab: ihre lebhafte Unterhaltung, Jays Aufregung beim Laden der Waffe. Was sie taten, schien nichts mit mir zu tun zu haben. Ich war nur eine neugierige Zuschauerin.

Mit dem plötzlichen Wissen *Jay stirbt gleich* wurde mein Kopf wieder klar. Jay schien meinen Gedanken empfangen zu haben. Er wandte sich von Pia ab und blinzelte in die Nacht hinaus, genau in meine Richtung. Er machte einen Schritt nach vorne, legte das Gewehr an die Schulter und zielte durch das offene Fenster. Ich konnte direkt in den Lauf sehen.

Ich hatte keine Zeit zu zielen. Ich hob die Glock einfach an und drückte ab, drei donnernde Male. Die Kugeln schlugen in die Glasbehälter hinter Jay ein. Zwei der Methamphetaminflaschen zersprangen, und mit Entsetzen sah ich, daß die anderen im Dominoeffekt dasselbe taten.

Jay und Pia verschwanden blitzartig aus meinem Blickfeld, zu schnell, um zu sehen, wohin. Erst hatten sie dagestanden, und im nächsten Moment waren sie weg. Ich betete, daß die Hauswände die tödlichen Gifte zumindest so lange abschirmten, bis Katie und ich fliehen konnten.

Mit zitternden Beinen und weichen Knien trat ich den Rückweg zu der Kleinen an. Katie wartete auf mich genau da, wo ich sie verlassen hatte. Ich drückte ihre Schultern und begann dann mit aller Kraft, das alte Sofa an den Zaun zu zerren.

«Warum tust du das?» fragte sie.

«Wir müssen so schnell wie möglich hier weg», sagte ich mit zitternder Stimme.

«Da drüben ist eine Pforte», sagte sie ruhig. Sie nahm mich bei der Hand und zog mich über den Hof.

Der Himmel öffnete sich in dem Moment, als wir an der Pforte waren. Den ganzen Abend über hatte sich nicht das leiseste Lüftchen geregt. Die Atmosphäre war still und schwer und wie tot gewesen. Ein dicker Regentropfen fiel mir auf den Arm, ein Vorbote, und im nächsten Moment prasselte es dermaßen, daß ich kaum noch etwas anderes hören konnte. Ich verspürte nicht den geringsten Impuls, mich vor den Wassermassen zu schützen. Ich hatte die Abkühlung bitter nötig. Und die Reinigung. Ich hatte das Gefühl, daß ich die ganze Nacht über im Regen stehenbleiben könnte und doch nicht sauber würde.

Wir rannten durch das Geprassel an der Garage vorbei. Ich fand die Autoschlüssel in meiner Hosentasche und öffnete Katie die Tür. Sie kletterte auf den Sitz, und ich lehnte mich erschöpft an den Wagen. Der Regen umspülte meinen Kopf und durchweichte meine Haare. Ich sah Sterne und hatte das Gefühl, daß ich gleich ohnmächtig werden würde. Ich nahm einen tiefen Zug von der frischen Regenluft und schloß die Augen. Als ich sie wieder öffnete, tanzten rote und blaue Lichtflecken vor mir herum.

Ich konnte mich nicht bewegen. Ich blieb, wie ich war, an den Dodge gelehnt, kraftlos, ausgelaugt und inzwischen auch vollkommen durchnäßt.

Durch die Regenschwaden sah ich, wie die glühenden Lichtflecke langsam Gestalt annahmen. Etwas Großes, Helles, Gelbes kam auf mich zu. Jetzt war es bei mir – ein Mann mit einer gelben Regenjacke. Im nächsten Moment lag ich in zwei gigantischen Armen.

«Tom, woher wußtest du ...»

«Als ich deine telefonische Nachricht hörte, wußte ich Bescheid.» Er zog mich ganz nah an sich heran und hob meinen Kopf zu sich hoch. «Ich *wußte* es einfach.»

Epilog

Der Leichenbeschauer von San Diego County schätzte, daß Jay und Pia innerhalb von drei Minuten nach der Explosion in den giftigen Dämpfen erstickt waren. Ich erzählte McGowan die ganze Geschichte, und er half mir, eine entschärfte Version davon zu verfassen, die ich dann als Zeugenaussage bei der Polizei zum besten gab. («Das spart dem Steuerzahler viel Geld», hatte McGowan gesagt.) Er bestätigte, daß ich in Notwehr und in Ausübung meines Berufes gehandelt hatte. Das fand allgemeine Zustimmung und wurde so zu Protokoll genommen.

Eine Spezialeinheit, die in ihren Schutzanzügen mehr an Astronauten als an Polizisten erinnerte, wurde aus San Diego an den Ort des Geschehens beordert, um den Schaden zu sichten. Dabei stießen sie auch auf eine Katzenleiche mit abgefetzten Hinterbeinen, ganz nahe der Stelle, an der ich gehockt hatte.

Das Grundstück in Ramona wurde beschlagnahmt und für unbewohnbar erklärt und ist bis heute, zwei Wochen später, da ich die ganze Geschichte niederschreibe, für den ohnehin spärlichen Verkehr gesperrt.

Auch unter den Menschen, die so viel Schaden angerichtet hatten, wurde aufgeräumt. Jays Bruder, Rob Pit, wurde verhaftet, als er am Tag nach der Explosion zur Identifikation der Leiche vorbeikam. Der Idiot trug ein paar Gramm Crystal bei sich. Stan Ellis ist noch nicht verhaftet worden, aber die Ermittlungen gegen ihn sind in vollem Gange und treiben ihn immer mehr in die Enge. Wie ich höre, hat sich ein Team von Mitarbeitern des Bundesrechnungshofes in der Buchhaltungsabteilung von Pacific Properties eingenistet, was Ellis verständlicherweise sehr nervös macht. Ich vermute, seine Aura glüht mittlerweile.

Alle, die im Verlaufe dieses Alptraums Wunden davongetragen haben, sind langsam auf dem Weg der Besserung. Zu meiner größten Erleichterung wurde Alan das Sorgerecht für Katie zugesprochen, nachdem die von mir verständigte Kinderschutzorganisation sich schnell und beherzt um die Angelegenheit gekümmert hatte. Katie hat zwar einen liebevollen Vater gewonnen, aber sie hat auch die Mutter verloren, egal wie unfähig die auch gewesen sein mag. Für ein Kind gibt es keinen härteren Schicksalsschlag als den Tod eines Elternteils. Die gewalttätige Ermordung ihrer Mutter mit angesehen zu haben, muß für Katie eine schrecklichen Belastung sein. Ich bete dafür, daß sie zu der Sorte Menschen gehört, die durch Probleme stärker wird.

Ich selbst habe mal mehr, mal weniger unter der ganzen Angelegenheit zu leiden. Eine Durchsuchung mit Drogenhunden förderte eine satte Ladung Crystal in Pias Boutique zutage, fein säuberlich und portionsgerecht in selbstklebende Klarsichttütchen verpackt, bereit für den Straßenverkauf. Die Tatsache, daß Pia aktiv an dem Drogenhandel beteiligt war, kann meine Verzweiflung über ihren Tod nicht mindern. Rein verstandesmäßig ist mir klar, daß ich den Abzug gedrückt habe, um nicht nur mein Leben, sondern auch das von Katie zu retten. Trotzdem hat dieser Gedanke nichts Tröstliches. Wie so viele Drogenopfer ist Pia wohl einfach nur zur falschen Zeit am falschen Ort gewesen und hat die falschen Freunde gehabt.

Am Tag nach der Explosion ging ich in der Morgendämmerung an den Strand hinunter. Das Gewitter zog ab, nur vereinzelt war noch verhaltenes Donnergrollen zu hören. Um diese Uhrzeit war der Strand so gut wie leer, und das Wasser war angenehm kühl. Ich schwamm weit hinaus und ließ mich Gott weiß wie lange auf dem Rücken treiben. Zwischen den grauweißen Wolken konnte ich immer wieder den blauen Himmel sehen. Ab und zu zog ein Pelikan vorüber.

Ich spürte, wie meine Glieder schwer wurden, und griff mir an die Ohrläppchen. Ich zog die Lapis ab und ließ sie einen nach dem anderen ins Wasser fallen. Sie versanken in der geheimnisvollen Tiefe. Dann griff ich mir in den Nacken und hakte den

Verschluß meines blauen Badeanzugs auf. Ich wand mich aus Ober- und Unterteil und ließ beide auf der Wasseroberfläche davonschwimmen. Sie hielten sich kurze Zeit oben und wurden dann von dem feinen Wellenspiel ergriffen und ebenfalls in die Tiefe gezerrt. Ich beobachtete ihren wogenden Abstieg in die Unterwasserwelt. Als nichts von dem leuchtenden Blau mehr zu sehen war, schwamm ich langsam ans Ufer zurück. Dabei überließ ich den Wellen den größten Teil der Arbeit.

Wie verabredet wartete McGowan mit einem großen Handtuch auf mich. Er versperrte die Sicht zur Straße, und ich wikkelte mich in das weiche Frottee. Dann nahm er mich in die Arme und war klug genug, nichts zu sagen. Wir standen still da und ließen unsere Füße von den Wellen umspülen. Schließlich räusperte er sich.

«Eins möchte ich aber doch noch wissen.»

Ich sah zu ihm auf. Leuchtende Energie umspielte ihn. «Okay, aber nur *eins*.»

«Kannst du wirklich nicht sehen, welche Farbe meine Aura hat?»

«Ich glaube, sie ist weiß», lachte ich, «aber ich muß dich warnen!»

«Wieso?»

«Liebe macht farbenblind.»